人间指南

夏正玉 李勤余 ｜ 主编

上海大学出版社

图书在版编目（CIP）数据

人间指南：澎湃夜读集/夏正玉，李勤余主编. —上海：上海大学出版社，2021.2
ISBN 978-7-5671-4162-9

Ⅰ.①人… Ⅱ.①夏… ②李… Ⅲ.①评论性新闻-作品集-中国-当代 Ⅳ.①I253

中国版本图书馆CIP数据核字（2021）第015752号

责任编辑　陈　强
助理编辑　王　俊　李夕冉
封面设计　倪天辰
技术编辑　金　鑫　钱宇坤

人间指南
——澎湃夜读集
夏正玉　李勤余　主编
上海大学出版社出版发行
（上海市上大路99号　邮政编码200444）
(http：//www.shupress.cn　发行热线 021-66135112)
出版人　戴骏豪

*

南京展望文化发展有限公司排版
上海华教印务有限公司印刷　各地新华书店经销
开本 890mm×1240mm　1/32　印张 14　字数 251千
2021年2月第1版　2021年2月第1次印刷
ISBN 978-7-5671-4162-9/I·622　定价　45.00元

版权所有　侵权必究
如发现本书有印装质量问题请与印刷厂质量科联系
联系电话：021-36393676

这迷人的世界，是由无数困惑组成的。允许自己困惑，允许他人困惑，生命之树才有生长的空间。在知识和经验的边界，平凡之人相互注视，相互倾听，给彼此以力量。《人间指南》里或许没有你想要的答案，但当你走近一个又一个真诚的问题，你会自己给出答案。

——澎湃评论部

女人30+

快进人生

社交宇宙

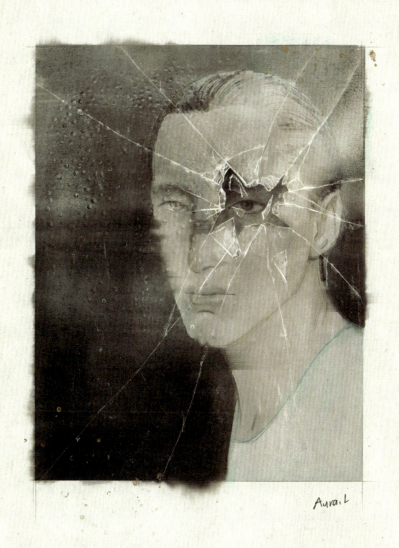

隐秘的自己

武林没有大师

晚间10点，熬一碗不一样的"心灵鸡汤"

——澎湃《夜读》感性表达背后的理性思考*（代序）

李勤余　陈才　甘琼芳

新媒体发展到今天，不仅在读者端打破了传统阅读方式的时间和空间限制，塑造了更为轻量化、碎片化的阅读模式，而且在阅读生产端催生了改革。这种改革表现在两个方面：一是促使创作者主动进行文风改造，主动谋求更贴合互联网平等与分享精神的创作，追求通俗化、情感化、人性化的文字风格；二是从内容输出与接收效果最大化考量，文字与信息的输出时间节点变得前所未有的重要。比如，晚间10点是新媒体阅读的一个高峰期，成为各机构媒体、自媒体的"兵家必争之地"。将文风改造和传播规律两者结合得较好的一个

---

*　原载《传媒评论》2020年第5期。

标志物，就是各类夜读栏目，无一例外在短时间大获成功。2019年初，澎湃新闻评论部正式开设了《夜读》栏目。放在各主流媒体的夜读类栏目中看，澎湃《夜读》诞生的时间不算早，但凭借强大的原创能力——所有文章均为原创、独家、首发；敏锐的洞察能力——老牌媒体的热点追踪和话题把控力；清新平和的表达能力——新媒体的独特画风与传播优势；高频灵动的输出能力——坚持每晚更新，塑造了夜读栏目的澎湃风格，在同类型栏目中脱颖而出。

选题：有保鲜期、有营养的才是好"鸡汤"

无论是新闻业界、学界或公共舆论场，人们对"夜读"有个约定俗成的称谓——心灵鸡汤。这种说法有一定道理，因为相比新闻和时评，"夜读"类文章新闻性较弱，在选题和文风上更为"软性"；它有传达真相、表达观点的功能，但不追求事实和态度的唯一性，而更注重激发读者情感共鸣、引发读者思考。也就是说，"夜读"文章更具主观性、开放性和包容性。眼下从各主流媒体的实操来看，许多都不约而同地采取了一种舍此求彼的做法——彻底摒弃"夜读"的时效性，最大化"鸡汤"滋养身心的功效。最明显的表现就是，选题脱离当下新闻热点和事件等具体契机，成为一种完全主观化的行为。然而，澎湃《夜读》没有走这条老路子。

话题性，一直是澎湃《夜读》栏目的灵魂。在澎湃评论部主创人员看来,在最恰当的时机谈论某个话题是赢得读者、引发关注与讨论的关键,而关注度与讨论度又是决定一篇文章成功与否的关键。因此,澎湃《夜读》从未放弃话题的时效性,而是紧跟新闻热点和公众焦点。比如,当网上出现电商售卖"朋友圈改定位"服务、精装修朋友圈的话题时,推出《朋友圈改定位,人为什么要炫耀自己没有的东西?》;针对国庆假期结束后有网友"一言不合"就辞职,推出《国庆加班就辞职,这届职场新人怎么了?》;有网友因为一个表情包"被拉黑"时,推出《我把真心付给了你,你却说这表情包过时了》;有骗子公司因宣称"喝风辟谷"进入当地政府的补贴名单时,推出《猪肉那么香,你为什么要辟谷?》;"双十一"刚过,针对"猫粮打败婴幼儿奶粉成为最受欢迎的进口食品"的话题,推出《不交女朋友,养一只猫?》……因为新闻源本身的热度,这些《夜读》类文章洗去了"心灵鸡汤"自带的为赋新词强说愁的突兀感,让表达有了由头,增加了说服力和感染力。

对于一些新闻和时评不好操作或操作陷入套路化的话题,澎湃《夜读》也以恰到好处的角度和力道介入。比如,针对"北大退档两位河南考生"事件,推出《人们为什么害怕北大"变坏"》,指出国人对北大的高要求背后是高期待、高褒奖;针对"王思聪被列为被执行人",推出《一个有钱人的自我修养》,提出"怎样看待王思聪,与其说是一个财富观的问题,倒不如说是一个人生观的问题";针对网易暴力裁员事件,推出《被暴力裁员的网易员工讲出了我们心中最深的恐惧》,道出了职场人对于重病无医的担忧;针对世界艾滋病日"60岁及以上老年男性感染者呈上升趋势"的新闻,推出《老年人的性需求,不是"老不正经"》……分析澎湃《夜读》已经发布的文章,职场、婚姻、健康、教育、购物……凡是老百姓关心、重视的话题,皆已汇聚在澎湃《夜读》。对话题和推出契机的精心选择,充分保障了栏目的关注度。自栏目诞生以来,已涌现出多篇"爆款"文章。

原创性,是澎湃《夜读》栏目一贯秉持的标准,这在同类型栏目中并不多见。每一篇文章皆由澎湃评论部的评论员或外部作者完成,这保证了充足的稿源,也让《夜读》文章更具多元化风格;原创而非转载的形式,保证了《夜读》思想的独创性和文章的可读性,在最大程度上满足了受众的阅读获得感。这正是众多读者成为澎湃《夜读》忠实粉丝,将晚间10点阅读该栏目文章转化为自身习惯的重要原因。

表达:以理服人,以情动人

互联网时代的信息传播具有自由性、交互性和开放性。也就是说,传统意义上的"精英——草根"的单向传播模式已经被"去中心化"的互联网式格局所取代。因此,过于简单粗暴、僵化硬性的"说服""教育"型文章已不能得到读者的认同和接受。这也从反面印证了为什么"心灵鸡汤"会在当下大受欢迎。因此，澎湃《夜读》栏目在恪守文章时效性和思想性的基础上，也有意识地吸收和借鉴了"鸡汤"类文章的优点，注重消解作者与读者的心灵距离，消融文风和观点输出的硬度，追求灵动、柔软、润物无声式的行文风格，在说理之外打造更具情感力量的创作模式。

这种理念和为实现这种理念所做的努力，从澎湃《夜读》栏目下的文章标题就可窥见一二：关注地铁"咸猪手"被判刑——《现代都市生活，需要一点界限感》，关注未婚同居——《当我们谈论未婚同居合不合法时，谈论的是什么》，关注李安新电影之争——《从文艺控到技术控，李安错了吗》，关注从明星到普通人遭遇的网络暴力——《消费热依扎是怎样的恶意》……

澎湃《夜读》文章不追求某个特定的观点、情感，不主张居高临下地"教训"或"指导"读者，更杜绝草率地做僵化冰冷的是非判断、价值判断，而是提倡多元化思想与价值观的碰撞交流，不变的是始终坚持将心比心，提倡脑中有智慧、心中有悲悯，关照人心、人情、人性，始终坚定地为普通人和弱势群体发声，为公共利益说话，这使得澎湃《夜读》更易与读者产生共情，获得读者的信任。在更关注受众情绪、感受的互联网时代，澎湃《夜读》通过对"硬核"内容进行"软性"表达这一可贵尝试，打造了一股独特而强劲的力量，架起了一座连接读者心灵的桥梁。用更真挚的笔触和情感，书写当代中国人的现实生活和精神世界，是澎湃《夜读》的独创性所在。

时机：挖掘晚间 10 点的夜读需求

　　从信息传播规律来看，晚间 10 点前后的阅读需求与白天迥然不同。在这之前，人们更需要的是短平快的资讯、迅速劲爆的新闻、麻辣犀利的时评；在这之后，经过一天高压工作、快节奏生活的人们，最需要、最喜欢看什么？答案可能五花八门，但寻求对情感与心灵的慰藉，是共通点。澎湃《夜读》丰富的题材，为满足人们的心理和情感需求提供了可能。澎湃《夜读》以小切口见大情怀，从个人角度介入社会话题，以个性化的写作换得读者的共鸣。您是焦虑的小学新生家长？请看《开学了，"小别离"能变成"小欢喜"吗？》；您是"熬夜修仙"族？请看《夜深了，你为什么还没睡？》；警觉身边人突然都不发朋友圈了，可以看《你为什么不发朋友圈了？》；被父母逼婚到头秃，别怕，《7 700 万个独居男女里，有你吗？》；您是不敢看体检报告的 90 后，可以读读《不敢看体检报告，真是我们这代人的命吗》……

　　《夜读》可时尚——《倍速看剧，只是"碎片化阅读"的翻版》《从"致命女人"到"庆余年"：爽剧只是童话》，可怀旧——《我们总是相信〈明天会更好〉》《动画片又来回忆杀,你还记得多少主题曲?》,可谈论文学——《因为生活在"平凡的世界",所以怀念路遥》,也可以谈论草根音乐——《听过很多神曲,不能让你过好这一生》……

互联网和智能手机的出现,大大拉低了人类沟通交流的成本阈值,但从另一个角度来说,现代人比以往任何时候都更孤独焦虑。各类"夜读"的成功,一个很重要的原因就在这里。选择在晚间10点推送"夜读"文章,是各家机构媒体、自媒体、公众号在深谙读者心态缔造的传播规律后的顺势之举,但澎湃《夜读》的独特和可贵在于,它书写焦虑,但不夸大和贩卖焦虑;它关注孤独,但不美化孤独、迎合人心。

呈现世界复杂、人生坎坷、命运沉浮,是为了让人们跳脱眼下的局限和片面,站在更宏大高远的视野去审视和思考,是为了让人们"在认清生活的本来面目后"更有力气和勇气去过好生活、热爱生活,去成就自己的英雄主义。为此,澎湃《夜读》从不渲染负面和悲情,而是弘扬一种积极、向上、进取的态度,为读者带来正能量。比如,《什么是"地铁站味道"?》《"左手挂吊瓶,右手写作业",生病的怕不只是孩子》《跟青年谈钱可以,但俞敏洪的谈法有点可笑》等文章,传达的是健康的财富观、教育观,对于提醒人们警惕一些不良和扭曲的社会风气、弘扬社会正气具有重要作用。积极介入晚间10点之后的阅读空间,努力发掘和设置更有社会价值的公共话题，开拓与众不同、别具一格的创作方式，这是澎湃《夜读》能够在短时间凝聚大量读者，并不断巩固老粉丝、吸引新粉丝，获得广泛关注的另一原因。

综上所述，澎湃《夜读》是不一样的"心灵鸡汤"。它兼具选题的时效性、表达的软性化和思想深度，满足现代人的晚间阅读需求。这是澎湃《夜读》的特色，也是其免于一般"心灵鸡汤"油腻和速朽的根源所在。这背后是澎湃《夜读》主创人员在深谙现代人心理和情感诉求，结合其他"夜读"栏目优点基础上的大胆改革创新，以及澎湃新闻作为主流权威媒体的社会责任感。相信随着时间的推移和探索的深入，澎湃《夜读》有信心创作更多优秀经典案例，为学界提供更多值得讨论和研究的经验和素材，为业界开辟更宽阔的发展路径。

目 录

情 感

003　"30＋女人"何以成为一个话题和问题？
006　专业生产渣男的 PUA，也在制造防御式孤独
010　"妈宝男"是妻子和婆婆对一个男人的争夺
013　"离婚冷静期"冷静的是我们对婚姻的态度
017　年轻人，你为什么不想结婚？
020　7 700 万个独居男女里，有你吗？
023　不交女朋友，养一只猫？
026　别因为极端个案丧失了对爱情的信心
029　这对跳舞的农民夫妻，"甜"到我了
032　当我们谈论未婚同居合不合法时，谈论的是什么？
035　你拍奇崛的婚纱照，到底图个啥？
038　你还是得相信爱情

041	中年人的欢喜，为什么这么"小"？
044	从《致命女人》到"庆渝年"：爽剧只是童话
048	只有美丽、有钱的中年女性才能"乘风破浪"？
051	电动车载五女，网友们在酸什么？
054	"不打小孩日"聊聊不打女人
057	你有一个"不好好说话"的孩子吗？
061	爱子，则为之计深远
065	珍惜老母亲闹出的那些"笑话"
069	想妈妈的心情，越长大越懂
072	没有什么能阻挡回家过年的心
075	陪伴才是过年的"有效社交"
079	夜深了，你为什么还没睡？
082	女孩，对身边的危险你别一无所知

职 场

087　你为什么不发朋友圈了？
090　为什么中国人的休闲时间越来越少？
093　"副业刚需"背后的这届年轻人
096　"不忘打卡"也是人生的英雄主义
099　勇敢一点，对职场PUA说不
102　被暴力裁员，我们心中最深的恐惧
105　到大城市去，驶向未知也是驶向可能性
108　在职场，虚幻的"人设"抬高不了身价
111　每个人都有值得全力以赴的全勤奖
114　向摸鱼式加班说不，你敢吗？
117　假期加班就辞职，这届职场新人怎么了？
120　酒桌上真正的"硬菜"是人性
123　那些语重心长劝诫年轻人的王石们

126	跟青年谈钱可以，但俞敏洪的谈法有点可笑
129	离职也很体面，才没辜负这些年
132	你的辞职报告，会屏蔽父母吗？
136	每一份"新职业"，都不容易
139	他们不仅加班，竟然还悄悄学习
142	花掉所有工资，你也不会成为杨超越
146	企业文化糟粕就不要出来丢人现眼了
148	"拍一拍"，拍出了什么回响？
151	人为什么要炫耀自己没有的东西？
154	微信可删好友评论了，友谊的小船会翻吗？
157	"精装修"的朋友圈，真能提高人设？
161	拙劣的"成功学大师"都套路了谁？

网　事

167　倍速时代，如何延长生命的进度条？
171　人人都玩人设，翻车就成了日常
175　"流量明星"失灵了，谁来背锅？
178　"入戏太深"是一种病
181　什么是"地铁站味道"？
185　网络社交时代，表情包和表情的错位
188　到底有多少短视频是"演"的？
191　土味视频制造的快感，虚幻而短暂
194　当"陪骂"成了一门生意
197　分享你刚编的故事是怎样一种体验？
201　微博还能变回原来那个微博吗？
204　别把真正的抑郁和悲伤"玩坏了"
207　听过很多神曲，不能让你过好这一生

210　　音乐"短视频化",风口还是陷阱?

214　　用流行词来概括这个时代,是危险的

217　　动画片又来回忆杀,你还记得多少主题曲?

221　　人类复杂的情感,真能被缩略成 AWSL 吗?

224　　我把真心付给了你,你却说这表情包过时了

228　　网络暴力不是正义,别成为飓风的一部分

231　　知识和娱乐之间的界线,多大的流量都无法跨越

234　　要不要啃老难道还需要辩论吗?

237　　"殿堂史诗级"唱片是怎么出炉的?

240　　我的人生,到底谁做主?

243　　"小镇做题家":难免挣扎,不必自卑

246　　怎样给中年男星去去油?

文 化

251　我们敢正视自己"隐秘的角落"吗？

254　火车驶向云外，梦安魂于九霄

257　夏天结束的时候，你能找到属于自己的浪潮吗？

262　相对残酷的现实，侦探剧永远是拙劣的

266　所有的一战成名，不过是厚积薄发

269　从文艺控到技术控，李安错了吗？

272　《猫和老鼠》，经典会流传，欢笑也会

275　重拍版《东京爱情故事》，还能get到你吗？

278　我们总是相信，《明天会更好》

281　在哪吒的时代怀念黑猫警长

284　让我们哭得稀里哗啦的《鲁冰花》

286　比起浪漫的薛绍和太平，还是做个贫嘴张大民吧

289　年少时遇见金庸，是我的小幸运

292	当代社会，每个人都应学会"听故事"
295	学认繁体字？你可能低估了汉字的难度
298	70岁的《新华字典》，还是汉语的"老家"
301	杜甫的崇高与厚重，全世界都能读懂
304	"曹雪芹邀你付费阅读"是对读书的冒犯
307	因为生活在"平凡的世界"，所以怀念路遥
310	方舱医院的阅读者：用书香守护希望
314	愿每个孩子的爸妈，都是"读书人"
317	别看不起书店做"外卖"
321	实体书店走网红路线，没啥不好的
324	"熊孩子"与博物馆能亲密接触吗？
327	在文物上撒个野，曾经是我的童年"福利"

生 活

333　一亿人在假装健身，说的是你吗？
336　让人执念的不是房子，是安稳的生活
339　连贝克汉姆都秃头了，中年的人生需要多少勇气？
342　不敢看体检报告，真是我们这代人的命吗？
345　你在操场上欠下的汗水，迟早得在健身房还回来
349　说筋膜枪能减肥，是对撸铁者的侮辱
352　我为什么选择了极限运动？
356　武林没有"大师"了
359　别再说90后"乱花钱"了
363　你还是要相信"好人有好报"
367　独臂篮球少年，你的努力会被世界看见
370　对不起，你妈要不起这份快乐
373　别纠结"抢跑"了！成功者可能来自赛道之外

378	PISA第一了!"金智英"并不快乐
382	二娃之后,我为什么去了"深夜食堂"?
385	眼花缭乱的"神童",或许都是"工具人"
388	能接受自己减肥失败,却不愿接受孩子平凡?
392	谁才是最需要脑机接口头环的人?
395	老年人有没有不会用手机的权利?
398	现代都市生活,需要一点界限感
401	吃野味的陋习,再难也要改
405	导盲犬老了,它们要去哪里?
409	禁吃猫狗,你需要这种"伪善"
412	猪肉那么香,你为什么要辟谷?
416	环保很重要,吃猪肉也很重要

1

情感

"30＋女人"何以成为一个话题和问题？

石力月

收到约稿消息的时候，我正在烈日下背着工作电脑，扛着孩子的各种行头，带她去上舞蹈课。我汗流浃背地牵着孩子穿过一条又一条街道，一副社畜本畜的模样。

最近年龄30＋女性的话题很热，《乘风破浪的姐姐》《三十而已》以及《女人30＋》第二季，又是综艺又是影视剧，叫好又叫座，大概所有人都没有想到，她们会成为舆论的风口。铺天盖地的文章和讨论涌来，说感动的、说励志的、说勇气的，说啥的都有，持续不断的高光活生生地将"30＋女性"搞成了话题中心。

客观地说，在卖人设、脸谱化的问题上，以30＋女性为主角的综艺与电视剧并没有走出一条真正的突破之路，仅仅是换了个标签，就能掀起巨浪，可见长期被"白瘦幼"审美和趣味霸屏遮蔽了多少真实的世界。

然而，这不是被遮蔽世界的理想亮相与表达，而是以她们的名义展开的一场收割——收割经历，收割情感，收割自我投射的共鸣。我对满屏"虽然30＋了但依然可以怎样"的句式感到不安。在我看来，那些认为都30＋了还不打算坐以待毙的女性很励志的想法包含着细思极恐的逻辑——以否定为前提的肯定。因此，比今天应当如何呈现和讨论30＋的女性更为重要的问题是，她们究竟是何以成为一个话题和问题的？

现实生活的演进比综艺和电视剧复杂得多。近些年我愈加意识到在我和我的同龄女性身上似乎悄然发生过一场巨变。我们自年幼到成年阶段所受的教育是没有性别差异的，教育上的性别平等不但是一种政治正确，也是一种社会共识。无论男生还是女生，在要读书和要养活自己的问题上，不会有什么争议。但成年以后不知道什么时候就突然进入了一个充满性别拷问的世界，那些过去不是问题的问题，一个接一个地成为问题，并且是女性独有的问题。一如《女人30＋》访谈中挺过了生死考验的任家萱（Selina），也逃不开大龄再婚的问题，她自曝加过很多人电话却没有下文的无奈。

从这个意义上来说，虽然我也认为30＋的女性可见总比不可见好，但还是忍不住想问：为什么30＋对于男性来说不构成一个问题？

从整个人生阶段来看，30＋应当属于年富力强的黄金期，可今天几乎所有关于这个年龄段女性的叙述都不是这个基调，即使是那些被一致叫好的姐姐们，也不过要么被塑造得老当益壮，要么就表现得一地鸡毛。这大概是我总感觉别扭的原因。在我看来，这个阶段无非衔接了我们过往的人生，也通往我们未来的人生，它只是人生的一个阶段。然而，性别的限定加诸了一种宿命化的设定，越强调她们的挣扎与反抗就越强化了这种宿命式的基调。所以今天大量的呈现与讨论看上去先锋，实则保守。

事实上，以年龄为标准对女性进行评价和筛选，掩盖了整个社会系统低成本利用其劳动的秘密：一方面，全方位宣布你的价值降低，使得你必须通过加倍努力来避免出局；另一方面，以价值降低为由低成本支付（甚至免费使用，比如家庭劳动），使得你即使加倍努力也往往无法获得与努力相匹配的回报。这种双重压力，才是30＋女性在当今社会生活中倍感艰辛的核心原因。"性别＋年龄"的规训被不断地塑造成常识，这个过程是极具压迫性的，此番爆发的网络热议就是证明。

所以，如何真正打破性别与年龄对女性人生可能性的束缚，而不是在接受常识的前提下寻求有限突破，可能是一个更有意义的问题。

我很确认，把孩子送进跳舞教室转身出来坐在教室门外打开电脑开始写这篇文章，并不是出于一个30＋女性的不服老，而是因为我爱写，和20＋的我一样，仅此而已。

专业生产渣男的 PUA,也在制造防御式孤独

与 归

最近,浙江宁波慈溪警方抓获一名犯罪嫌疑人张某。他打着"恋爱交友"的幌子,几个月内同时骗取了3名女子的钱财,涉案资金共有三十余万元。

这是我随意搜出的一条新闻。我相信,类似的案例大家已看过太多。不了解的人可能无法想象,有这么一帮人,正在教别人如何做"渣男";有这么一群人,正在努力成为"渣男"。

2019年10月17日,澎湃新闻发布了一组暗访和起底PUA培训产业链的视频报道,引发极大热议,也再次将这一话题置于公众视野。

PUA是英文词组"Pick-up Artist"的缩写,意为"搭讪艺术家",是指通过学习和训练,提高自身魅力,从而提升异性缘的学问,是一个中性词。但事情早已发生了变化。一

些团伙借此噱头,开设线下课程,向男性宣扬和教唆"约炮""速推"等突破道德底线的行为。

甚至,不少PUA培训机构从事的业务,不仅缺德,还违法。2019年6月,江苏网警查处了一起散播违规违法的PUA信息的行政案件。该案违法行为人向购买者传授包括骗取女性钱财、故意伤害女性身体、诱导女性自杀等内容。

可见,一些所谓的PUA培训,已经异化成了"情感操控术",成为"精神鸦片"。它带来的伤害是双向的:中了PUA圈套的,是受害者;施展PUA大法的,是患者。

一个PUA患者对媒体说,为学习相关课程,他在两年内投入了40万元,沉迷其中不能自拔。为此,他与原有生活脱轨,失去家人和朋友,"感觉自己就像个罪犯"。兜兜转转,最后却发现,原来被控制的是自己。

不要简单地以为,去学PUA的男性都"层次很低"——在相关报道中,不乏海归博士。或许,我们对PUA的批判,还应超越个体,回到一个根本性的问题:身处这个时代,我们应该怎样开展异性交际,如何对待爱情?

前段时间,朋友圈流行一类文章说,现在的男生越来越不主动追女生了。这句话只说对了一半,或者说,只说中了一部分人。有些男生是这样,但有些男生已经"阅人无数"了。

还有一群人,他们在拒绝别人的时候,也在抵抗自己内心的渴望。明明想靠近，却孤单到黎明，因为不确定，因为不相信。"我没有恋爱的快乐，但我至少不会因此受伤"，成了这部分年轻人保护自我的牢固盾牌。

2016年，北京大学社会调查研究中心发布的《2015年中国人婚恋状况调查报告》显示，1980—1985年出生的人，第一次恋爱年龄平均为18.54岁。到了90后，特别是95后，第一次恋爱年龄提前很多，分别为15.18岁和12.67岁。恋爱越来越容易，但也越来越脆弱。

如今，早已不是待字闺中、媒妁之约的时代，在确定关系前，我们有足够的途径见到对方，有足够的时间和方式了解对方的性格与人品，但我们似乎离理想的爱情越来越远。真诚越来越少，取而代之的是华丽炫目的技巧。

民政部说，2018年中国单身成年人口数量超过两亿，独居成年人口超过7 700万。空巢青年，首先空的就是心。他们正在变得不相信爱情，或者不奢望爱情。这群人当中，不少就是吃了PUA的苦，便习惯了孤独，内心长出了防御之树。

爱情可能从未呈现出如此复杂的局面，也可能从未遭遇如此严峻的风险。所以，我们才会念叨木心的《从前慢》，才会循环陈奕迅的《稳稳的幸福》，才会"渴望去大草原的湖边等候鸟飞回来"，让他（她）"给我一个人唱歌"，彼此厮守一生，简简单单。

回到PUA现象,归根结底,问题还是出在人们对待情感的态度上。法律不能解决所有问题,它只能依据不同程度的"骗财"或"人身伤害",来进行相应的处罚;甚至连"骗色",很多时候都很难被认定为具体的违法犯罪。当一些人把道德都看轻的时候,这一人类兜底的约束法则也失去了威慑力。

我不敢揣测人性,但我相信人生是一场轮回。年轻时做过些什么,到后来总会获得回应。比如,那位曾经被网友封为"珞珈山炮王"的名校高材生,余生一定会遭遇指指点点、磕磕绊绊吧。

重新回归真诚,是我们挽救扭曲的两性关系和濒危爱情的唯一方式,也是挽救PUA受害者和PUA患者的唯一办法。

"妈宝男"是妻子和婆婆对一个男人的争夺

张 丰

"妈宝男"这个词，是用来形容那些没有主见，凡事都要"听妈妈的话"的男子。大多数时候，这个词是婚姻中女性的诉苦——摊上这么一个"妈宝男老公"，真够受的。

也就是说，"妈宝男"多是处在一段感情关系中，才会暴露出来。在恋爱之前，他可能是一个帅气、整洁、彬彬有礼、人畜无害的好青年。

最新有关"妈宝男"的争论，来自媒体的一篇报道。记者去探访了"相亲市场"，发现那些正在帮儿子找对象的妈妈们非常苦闷：儿子没有主见，想找什么样的老婆都不知道。自己帮忙拿定了主意，儿子还不满意。

有一个比较极端的案例。母亲帮儿子物色了一个"各方面都合适"的姑娘，结果结婚20天就离了，两人实在过不到一块儿去。报道中，这位母亲没有自我反省，只是抱怨儿子浪费了10万块彩礼钱。

"妈宝男"也是一个心理现象。有意思的是，我们很少听人谈论"妈宝女""爸宝女"。独生子女时代，一名女性在成长过程中，肯定也受到父母的宠爱。按照弗洛伊德的理论，母女关系不容易亲近。但是，父亲对女儿的爱，却并不影响女孩的独立，甚至是恰恰相反。

其实不管男孩女孩，90后一代都出现了更多的"包办婚姻"。这在很大程度上应该归因于房价。社会流行观念多半会把成家立业和买房联系在一起，90后一代靠自己很难在大城市买房，所以求助于父母也是自然的现象。父母出了更多的钱，拥有更大话语权也是正常的。

代表原生家庭行使权力的，多半是那个爱说话的母亲。这是让人感到悲哀的现实：中国女性在家庭中更操心，承担更多责任，最终却受到了来自下一代女性更多的指责。相比之下，原生家庭中的父亲，往往以一个油腻中年人的形象，在外逍遥去了。

"妈宝男"们的特征是缺乏主见，这也反映出社会对他们的要求更高。一个女性结婚后，一切都听妈妈的，多半让人觉得可爱，至少可以接受；换作是男的，就会被讥讽为无主见了。社会需要"顶天立地"的男儿，背后却是妻子和婆婆对一个男人的争夺。

去年世界杯的时候，我在楼下小酒吧听到两个男子的对话，堪称"妈宝男"的极致版：

A："真羡慕你单身啊，我也想离婚了。"
B："为什么要离婚？"
A："老婆和妈妈关系不好，实在说不到一起。"
B："那离婚也可以考虑。"
A："但是我还不敢离婚。我哥哥离婚了，如果我也离婚的话，别人肯定会说是妈妈的问题吧，两个儿子都离婚。"

我看了一眼，那个"妈宝男"年纪轻轻，衣着光鲜，满脸痛苦，真是让人同情。如果他妈妈听到这段对话，不知是会感动，还是悲哀呢？

不管怎样，在"相亲市场"上帮儿子找对象的妈妈们，是没有资格指责儿子缺乏独立性的。任何一个"妈宝男"的养成，都不是一朝一夕的事情。让儿子自主决定结不结婚、和谁结婚，是拯救一个"妈宝男"的最后机会。

父母们已经包办了孩子过多的事情，选学校，选兴趣小组，高考选专业，毕业选工作……这些选择其实都是放手的机会。如果一直包办，最终可能会亲手毁掉孩子的一生。

这在逻辑上并不难理解。极致的"妈宝男"最终会成为"啃老族"，成为反噬父母而不是反哺父母的力量。

"离婚冷静期"冷静的是
我们对婚姻的态度

钢镚儿

几天前,是我的结婚纪念日。是的,没有礼物甚至没人记得,若不是这篇稿子,我很难意识到自己步入婚姻已5年。看来,从"你侬我侬"到"合租兄弟",一张结婚证就够了;如果还不够,就再加个娃。

在这个丰衣足食和崇尚自我的年代,结婚仿佛从"必需品"升格为"奢侈品",而离婚则从"限量款"变成"大众款"。民政局的数据显示,2019年前3季度,全国登记结婚人数713.08万对,同比下降6.78%;离婚人数310.41万对,同比上升7.07%。

离婚率的高企,是一种令人担忧的社会现象。对于当事人来说,离婚或许代表着解脱和自由,但谁也不能否认,离婚也蕴含着失败和遗憾。

正在编纂中的民法典,有一条规定——"离婚冷静期",

大意是提交离婚申请之日起的30天内,任何一方反悔、不想离婚的,可以随时撤回申请。

从立法初衷而言,这条规定是为了避免婚姻当事人轻率离婚、冲动离婚,以维护家庭稳定。而冲动离婚也确实并不鲜见。离婚夫妻,大多经历过从"鸡毛蒜皮"到"上纲上线"再到"说离就离"的阶段。

这就是人的情绪的奇妙之处,无论何时,它都能够巧妙地完成"自洽"。一旦脑海中闪现过离婚的念头,就会有无数个支持这一念头的理由袭来,以至于恋爱的心动、新婚的甜蜜、相处的点滴美好,甚至是无辜的孩子,都自动隐身,只为了凸显"离婚"的无比正确。

这种冲动在刚刚步入婚姻的年轻人身上可能更加明显。婚前是魂牵梦绕的"鸡腿姑娘",婚后则只是个爱啃鸡腿的胖子;婚前是眉清目秀的翩翩少年,婚后只剩胡子拉碴的油腻大叔,这种心态的变化很容易导致对婚姻的整体否定。

从这个角度看,设置离婚冷静期,也是一次善意的提醒,提醒你每一次权利的行使都是神圣的,且牵一发而动全身。

但也有人可能会说,我不需要冷静,大不了复婚呗。但从现代社会的角度看,"复婚"不是简单的破镜重圆,而是两个独立个体的再结合,这背后有着复杂的法律关系和财产认定程序。

我们这几代人,对于婚姻的态度经过了一个"否定之否定"的过程。在父母那个年代,自我意识往往还不强,婚姻是顺其自然的事情,亲情成为维系婚姻的关键。到了世纪之交,言情剧风行,"霸道总裁爱上我"或"盖世英雄踏着七彩祥云来娶我"的浪漫剧情被万千少女所憧憬。

而近几年,一种新的现实主义回归,不少人对婚姻更"佛系"了,搭伙过日子的同时保持独立性,成为一种很重要的婚姻形态。这种形态下,维系婚姻的那种依赖感并不强。

也正因如此,我们常常错以为"没有对方,我依然能过得很好"。但放在时间的刻度上,当两人生活中抽离出一个人,当独自面对碎片的世界,缺少了支撑和分担,没有人分享你进步的喜悦,没有人和你一同吐槽严苛的领导,没有人陪伴你步入老年,甚至面对死亡,那种孤独和恐惧随着时间流逝会一点点强化,而不是减弱。

或许我们都会因为婚姻的平淡而失望,但主动做些积极而温暖的事情,总好过相看两厌和反复抱怨。经营婚姻的确很难,但岁月流转,婚姻会逐渐显示出它的韧性和温情的一面。不因冲动而轻易离婚,不因一时困难而卸责放弃,婚姻给予你的幸福一定会越来越扎实。

当然,一些事情可以"冷静再做决定",另一些则必须"快刀斩乱麻"。正如一些委员所建议的,"离婚冷静期"若涉及重婚、家暴、遗弃、恶习等情形,对此没有必要给予冷静期。

婚姻面临的问题,有时候是感冒发烧的小病症,可以靠双方的互相包容而自愈;但家暴、恶习却常常是不治之症,帮助受害的一方及时脱离苦海,打碎名存实亡的婚姻"枷锁",该决绝时也当决绝。

同样,若真是感情彻底枯竭了,也就没有了冷静的必要。

婚姻是道难题,但成年人的世界里哪有什么简单选项?直面而不是回避,修复而不是放弃,既是践行当初在婚礼上的誓词,也是在这个压力爆棚的时代给自己建造一座避风港。当然,家暴不是什么避风港,而根本就是风暴本身。

年轻人，你为什么不想结婚？

土土绒

观察舆论是一件很有趣的事。

就在前两年，催婚、催生、催相亲还是媒体热爱的话题，隔三差五就要被拿出来炒一炒。比如父母们迫不及待，亲自上阵替孩子相亲啦；比如年轻人受不了父母的花式"逼婚"，想出各种奇葩对策啦。事件细节虽然有不同，但给人的总体感觉是，整个社会都在逼问年轻人：你为什么还不结婚？你为什么还不生娃？

不过这两年来，以上话题固然还在，但表达方式却有了很大的改变。根据媒体报道，从全国范围来看，2018年结婚率仅为7.3‰，这个数字创下了近10年来的新低。媒体争相分析：年轻人为什么不想结婚？这些分析更多是从年轻人的角度出发，讲述他们的难处，讨论如何解决他们的实际困难。很明显，整个舆论环境变得温和而且理性了。

仅仅两年时间，那些在相亲角张贴"相亲价目表"的父母们似乎就退出了舆论的视野，急吼吼的越俎代庖变成了藏在内心的忧虑。

你可以说，是年轻人的话语权更大了。也可以说，这个社会对年轻人的婚育问题变得更宽容了。但不管是哪一种，都值得庆幸。"按时结婚"不再是高悬在人生道路上的铁律，人们被赋予了更多选择的权利。这是社会观念的进步。

当然，如果你真的去问年轻人为什么不结婚，有很大可能会得到一个回答：穷。穷就一个字，扎心很多次。房价那么高，房子什么时候才能买得起？工资月月光，养活自己都不容易。很多人甚至戏称："先脱贫再脱单。"从个体的角度来说，这当然可能是事实，但是把视野放得更广阔一点，情况却恰恰相反。

众所周知，近几十年是中国经济高速发展的时期，仅从人均可支配收入来看，2018年就比1949年增长了59.2倍。可以说，现在是中国人富裕程度最高的时期。但结婚率呢？2015年，25—29岁女性的未婚比例高达27%，而她们的母亲辈还不到5%。

那么，是因为过去的婚姻很幸福，人们都乐于结婚吗？事实可能恰恰相反。他们只是没有能力抛开婚姻独自生活而已。这种"能力"，一方面是社会观念上的，另一方面更是经济上的。在物资匮乏的年代，尤其是对女性来说，人们需要"抱团取暖"。即使与另一半缺乏感情，她们也不敢轻易离婚。

而当物质需求满足了,精神追求自然被提上了议事日程。人们不再满足于婚姻这种形式,而是更注重婚姻的质量。没有质量的结合,宁可不要。婚姻,有当然好;没有,也不用那么焦虑——这样的洒脱,只有在今天这样的社会才要得起。

所以,在为低结婚率而焦虑的时候,要承认,这份焦虑其实"来之不易"。拥有选择权的"小确幸",足以让我们先偷着乐了。

7 700万个独居男女里，有你吗？

李勤余

在这个静谧的夜晚，屏幕前的你，也是一个人住吗？

《2018年民政事业发展统计公报》显示，2018年全年，我国依法办理结婚登记1 013.9万对，结婚率为7.3‰，创下2008年以来的新低。目前中国有超过2亿单身成年人，其中更有7 700万独居成年人。

不知，在这7 700万人之中，是否也包括你？

选择凭实力单身的理由，是多种多样的。或许，值得你爱的那个人，还在不远处的街角默默等待。或许，经历过一段千疮百孔的感情之后，你更想静一静。又或许，你更愿意享受独处的自由。

但是，在这些理由中，并不包括"穷"。2019年《单身经济专题分析报告》显示，独居青年不差钱，月收入在6 000元以上的单身男女占比分别达到68%和54%。

可见，主动选择单身，一个决定性的因素就是负担得起这样的生活。近百年前，英国作家弗吉尼亚·伍尔夫在《一间自己的房间》里写道："女人要想写小说，必须有钱，再加一间自己的房间。"而如今，置业对单身女性来说，并不是新鲜事。

这也意味着，把单身和"单调""孤独"画上等号的观念，早已过时。单身男女非但不会拖累社会，反而给经济带来了更多活力和动力。早在2001年，经济学家麦卡锡就在《经济学人》上为"单身经济"背了书——"她们是广告业、出版业、娱乐业和媒体业的产品和服务的生产者和消费者。因为独身而且收入不菲，她们是最理想的顾客"。

能叫外卖绝不做饭、一个人也能在KTV嗨歌、养宠物比谈恋爱省事……一个肯定多元化、多维度的社会，必然会对单身男女越来越友好。所以，单身的你，一样能活出属于自己的精彩。

当然，单身、独居不代表拒绝交流、封闭自我。互联网上有个段子，把孤独分为10级，最低级是"一个人去超市"，最高级则是"一个人去做手术"。其实，一个人生活，不等于和社会、和他人切断联系。外出就餐、锻炼身体、参与公益活动……谁能说，独自生活的人，不能拥有一颗更丰富的内心？

克里南伯格在《单身社会》一书中指出，在如今这个人与人高度紧密相连的社会中，独自生活令我们更好地了解自己。没错,正因为现在的单身,一个人才能更明白人格独立的重要性,更珍惜未来伴侣的陪伴。

"单身社会"的到来,或许是不可避免的发展趋势。它将改变的,是人类对自身、对亲密关系的理解,或许也将改变人类成长和老去的方式。不必为此感到担忧和焦虑,单身男女所经历的,只是又一次社会变革的过程。

是否会感受到孤独,不取决于单身与否,而与内心的充盈程度有关。一个人有一个人的精彩,两个人有两个人的幸福,无论处于哪一个人生阶段,生活永远不会缺少乐趣和温暖。

不交女朋友，养一只猫？

彭 蹦

刚刚过去的"双十一"里，有一则撸猫界的大新闻：猫粮打败婴幼儿奶粉，成为天猫国际商城最受欢迎的进口商品。而最受欢迎的进口品牌中，排在第三、四名的也是猫狗粮：Petcurean Go！和 Orijen。排在第一位的是戴森，但是很多人买戴森就是为了猫主子啊。网友对此的评价是："内容过于真实。"

如今养猫、撸猫、吸猫成了年轻人的刚需，而且越来越舍得给猫花钱，甚至超过给自己的娃——啊？有猫，还要娃干嘛？

我从小就喜欢猫。外婆家养了很多猫，有只三花母猫对我特别凶，因为我总是趁它不注意，去逗弄猫窝里那些眼睛都没睁开的小奶猫。这件事，母亲至今仍津津乐道。初中时，我还专门写过一篇《外婆家的猫》，被老师当作范文在班上传阅，让我颇为得意。后来读到旧时文人作的字里行间满是宠溺之意的猫诗，这才发现，正所谓"已有的事，后必再有"，原来先贤和我辈也没什么分别，一下子拉近了心理距离。

当然，古人养猫是有实际用途的——抓老鼠。这对家藏万卷的文人来说尤其重要，几乎是刚需。所以陆游才会写："裹盐迎得小狸奴，尽护山房万卷书。"这里值得注意的是，虽然小猫是用盐做聘礼，郑重地迎回家的，但仍然是"狸奴"——这也很自然，毕竟养来是要干活的。而今天则恰恰相反，猫咪们成了家里趾高气扬、养尊处优的主子，过去的主人们却一个个俯身做了"猫奴"，心甘情愿地服侍猫咪。这是为什么呢？

解释有很多。有从外貌来解释的，猫咪的眼睛大小占身体的比例是哺乳动物里最大的，与人类婴儿有相似之处，因而惹人爱怜；有从性格来解释的，猫咪对人若即若离的性格，富于神秘魅力；有从习惯来解释的，猫咪爱干净，常常整理毛发，大小便之后会自己掩埋起来，也不闹腾，平常安安静静的，养起来方便。

而在这些解释之外，更为重要的一个原因是：孤独。

从工业革命以来，现代化、城市化的进程已经延续了一百多年。现在我们可以大大方方地承认了，现代化的大都市就是会令人孤独。不管是高强度的工作压力、过快的生活节奏，还是冷漠的人际关系，都是根植于现代化生活方式之中、我们不得不接受的大都市生活的副产品。而伴随着这一切的，是交友、恋爱、结婚、生育的成本居高不下。说起来，各种各样的社交媒体在这个时代的兴盛、繁荣，不也正是因为年轻人们害怕孤独而寻找慰藉吗？

这也就解释了，为什么这个时代越来越多的人选择成为猫奴。与需要带出去散步的宠物狗相比，时而高傲冷漠时而乖巧可爱的宠物猫，对孤独人群来说，实在是最好的陪伴者了。年轻人从养猫中多少尝到了恋爱的滋味，而老人则获得了"儿女承欢"的温馨——与恋人或者子女不同的是，宠物永远不会离开你。

我们不妨来看一组近邻日本的数据。近年来，日本独居的年轻人和老人的数量逐渐增多，据专家预测，到2035年，日本将有近一半人口是单身者。而伴随着这股单身浪潮的是，猫咪作为宠物越来越受欢迎，大型宠物店里猫的平均价格水涨船高，人们花在猫身上的钱也越来越多，这被日媒称为"猫咪经济学"（nekonomy，neko即日语里的"猫"）。在东京这样的大城市里，养一只猫咪成了孤独的都市人重要的心理慰藉。时至今日，中国也出现了类似现象，比如这个"双十一"里的猫经济。看来，孤独的人总是相似的，哪儿也不例外。

"魔岩三杰"里张楚唱："孤独的人是可耻的。"何勇唱："交个女朋友，还是养条狗？"而这个时代的孤独的人对此的回应是：不交女朋友，养一只——或者不止一只——猫。

别因为极端个案丧失了对爱情的信心

张 丰

广西玉林警方公布,侦破一起杀妻案。广西梧州男子陈某将前妻杨某杀害,抛尸于化粪池中。在杀害前妻后,他还转走了她账上的15万元,和朋友们出去旅游了一番。

这样的案情,肯定会让人联想到不久前发生在杭州的类似案件。事实上,这两起案件并没有什么关联,但是,这并不影响部分网友把两起案件结合起来,强化那个结论:结婚非常可怕,为了"保命",不婚不嫁保平安。

根据广西媒体报道,这位陈某的婚姻确实出了问题。即便是离婚后,两人也纠缠不清。陈某偶尔会有记日记的习惯。有一页上他写了三个字:"离婚了",紧挨着的一页则是"吵架了,又过一天"。这两页日记,记录的并不是连续两天发生的事情,但是确实也是他婚姻状况的写照。

如果用"人渣"来形容陈某,并不为过。他无法按照一个现代人文明的方式来处理婚姻关系，不管是失手杀人还是像女方亲属所说的是看中了前妻的那笔钱而杀人，都说明他当时确实丧心病狂。案发后，他心安理得地拿着那笔钱和朋友去旅游，就更是一种"奇葩行径"。

但是，当我们说"人渣""奇葩"和"极品"的时候，同时也意味着承认这是一种极端行为。它是罕见的"小概率事件"，在任何时代都可能发生，却也并不具备"必然性"。

各地媒体都报道过"离婚率"上升的新闻，给人造成一种印象，以为人们的感情生活普遍遭遇问题。但这也可能是一种误导，因为春节后民政部门一度无法正常上班，一些人的离婚不能办理。

而人们对爱情的向往和渴求，其实一点也没有减少。刚刚过去的"七夕节"，节日气氛就很浓。我所在的城市天气晴好，有不少人在晚上抬头看向天空，寻找牛郎和织女两颗星星的踪迹——人类离不开相互依靠和支撑，所以才更要珍惜和享受当下来之不易的幸福生活。

所以，因为某些极端事件就丧失对爱情的信心，甚至妖魔化婚姻生活，显然是没必要的。

事实上，离婚变得越来越自由，这是一种进步；选择独身的人也越来越多，说明人们选择生活方式的余地变得越来越大。这一切都说明，社会变得越来越宽容。爱或者不爱、婚或者不婚，都不是大问题，更没有必要引发某种对立情绪。

总有一些网友企图在社交媒体上搞出些"大事情",但任何有理性、有智慧的人,都不会丧失自己的判断能力。何况,那些幸灾乐祸地在新闻底下留言的人和忙着准备七夕礼物的人,说不定就是同一个呢。人们永远愿意相信感情的美好,这是不变的真理。今年七夕节遍布朋友圈的温情,就是一个明证。

这对跳舞的农民夫妻，"甜"到我了

白晶晶

一对农民夫妻突然火了。他们在田埂间、家门前和桥墩下跳舞的视频，在网上收获了140多万粉丝。

让很多网友赞叹的"普通人的简单快乐"，源头并不浪漫。丈夫范得多之前出了车祸，又患上抑郁症，为了不让他胡思乱想，妻子彭小英才带他跳舞。是的，普通人的"浪漫"，多是来自生活的历练，它朴素、坚韧。

但他们还是给了我们足够的感动，因为有种东西叫"反差萌"。

印象里，丈夫49岁、妻子45岁的农民夫妻，又经历了意外和疾病的折腾，会是什么样子的？每个人或许都有自己的答案，但可能没有一种是想跳就跳的心态，是整齐划一的动作，是天真灿烂的开心。简单"土味"的背景和穿着，挡不住他们的精气神，不影响我们接收他们的快乐和幸福。

一对普通得不能再普通的农村夫妻,究竟掌握了何种密码,才能把日子过得欢脱?这是很多人都想知道的答案。

或许,是苦难触发了人内心的坚强因子。几亩薄田,丈夫在短期丧失劳动力的同时还得承受抑郁症的折磨,两个年幼的孩子,曾经就是彭小英的所有。但人性的可贵在于,"气压"低到谷底之际,往往也是人"求生欲"最强之时。

或许,是夫妻共同的兴趣爱好和对未来生活的向往。他们在接受采访时说,告别过去的贫困生活并不容易。表面上,他们找到的是自编舞蹈这剂良药,"用身体的摇晃甩走生活的负累",实则是因为他们找到了夫妻相处的最大公约数,这让他们在面对艰难困苦时,手牵得更紧,走得更远。

腼腆的丈夫说:"音乐一放就没有想法了,心情就很不一样。"露出八颗牙齿、笑得感染力满满的妻子则认为:"跳舞让我开心快乐,能蹦的就赶紧蹦,能干的就赶紧干,能吃的就去吃。"这是知音间的互相回应,也是朴素的人生真谛。

还是最真切的"甜"。

现代人似乎总有停不下来的烦恼。无论是风靡一时的"葛优躺"、人人自居的"佛系",还是最近很火的"阿姨,我不想努力了",不少人都感觉生活被孤独感、渺小感、无力感所裹挟。

至于彭小英夫妻这种中年人,网上的吐槽就更多了。身处夹心层,上有老下有小,房贷车贷等着你,孩子做错作业惹得鸡飞狗跳……很多人羡慕这对夫妇共同起舞、热情相拥的"乡村爱情",大概也就是看到了自己的欠缺。

多年夫妻成室友,只当左手摸右手。本该最亲密的人,已变成最熟悉的陌生人。曾经的甜言蜜语,也被生活琐碎褪去了激情。"有事说事,没事各忙各的,毕竟大家都忙着呢",一篇文章对于中年夫妻的描述,有点丧,却是很多人的真实写照。

以至于一些还未步入婚姻和家庭的年轻人,也有种"恐婚"情绪,过早发出"相爱容易相处难"的感叹。

现实和脑子里的观念,不会因为一对夫妻的跳舞视频而改变,但起码,他们给了我们一点触动、一种改变的可能、一种希望。原来,人心可以足够强大,夫妻可以不离不弃,家庭的力量可以让我们在与生活掰手腕时,反败为胜。

既如此,不妨从现在开始,给自己多点信心,给爱人多点理解,给生活多点耐性。在自己的屋前地头尽情起舞,在细水长流的日子里拉紧对方的手,给爱情和生活都加点"甜"。

当我们谈论未婚同居合不合法时，谈论的是什么？

白晶晶

随着社会经济的发展和人们观念的变化，在我国未婚同居的情况越来越多，也由此引发了一些纠纷，法律是否应当作出规定和认可，成为摆在立法者面前的现实课题。

2019年10月，全国人大法工委发言人臧铁伟在回应有关未婚同居立法时表示，如果法律上对未婚同居制度予以认可，将会对现行婚姻登记制度形成冲击。从目前情况看，法律上明确规定同居这个问题的时机还不成熟。

谈起对未婚同居的看法，答案真的是千人千面。每个人都会结合自身立场，作出截然不同的判断。

在有些人眼中，未婚同居给了人掉头就走的机会，一旦发现更好的对象，就可以不受任何束缚地奔向下一段关系；在有些人眼中，未婚同居则降低了双方的试错成本。婚前同居可以看作是婚后生活的小缩影，只有经过一定时间的共同生活，才能知道双方是否互相包容、彼此理解，三观是否一致，品行是否可靠。如果真的发现这一段关系并不适合彼此，可以和平分手，也不必被打上一个离过婚的社会烙印。

曾在微博上看过一首诗："唯恐姻缘又断离，婚约不问做双居。两人住在了一起，到底谁占了便宜。多少风流客，给几人添了嫁衣。"虽说戏谑调侃的意味有点过，却也道出多数人谈起未婚同居的第一判断，到底谁吃亏？

其实，看过身边多少同林鸟变作分飞燕而唏嘘以后，人们都明白，结婚证不过纸一张，也只能做到防君子不防小人，更何况未婚同居这种在法律上并未受到保护的社会关系。

有人在微博上发起小调查：未婚同居到底谁吃亏，答案选项有男方吃亏、女方吃亏、双方都吃亏、谁都不吃亏。有一条神留言扎了心——"老实人吃亏"。

法律应该以社会为基础，法律规定是对社会现实的反映。之所以产生讨论未婚同居合法化的法律需要，背景正是逐年增多的未婚同居的社会现实。人们抱着朴素的正义观，希望法律能够保护老实人，不让他们在未婚同居关系中吃亏。

按理说，只要双方都没有配偶，现行法律对婚前同居不作干涉，法无禁止即可为。只不过，因未婚同居后分手可能产生的房产、车辆财产分割纠纷，甚至是非婚生子女的权益保护争议逐年增多，才衍生出社会现实的需要。人们期待出台一种法律制度，像婚姻登记制度一样，保护未婚同居双方的合法权益。

其实,婚姻制度对于双方而言,不仅是权利,更多的则是义务。如果认可未婚同居的合法地位,对于双方民事主体而言,增添的法律义务过多,反而不利于双方自由意志的行使。

现行司法实践中,对于未婚同居后分手的财产分割,已有很多司法实践。而相关法律规定具有滞后性,确实亟待调整,但认可未婚同居的法律关系,时机确实尚不成熟。婚姻法规的每一次变动,都会给社会观念带来巨大的调整和冲击,修法确须审慎。

进一步讲,现在选择单身、未婚同居的人群比例越来越大,是否意味着一种社会观念的进化?如果世俗眼光能将单身和婚恋等各种状态视为平等,确保人们自由地选择自己的生活,以正确的理由开展伴侣关系,出于真爱与另一个人相伴,而不仅仅是因为害怕孤独,或许,现代婚姻制度又会进化到一种新的形式。

你拍奇崛的婚纱照，到底图个啥？

栗中西

公路婚纱照、轨道婚纱照、丛林婚纱照、热气球婚纱照、悬崖婚纱照、海浪婚纱照……现如今的婚纱照，不仅越拍越贵、越拍越奇，还越拍越另类、越拍越危险。

2020年8月25日，一对夫妻在甬莞高速上违停，拍婚纱照，被高速监控抓拍后在网上走红。视频中，丈夫为了寻找更好的拍照角度，跑到高速路中央，很"敬业"地360度绕圈拍摄。被交警扣下后，他表示自己和妻子要去温州洞头拍婚纱照，至于停下来的原因，则是"怪"风景太美。最后，他们被交警罚款250元、扣6分，还"附送"了网络走红的待遇。

令人唏嘘的是，一周后就在他们的目的地洞头，另一对新人因为拍婚纱照付出了惨痛代价——4人落水，其中新娘和化妆师不幸离世，摄影师失联。事故始末仍待进一步查实，但是惨剧已然酿成。

照相技术唾手可得的今天，婚纱照一定要拍吗？你问未婚人士和已婚人士，答案很可能是不一样的，尤其是女孩。未婚的时候，追求张扬个性，生活无限可能，婚纱照这种老派又老土的东西，不拍。真正到了结婚时心态很可能就不一样了，办婚礼不可能没婚纱照吧，再说婚后生活平淡无奇，婚纱照可能是一生中不多的高光时刻了，还是得拍。

你猜对了，这是我自己的心路反转，也是身边多位已婚人士经历的写照。跟我们随大流、完成任务式的拍摄不同，现在年轻夫妇的婚纱照在追求与众不同的道路上，早就越走越远了。

为了迎合新人这种求新求变的心态，婚纱摄影行业也是充分发挥了想象力，什么项目奇绝险难，就开发什么项目。以前顶多棚拍加个基地外景，在事先搭建的假皇宫、假教堂、假游艇上面，出演下王子公主就行了。2010 年后，基本都要求有实景。租别墅，租游艇，去真教堂蹭景，去街上拦车清场，去山林中放烟火，去机场周围蹲飞机机位，从服装、化妆、道具，到镜头展现的排面，必须恢弘气派、仙气飘飘。要么就走个性路线，主打旅拍概念，去马路、丛林、悬崖，上天入地，哪里危险上哪儿拍，或者干脆到国外，满世界打卡。不特别，怎么能体现你们的爱情与众不同呢？

"在悬崖峭壁上，是人们传统观念难以接受的挑战方式，新人就是用这样的方式来诠释他们深沉的爱。"一家婚纱摄影公司在为"悬崖婚纱照"打出的宣传文案中这么说道。他们深谙新人心理,懂得撩拨,但是对风险只字不提。这些或大气磅礴、或令人瞠目结舌的婚纱照是不是诠释得了"深沉的爱",且得另说,但是价格方面倒是深不见底。万元起步,从几万元到几十万元,任君选择,越贵爱得越"深沉"。

  尺素传情也好,婚纱定情也罢,表达爱情的方式本是千差万别的,也无高下之分。但是恕我直言,在婚纱照的"刺激程度竞赛"上玩得越狂野、越惊险,反倒越落入俗套。因为你的动机已经不是什么"你若安好便是晴天",而是朋友圈下面的那个赞。

你还是得相信爱情

白晶晶

今夕何夕,又遇七夕。初心未改,心向往兮。

又逢国产情人节,一大早人们就被长沙心形红灯的新闻"齁"到了,甜度简直四个加号。从昨晚起,湖南长沙街头多个红灯由圆形变成了心形。只有红灯"变心形",绿灯和黄灯还是圆形灯。

广大"单身狗"哀嚎一片:"连红绿灯都欺负单身的我""空气中弥漫着恋爱的酸味"。只不过万万没想到,获最高赞的竟是一位网友的内涵点评——"再长久的爱,最后还是会变绿"。

如果说,长沙心形红灯遭遇"头顶一片大草原"的调侃,还只是七夕尴尬的开胃菜,那牛郎织女这对官宣国产情人节代言人,今年则妥妥遭遇了"人设崩塌"的危机。

先是自媒体发文调侃,"高高在上的仙女,怎么会爱上一个放牛郎?传统解释是因为爱情,其实是牛郎先耍了流氓"。

"牛郎为啥不能上天和仙女团聚,是因为天河房价太高,牛郎这种凤凰男买不起房,只能望房兴叹。"后有国际著名品牌杜××,号称文案界"扛把子",贴出蓝天明月、满树喜鹊的内涵图,附文:"一年一杜,晚点结束"。

从表面看,当代两性关系似乎正走向爱情坟墓的死胡同。从结婚率、离婚率两组数据来看,确实有点扎心。2010年以来,结婚率持续下降,离婚率不断走高。2019年全国结婚登记947.1万对,离婚登记415.4万对。还记得今年3月疫情刚缓和时,第一个"报复性增长"的行业竟然是离婚登记,多地民政局结婚的不多,离婚的大排长队,甚至开始限号。

打开微博热搜,不管是明星情侣、夫妻成怨偶,著名企业家上演家庭宫斗连续剧,还是热门影视剧里的顾家主妇"手撕小三"、痛贬渣男的狗血剧情,更恐怖的是社会新闻频现伤及人命的情感纠纷,好像都给人们营造出一种真情不在的无力感。

过去人们唱"真情像草原广阔,层层风雨不能阻隔",是真的相信世间自有真情在。现在这个时代,再相信爱情好像就成了痴人说梦。

深究背后原因,离不开互联网放大了时代的焦虑和不安。网络会给人造成一种错觉,热门新闻代表了社会生活的常态,狗血剧情成了生活的家常便饭。只不过,现实并非如此,正因为新闻的离奇才会成为新闻,就像"人咬狗"才能备受关注。影视剧唯有无限集中矛盾，将"抓马"情节渲染成普遍现象，"为撕而撕"才能引爆话题热度，吸粉引流。

还记得 2020 年 1 月，新冠肺炎疫情肆虐，当时各地医疗队奔赴武汉支援。有一位医生家属说出了最美情话——"赵英明，听到没有，平安回来！你平安回来，老子包一年的家务！"

为爱人做顿晚餐，不为了七夕发朋友圈；为家人买份礼物，不必非等到某个节日。还原生活的底色，芸芸众生，哪能天天情人节，动不动就上演狗血剧。为爱人的冷暖而担忧，为家庭做力所能及的分担，承包一年的家务，也是无比的浪漫。

多数人还是在认真生活、找寻真情实爱。即便是嘴上调侃"要想生活过得去，得给生活加点绿"的情场浪子，心底可能也在暗戳戳向往"愿得一人心"的纯粹。

面对 60 亿年"球龄"的地球，77 亿人类的相伴，我们就像微信开机页面那个小人儿，而真正能够治愈孤独的，还得是一份人间真情。

今夕七夕，愿你有人可依，有情相伴。

中年人的欢喜,为什么这么"小"?

李勤余

这几天,我的父母吃完饭就被牢牢地钉在电视机前,目不转睛地收看一部叫作《小欢喜》的电视剧。让这部剧集走红的原因,据说是其对中国家庭教育焦虑的关注。但陪着二老看两集我就明白了,剧集的真正亮点,不是孩子,也不是教育,而是那几个整天为了各种琐事焦头烂额的中年男女。

童文洁是公司中层,宋倩是补课名师,更别提季胜利是一区之长了。照理说,电视剧里的三户人家,完全没必要为了孩子的教育问题太过焦虑。

但现实就是这样,甚至还比电视剧少了几分浪漫和喜剧色彩。在我的身边,那些曾经信誓旦旦地表示要让孩子获得无忧无虑童年的小伙伴们,现在无一不是唯恐孩子输在起跑线,无奈地常驻各类辅导班、兴趣班门口。

光是孩子那点事也就算了,中年人的生活,还有时不时被扎上一刀的危险。就像剧集里的黄磊(方圆),失业之后为了不让家人担心还得假装上班。和好友吃饭时,他突然听闻金庸去世的消息,不由感叹:自己是没可能做大侠了,"充其量就是大虾,而且还是炸过的大虾"。

不久前,本剧的主演之一海清大声呼吁,请导演们给中年女演员一点机会。其实,中年男演员的日子也不见得好过。这倒不能怪导演们不识货,实在是因为,中年人的生活,真的远不如年轻时来得精彩。难怪,人们更爱观看由"霸道总裁"出演的"甜宠剧",毕竟,谁愿意老是被扎心呢?

这不是在渲染什么中年危机,只是有些事,真的无法伪装。最新的一集《乐队的夏天》里,开场曲是由朴树演唱的。这么多年过去了,他还是那个 real boy。可节目还没完,他就坐不住了,说自己岁数大了,12点前得睡觉。说完,他就跑了。

以前,我也以为自己的精力是用不完的,随时可以"躁"起来。可真迈过了30岁,我才发现,不行了,要是熬夜写篇稿,第二天也就算是彻底交代了。有人说,《乐队的夏天》是中年文艺青年的安慰剂。依我看,这档节目倒是告诉了我们一个真理——中年人偶尔躁一躁可以,想要一直躁下去,那不现实。

所以,中年人的欢喜,注定是"小"的。大悲大喜、肆意妄为的岁月,终究是过去了。中年人更愿意把喜怒哀乐隐藏在一张张不动声色的面孔后面。就像黄磊扮演的方圆,失了业还得在儿子面前装得像个没事儿人,这还不是因为,儿子就要高考了。

这就是"小"欢喜背后的"大"责任、"大"担当。以前只懂得"为孩子好"的宋倩,放下身段陪女儿玩起了乐高;区长季胜利,也屈尊体验了儿子最喜欢的卡丁车。

任性,不再属于中年人。为家人、为事业做出的妥协和牺牲,才是他们的日常。但谁又能说,老父亲老母亲们的"小"欢喜,不是伟大的呢?

从《致命女人》到"庆渝年"：
爽剧只是童话

马 青

《致命女人》大结局了，女人们扬眉吐气，渣男们下场凄惨，观众看得心旷神怡。

最隐忍的传统主妇贝丝，带着胸有成竹的微笑，看着丈夫罗勃被女邻居的老公打成了筛子，这是她设计的圈套，不仅成功地送渣男上了西天，还顺便把邻居家的渣男送进了监狱，帮助女邻居玛丽逃脱了家暴的苦海。

最潇洒的西蒙，帮助患艾滋病的老公安乐死，即使年华老去，身边依然有年轻男性相伴，自由而惬意。

最现代的泰勒则在手刃了心怀不轨的心机女之后，与幡然悔悟、劫后余生的丈夫重归于好。

这栋房子迎来了新的住客，这个年轻女性更是狠角色，发现丈夫出轨，直接用丈夫收集的猎枪结果了渣男，如此干脆利落，真是大快人心。

与此同时,现实版"家庭伦理剧"《庆渝年》也进入高潮:原当当网创始人李国庆与妻子俞渝之间互撕,让吃瓜群众亲眼目睹何为狗血人生,哪怕有着千亿身家,也不过是柴米油盐酱醋茶。他说她不洗袜子,她说他不管孩子;他说她武则天,她说他同性恋;他说她逼宫夺权、转移财产,她说他拿走上亿、满口谎言……

于是有人评价,这就是现实版的《致命女人》,再次证明"男人渣、女人毒"。看样子,好莱坞的编剧都不用开脑洞,《致命女人》的续集指日可待。

人们是有多爱爽剧啊。当初《延禧攻略》大受欢迎,被截图转发最广的就是魏璎珞的那句台词——"天生脾气暴不好惹"。真正让人欢喜的,并不是男女主相爱,而是一集干掉一个对手的泼辣。

然而,看剧只是一时爽罢了,真正浸在柴米油盐里的平凡人生,却大多是黏乎乎、湿答答的,就像江南最常见的梅雨季,年年都会发霉,翻翻晒晒又是一年。

所有的爽剧也有致命伤,那就是经不起推敲。《延禧攻略》里,魏璎珞能站上后宫的巅峰,依然要靠那个"大猪蹄子",依然是皇宫争宠的桥段;《致命女人》里,无论是20世纪60年代、80年代,还是当下,无论女人是传统家庭主妇,还是成功的职业女性,却都在家庭中遭遇背叛和谎言。"痛快"这个词的前提是"痛苦"。

婚姻对女性，到底还有怎样的意义？

《致命女人》里，那个始终不曾搬走的邻居，给观众提供了一个旁观者视角。在他年幼、壮年和老年时，他分别见证了三个凶案，而他的母亲和妻子则给了他三句总结："婚姻比看上去难多了""死亡比离婚更便宜"以及"爱情故事又一次以谋杀收场是完全可以预料的"。

这哪里是爽剧？这分明是悲剧。

女人真是太难了。小时候听童话故事长大，听的是王子和公主从此幸福地生活在一起。后来被告之，童话都是骗人的。长大了父母坚信并催促着，不嫁人的女人不可能幸福与完整。然而，无论是在天涯还是豆瓣，却又目睹了无数夫妻反目、婆媳纷争。到底谁说的才是真的？

我有一个女性朋友，年届三十，云英未嫁。母亲为她安排了一次又一次相亲，她说要加班无法约会时，母亲大人连环夺命call："怎么能因为工作影响相亲？"她却私下里对我吐苦水："我是疯了，才会为了相亲影响工作。"

但有意思的是，最近有一个四十岁的女性公开征婚。从文案来看，她是个不愁经济的文艺女青年，喜欢四处旅游，自称有着有趣的灵魂。然而，她的征婚广告却被群嘲，似乎一个年纪老大不小的自由女性，还想转身去寻找尘世中的伴侣，是多么奇怪的一件事。

好像无论怎么选择，都不令人愉快，似乎怎么做，都有人会说，前面是陷阱。

好吧，也许我们只是"82年的金智英"，在普通的生活里挣扎，也曾面对职场中的性别歧视，也曾遭遇相亲对象的粗鲁对待，也曾在婚姻中被产后抑郁折磨，但是，我们也可以幻想一下自己成为刘玉玲，即使在最不堪的情史之后，仍然可以昂首挺胸，得到一个年轻异性的仰慕和拥抱。

俞渝手撕李国庆，曝了那么多猛料，看上去仿佛是对李国庆的有力回击，然而，把自己婚姻中的伤疤捧出来变成大众饭桌上的茶点，真的很痛快吗？痛骂对方的时候，也让自己变得嘴脸难看。"互殴"之下，焉有尊严？

这样的婚姻对女人来说，还有什么意义？爽剧，只是另一种童话吧。

只有美丽、有钱的中年女性才能"乘风破浪"?

李勤余

《乘风破浪的姐姐》火了。

这一点也不奇怪。这档节目播出之前,就预热了很久。它实在太有看点:30 岁 + 的姐姐们再次登上舞台,追寻梦想。成不成女团,那都是次要的,中年人再获"第二春"的故事,大家都爱看。

何况,上节目的姐姐,一点也没让人失望。从宁静反问主持人"我还需要自我介绍吗?"到钟丽缇直接在镜头前躺下休息,节目里的"梗",真是一个接一个。

总结起来,大多数姐姐的特点就是:美丽如初、有才有财、不爽就怼。配合节目组?不存在的。

关于这些特点,还要从海清在电影节上为中年女演员发声说起。从那时起,"中年女演员"成了舆论场中的热词,这一群体也受到了更多关注。

不知道大家是否还记得，当时有网友接着这个话题"脑补"出了一部电视剧《淑女的品格》。在设想中，主演是俞飞鸿、陈数、袁泉和曾黎。她们的共同特点是什么？就是美丽自由、有钱任性。

尽管这部脑洞大开的电视剧到今天还不见踪影，但互联网对"姐姐"的定义，从那时起就有了雏形。之后，敢于展现自我、敢于挑战常规，成了各路姐姐身上的标签，且得到了网友们毫无保留的点赞。比方说，在《乘风破浪的姐姐》之前，宁静在各种场合的"实话实说"，早就是流传甚广的段子。

直到最近，刘敏涛的一曲《红色高跟鞋》爆红网络。一方面，极具表现力的现场表演为她赢得了不少网友的好感；另一方面，这也在无形中加固了姐姐的"人设"：姐姐，就得霸气外露。

于是，《乘风破浪的姐姐》不出意外地延续了上述设定。大多数观众，包括我在内，当然也是对此表示期待的。毕竟，看多了中规中矩、毫无个性的青春偶像，敢说敢做的姐姐们实在是可爱太多了。

只是，从一种"人设"跳脱到另一种"人设"，反倒让姐姐们的形象显得单薄了起来。如果追求的只是霸气，那么所谓"乘风破浪"的姐姐就沦落为网文里"霸道总裁"的变种，留给观众的除了"爽"还是"爽"。

还得回到海清当初的发言。姐姐们,或者说中年女演员,代表的到底是什么?

给中年女演员机会,就是要将影视剧的创作回归到反映生活、反映现实的轨道上去。中年人的感悟和积淀,往往是年轻人不具备的。他们的生活厚度,也是偶像剧、校园剧、仙侠剧、玄幻剧很难展现的。

换句话说,我们关注中年女性,是希望文艺作品更贴近生活,而不是将姐姐们神化,甚至是"妖魔化"。就拿宁静来说,她在中国影坛的地位自不必说,但我们更希望关注的不是她的"怼人",而是她这么多年来对艺术创作的看法和观点。

中年女性不会个个都像荧幕上的姐姐一样,光彩照人,美丽如昨。更重要的是,"霸气"的姐姐和日常的生活相差太远。很难想象,上有老下有小,奔波在职场的普通中年人,会整天忙着怼天怼地。

中年人的生活困境,从来就和是不是耿直、敢不敢怼人没有关系。我们都乐见姐姐们在舞台上发光发热,但她们的可贵之处是历经沧桑后的淡定,是过尽千帆后的从容,是对人生的深刻认识。

别给中年女性贴上另一个标签,营造另一种刻板印象——姐姐们全都是美丽、有钱、成功的,整天忙着"乘风破浪"。从完全无视中年女性到过度包装中年女性,是从一个极端走到另一个极端。文艺创作,总该回到现实生活中来。

电动车载五女,网友们在酸什么?

白晶晶

在全民抗疫的严肃氛围之下,这是一则难得的"轻喜剧新闻"。

东莞某男子驾驶电动车搭载 5 个妹子的视频在网上热传,一度令"电动车载五女"成为网络热梗。

网友一边感叹"这怕不是电动车的广告吧""这样还能动起来车质量肯定不错",一边纷纷留下耐人寻味的留言——"东莞最成功的男人""你系呢条街最靓的仔""人家一个车坐了 5 个妹,你们这些开 5 座车,一个人坐的,反思一下"……不过,在一众网友跟帖中,一位网友的留言堪称预言帝——"希望有后续,坐等!"

俗话说,出来混迟早要还的,出来作早晚是要折的。这不,这位"骑车的汉子你威武雄壮,飞驰的电车像疾风一样,一望无际的东莞随你去流浪"的"最靓的仔",迎来了本该属于他的"灾"。

东莞交警通报称，该男子涉嫌无证驾驶、超载、不戴头盔、驾驶超标电动车等多项违法行为，被处以行政拘留和罚款。5名女子均系未成年人，被批评教育，每人写下遵守交规的保证书。

按照这位男子的辩解，"电动车载五女"的"创意"不来自他，他曾拒绝两次，但那五个女的"第三次还是那样烦我"，最终无奈"被"上了车。

话不能乱说，车也不能乱开。从视频中看，不大的电动车，驾驶员前后夹着四名女子，车头前还趴着一个姑娘，视线都被遮挡了大半。换作任何一个将道路安全视为驾驶第一要务的"老司机"，绝不会搞这种"霸王硬上路"。更何况，这名男子还是无证驾驶，受到处罚一点都不冤。用他人的"软磨硬泡"，为自己的错误狡辩，根本站不住脚。

当然，这五位未成年的姑娘也是有错在先，年纪轻轻，拿无聊当有趣也就罢了，这种危害道路安全的行为，简直是在拿生命开玩笑。希望经此一事，她们能真正遵守自己写下的保证书，充分意识到交通安全的重要性。

当然，这则视频在社交平台上的火爆，主要是因为网民"只可意会不可言传"的笑容。那些看过视频秒变"柠檬精"的人，联想到自己"母胎单身几十年"，这小伙子怎么一下子完成了别人一生都难达成的两性交往KPI，大家都是人，为什么"旱的旱死涝的涝死"？

更有网友一本正经地分析，这则视频反映出"男性魅力是否与一定财富相关""女性究竟被什么样的男性吸引"等关键问题。

前几年，婚恋节目《非诚勿扰》火了一句台词"宁可坐在宝马车里哭也不愿坐在自行车上笑"，时过境迁，姑娘们是不是开始嫌弃宝马车，转向喜欢风一样自由的电动车了？

岁月如飞刀，刀刀催人老。不知不觉中，第一批90后都已步入而立之年，第一批00后也达到法定婚龄，新一代人的爱情观、婚恋观较之上一代人都发生了很大改变。

新一代女性更看重个人独立自主，用一个流行词来说就是争当"大女主"。更多的90后、00后女性认为女性要独立，不要一句"我养你"就被圈在家里当甜妻，甚至是宁可错过喜欢的人，也不放弃升职加薪的良机。如果真要步入婚姻，家有暖男宠妻比智商、颜值、金钱更重要。如果遇不到爱，就宁缺毋滥，不会凑合着步入婚姻殿堂。

与一辈子在柴米油盐的琐碎里打滚相比，共同探索大千世界的感情显然更有吸引力。谁不想在青葱岁月里，活出一点与众不同？不少看过"电动车载五女"秒变"柠檬精"的人，估计也是为这种出其不意而酸。

不过，"电动车载五女"的小伙子最后还是被拘，似乎冥冥之中也成了感情世界里的隐喻：爱情的小船里，超载容易说翻就翻，安全驾驶才是长久之计。

"不打小孩日"聊聊不打女人

土土绒

这两件事看起来并没有什么联系。一件是,演员郭涛在自己所写的育儿书中,大谈打女人的心得;另一件是,头部网红李佳琦在直播时突然开黄腔,旁边坐着的是第一次见面的女明星杨幂,网络的另一端还有数量庞大的观众。

但这两件事同样令人心情沮丧。作为一名女性,看到这些语句简直不敢相信自己的眼睛:我(郭涛)"直接'啪'扇了她一个清脆响亮的大耳光""一巴掌下去以后,她也完全傻了,然后真的老实下来了""其实女人是知道你一直忍着她的,你要给她一个没有原则的态度,她就会一直肆无忌惮地往前走,她觉得你没事儿。但是如果你给她一个底线,马上就老实了"。

都什么年代了,还有人津津乐道于自己打女人的"经验"?似乎这是常人难以领悟到的道理,很值得广而告之。既然这是一本育儿书,那么,郭涛会把这些"经验"教给儿子吗?换句话说,郭涛会教儿子打人吗?假如打人是不对的,那么为什么打女人就可以?

道理简单得无须多说,现实却复杂得无话可说。女性之所以是家暴的主要受害者,无非是因为生理原因而已:女性天然处于弱势地位。想象一下,如果站在郭涛面前的是一个彪形大汉,那么不管这个大汉的要求有多无理,郭涛的反应会是给他一个"清脆响亮的大耳光"吗?打女人和打孩子一样,都是向弱者挥拳,偏偏很多人都能给自己找到诸多理由。在找理由之前,建议还是先学习一下什么叫平等、什么叫尊重吧。顺便说一句,今天是"国际不打小孩日",也叫"无巴掌日"。

当然,郭涛书中刺眼的表达不止这一处。无论是讨论择偶观,还是夸奖妻子,书中不经意地就流露出种种陈腐的价值观,甚至让人感觉到一丝"厌女"气息。这个在热播剧中扮演"宠妻好男人"的演员,在现实中却用耳光来"教训"女人,实在是够讽刺的。

但是,郭涛为什么敢堂而皇之地把这些经历写出来?这恐怕是因为,跟他有同样想法的人不在少数。在许多人的内心深处,这种对女性的歧视长期存在,理所当然,几乎已经变成了一种集体潜意识。所以不知不觉就会流露出来,并且还很可能意识不到不妥。

在这一点上,李佳琦是比郭涛更"高"一筹的。尽管一不留神当众开了黄腔,但他很快意识到了问题,并公开道歉,已经算是很得体的应对了。但很多粉丝还是为他抱不平,觉得没什么大不了的。且不说他开黄腔的对象是并不熟悉的女性,直播间的千万观众里还可能有未成年人,单说"口活好"这类性玩笑,本身就是利用男性话语权优势对女性的侵犯。有多少年轻女性在社交场合不得不听男性大开性玩笑,同时又尴尬不已?有多少男性热衷于对年轻漂亮姑娘开性玩笑,觉得自己"占了便宜"而兴奋不已?

法国哲学家福柯认为,"凝视"是一种权力机制:它赋予凝视者自我认同的主体性。电影评论家劳拉·马尔维由此提出"男性凝视"的概念,认为在电影中,男性往往成为权力的主导和凝视的主体,而女性成为被凝视的客体。在许多受欢迎的电影中,女性的在场只为满足男性的"凝视",自身没有丝毫重要性。

在现实生活中,情况似乎也没有太大变化。在部分男性看来,女性的存在只是为了满足自己的需要:比如既要不惹自己生气,又要具有"传统意义上女性和母亲的美德";比如用来展示自己的"风趣幽默",暗示自己的性魅力等。至于女性是怎么想的,似乎并不重要。

男女两性,生而平等。这个道理已经说了很多遍,说了很多年,但对于很多人来说,要真正理解,还是很难。

你有一个"不好好说话"的孩子吗?

周云龙

"童言无忌",显然是基于成人视角的一个判断,从另一个角度看童言的真相,应该是:有趣。事实上,童言不只有趣,而且有料、有智慧。

《人物》周刊前些时候发起过一次有关"不好好说话"的主题征集,反响热烈。编辑们发现,中国人"不好好说话"的高发区是在亲密关系里、家庭单元内,越是亲近的人,越爱不好好说话。那些"不好听的话",有时是暗讽挖苦式的揶揄,有时是"正话反说"式的教导,有时是父母"习惯性的打击和否定"。

其实,孩子们那些搞笑乃至搞怪的童言,没有套路,不守成规,也是一种"不好好说话"。成人的"不好好说话",可能是语言暴力,而天真无邪的孩子,一旦"不好好说话",有时简直是一种"爆(发)力"。

——老师在 QQ 群里表扬本周写字工整的小朋友。熊孩子很开心："老师表扬我了！"老母亲很期待："在哪儿呢？群里没看到你名字啊。"儿子随手指给妈妈看："这不是吗？'……等同学'！"妈妈点头不是，摇头不是，哭笑不得。

　　童言，是对成人世界的趣味模仿。恩格斯说，"语言是从劳动当中并和劳动一起产生出来的"，而儿童的语言，应该大多源于他们与家庭成员的互动，有时甚至是简单的"学舌"和"套用"。这种套用，当然不是生搬硬套，往往是活学活用，而且内容用在妙处，场景恰到好处。

　　——周末，去美术馆看书法展览，许多人在一幅长卷前流连。小子练习书法不到半年，也挤进人群，瞥了一眼，轻飘飘地说了一句：这字写得好是好，就是有点浪费纸。

　　——妈妈在看韩剧，儿子歪在一边，看到一个美女的画面，说："妈妈，你要跟她一样漂亮就好了。"妈妈试探地问："你是嫌我不漂亮吗？"儿子说得圆滑："不是，你也美，但你要是像她一样更美就好了。"妈妈表示不服，说："她是整容的。"儿子反问："什么是整容？"妈妈告诉他："整容，就是在脸上动刀子。"此时，儿子彻底说出大实话："妈妈，你也去动刀子唉。"

　　童言，也有对成人世界的质疑和提醒。孩子是稚嫩的，心智尚未成熟，但童言并不全是幼稚可笑的。幼儿独特的视角，有时可以颠覆成人自以为是的想象，有时甚至折射出成人的浮躁、浅薄。

——女儿在阳台上随手掐着姥姥栽培的各种小花玩,妈妈警告她:"不要破坏花,姥姥会生气啊……花会疼啊……再掐就秃了……快停下呀……"说了一车的话,女儿低着头一边掐,一边慢吞吞问一句:"妈妈,花重要,还是孩子重要啊?"

偶尔大笑,常常窃喜,总是欣赏。孩子的这些话,不只有幽默含量,也有智慧含量。童言童语里,洋溢着难以复制的童真童趣。某种意义上说,呵护童真,不只是教他们开口学说话,让他们大声说话,还要鼓励他们大胆地说自己想说的话,宽容并欣赏他们这样的"不好好说话"。

说话,不只是张开嘴巴的简单口腔运动,同时要打开耳朵,学会倾听,搜集反馈,即时回应,更要开动脑筋,独立思考,即兴发挥。个性化的表达,才有传播力,才可能有影响力,才会积淀形成人格魅力。

语言是思想的载体,甚至是思想的源泉,而声音是情感的传递。个性化的表达,总是幽默、风趣、智慧的,而不是一本正经、枯燥乏味的。什么是幽默?某种意义上说,就是"不好好说话"。为什么说是"不好好说话"?可能因为我们听到太多"好好的"表达,往往是格式化的正确的废话,是大而无当、生硬无趣的空话、套话。当孩子刚刚学说话,开始接触、应用语言这门交流和思维的工具时,我们要多些鼓励。

一个幽默、风趣、诙谐的孩子,必然来自宽容、宽松、宽厚的成长环境。而一个幽默、风趣、诙谐、智慧的孩子,很大程度上预示着他将是一个自信、丰盈、活泼、开朗的成年人。

呵护童真,从轻松笑对孩子"不好好说话"开始。

爱子，则为之计深远

马 青

杭州一所中学的初一新生，在军训时被老师要求参加一场趣味比赛——系鞋带和叠衣服。结果有点"男默女泪"——三成学生不会系鞋带，两成学生不会叠衣服。

这不是"中小学生不会系鞋带"第一次上新闻。几年前，南京一个"小学生领袖训练营"招生，40名小学二年级学生中，不乏朗诵流利、智商130的佼佼者，却有16人不会系鞋带，8人不会划火柴。

我没在生活中遇到不会系鞋带的小孩，但我遇到了足够多这样的大人。比如，我的先生，总会把鞋带系成死结。我的一个同学，出差收拾衣服的操作是，所有的衣服——不分内外、长短，统统卷揉在一起，塞进行李箱。我一个朋友的老公，煎鸡蛋会糊，剥毛豆把豆子和壳混在一起，洗好的青菜仍然带泥，洗碗碎了N只，烧坏了两口锅。原来，对有些人来说简单的生活技能，对另一些人来说，简直就是不可能完成的任务。

每一个不会系鞋带、叠衣服、做饭的大人，都是从不会这些的小孩而来。

是因为很难吗？不是的。这些本都是一个人在幼年时，就能自然而然掌握的技能，就如同吃饭用筷子。你见过哪个小孩因为不会用筷子而放弃吃饭的？

非不能也，实不为也。就好像我先生会不以为然地说："鞋带很重要吗？"我同学会说："叠衣服有必要吗？反正是要穿的。"在脑海里，我们先入为主地对这些技能不屑一顾，又怎么肯屈尊去做这些"无聊又无用"的事？毕竟，大家都忙着呐。

是啊，不会这些，似乎也没有妨碍他们长大。何况，现在更方便了：不会做饭有外卖，不会系鞋带可以买没鞋带的鞋子，不会叠衣服就挂起来，不会打扫卫生可以请钟点工……所有的劳动都可以找到代劳者，会不会有什么要紧？

这种观念，来自漫长岁月里，我们所接受的教育，包括家庭教育和学校教育。

那么，我们为什么要提倡孩子学做家务？

讲一个会被人当成鸡汤的故事吧。

担任过斯坦福大学新生学院院长的 Julie Lythcott-Haims，是一位教育学者与作家。她曾在 TED 演讲中，引用了哈佛历时 75 年进行的"格兰特研究"，指出了培养成功孩子的重要因素。

这项研究开始于1937年。哈佛大学医疗机构的负责人阿里·鲍克，和零售业富翁威廉·托马斯·格兰特，组织了一支横跨各个领域的交叉学科研究团队，选取了268名学生作为实验对象，试图研究并探讨一个人的成功因素究竟是什么。

结论是，如果我们关心孩子们的职业成功，那么，就要为孩子们提供两个基础：爱和家务活。生活中的职业成功来自孩子从小做家务活，越早开始越好。

与之相印证的一个例子是诺贝尔奖获得者朱棣文。他曾在专访中提过自己得益于母亲和良好的家庭教育。他说，他的母亲要求他们必须学会自己做饭。这不仅让他拥有了很好的厨艺，还让他意识到，动手做饭跟做实验一样，可以训练一个人的专注力与解决问题的能力。他建议"每个孩子都应该从小学习下厨、做家务"。

让人欣慰的是，我们的学校教育已经在改变。比如，上海树德小学将做家务列入家庭作业。学生们每周都要完成洗衣、洗碗、做饭、叠被之类的家务活。广州规定，中小学劳动教育课程平均每周不少于1课时；四年级至六年级的小学生要会做家常菜、钉纽扣；初中生要学会煲几款靓汤、和全家一起洗车。这些举措，总能引来一片叫好声。

这说明，我们越来越知道让孩子学会基本生活技能、学做家务的重要，只是碍于诸多现实，很难付诸行动。现在，以学校带动家庭,是个不错的法子。

我们不必纠结于系鞋带还是叠衣服或哪种具体的家务本身,就像从前的人用搓衣板,今天的孩子们只需要动手按按洗衣机的按钮。家务活也在变化中。重要的是,孩子们的成长期,不能只和课本、试卷、习题为伴。学习生活技能、家务劳动,是每个人成长的必修课。

一档综艺节目中,一个男孩向母亲抱怨不要逼他做家务,母亲回答:"将来你的另一半,也是千娇万宠的,她为什么要跟你受委屈呢,为什么她要承担全部的家务?""家务,本来就是生活的一部分。"真是振聋发聩,也足以为"爱子,则为之计深远"的父母者诫。

珍惜老母亲闹出的那些"笑话"

周云龙

朋友的老妈,从南京回上海,后疫情时代,坐高铁不踏实,她和老公决定开车送老人回家。小长假,出行的人不少,高速有点堵,心里也有些堵。不过,路上一段插曲差点让她笑岔气。车子经过徐浦大桥,副驾驶座上的她,兴奋地拿出手机拍照,老妈连声警告:"不要拍照,不要拍照。"朋友奇怪,"为啥不能拍照?"老妈说:"你没听导航说'拍照违法'吗?现在的年轻人就是太不守规则!"朋友突然笑崩,赶紧解释:"人家说的是'前方——有——违法——拍照'!"

老妈出洋相,女儿有感想:想当年,妈妈是50年代末的大学生,现在年纪大了,出门少了,理解能力脱节了,老可爱哟。

生活里,这样的"老可爱",一代接着一代。有网民曾经在微博上晒过自己的亲身经历:刚买一件新衣裳,穿上后,在妈妈面前转了一圈,问:"有范吗?"妈妈看了一眼说:"有饭，在锅里……"我真的是一脸迷茫，我跟我妈之间岂止是代沟，简直是隔着条鸿沟。

我的80后同事包小慢，妈妈一直在她家帮着带小孩。这位老妈平时也是笑料迭出：股市开盘，她有时对着股市信息屏幕，手持串珠，念念有词，闭目叩拜。某年某月，她在微信上转发一个段子：总有人问我"对象"怎么样？现在我统一回复，我"对象"很好，我对羊也很好，对动物都很好，我很善良，谢谢！——"对—象"，也是"对象"，汉语如此奇妙，大家哈哈一笑。可是，她的老母亲很快发来私信："今日你发的对象一事语气轻佻，朋友圈是一个公开的平台，望你注意言行！"

老母亲的笑话，背后是代沟，是脱节，是误读。移动互联网时代，90后、00后及其以后新生代是互联网的"原住民"，50后到80后是"移民"，而30后、40后大多可能是"两眼一抹黑"的"难民"。不同的成长背景、不同的生活环境、不同的交往社群、不同的知识结构、不同的理解能力，决定人们在同一个网络世界有着不同的反应或表现。

70后媒体同行说：他的中学同学微信群名叫"致青春"，主要话题有：忆当年、青少年教育、招考资讯；他的60后同事，中学同学群名叫"一起走过的青葱岁月"，主要话题有：各种怀旧、调侃以及当下风吹草动、小道消息；他老妈的中学同学群名最朴素，就叫"62届"，讨论话题就是：饭局、旅游、养生、饭局、旅游、养生。微信群暴露了用户的关注倾向、焦虑程度。不带偏见、不含歧视地说,在朋友圈、家庭群、亲友群里,转发、分享"震惊体""吓尿体""坐不住体""笑喷体"的,大多是一些大妈或老大妈,这是她们所在社群日常互动的焦点。

老母亲的关注、老母亲的纠结、老母亲的笑话,可以看出时代的巨大变化,也可以看出她们思维方式的老化,看出不同年代人的知识结构的转化。新陈代谢,社会常态,不值得大惊小怪,只是互联网平台可能放大了某些人群的焦虑。

刚刚过去的五四青年节,B 站一部不到 4 分钟的短片《后浪》在网上掀起巨浪,其中几句解说词引发刷屏:那些抱怨一代不如一代的人,应该看看你们;一个国家最好看的风景,就是这个国家的年轻人。

不是抬杠,今天笑料迭出、老态龙钟的老母亲,当然也包括老父亲,哪个不曾年轻过?哪个不曾好看过?而且一个年龄段有一个年龄段的好看、最好看。每一个正视未来的人,倒是应该好好看看他们,因为这是绝大多数人必经的未来。从家庭的角度,子女要孝顺父母长辈;从社会的角度,公民要关爱老年群体。不管孝顺还是关爱,落实到一位位老人身上,是爱心,但更多的可能是耐心,耐心地陪他们,耐心地教他们,耐心地给他们解释,耐心地看他们出错,耐心地等他们领悟……不必烦,不必怨,不必笑。

小的时候，母亲或者父亲教我们学说话，学走路，乃至学认字，一遍又一遍。今天的我们呢？一遍又一遍教他们上网了吗？一遍又一遍教他们视频连线了吗？一遍又一遍教他们辨别信息了吗？

同事包小慢的老母亲，某一天给她儿子讲"那托闹海"的故事……同事立即纠正说：那叫"哪吒"闹海！你，你这样教孩子，会把孩子教得乱七八糟的。妈妈也急了：算我没文化，好吧？说完门一摔，看她的电视去了。留在客厅的包小慢突然冷静下来：妈妈确实是教错了，可在应对错误的态度上，自己更加错了，干吗要这样简单直接地跟老人较真呢？

面对日新月异的信息时代，老母亲和老父亲越来越力不从心，科技让我们的生活变得越来越简单，却让他们的生活变得越来越艰难，越来越窘迫。他们力不从心，我们可以助一臂之力，可以添一份信心。爱父母之心，子女皆有之。其实，我们有时只是需要多一点耐心，比他们当年对我们付出的耐心多一点，毕竟时代在加速度向前，而他们在一天天放慢脚步。

耐心，或许是爱心、孝心最好的姿势，耐心可以轻松笑对时代的落差，耐心可以平和应对人生的衰老。耐心，也是人们面对未来老年生活正确的打开方式。

想妈妈的心情，越长大越懂

敬一山

最近南京鼓楼江边，有一幕特别引人感慨的画面：一位年已八旬的老奶奶，在江边长时间地哭泣。旁边的江豚观察员感觉异常，担心发生意外，于是和附近保安一起去劝慰。他们开始以为是老人的孩子惹她生气，一番询问老人才说出实情——我想我母亲了。

不需要更多言语，大家就能感受到那份突如其来的感动和柔软。这份感受，年纪越大也许能体会出来的越多。

在相关新闻后面，有不少年轻网友讲述曾看见自己父母哭泣后受到的触动。是啊，人生总是有那样的时刻，我们突然发现高大得好像能搞定一切的父母，并没有想象中的那么高、那么强大。那是长大的一瞬间，也是告别天真、看到生命残酷的一瞬间。

对于多数普通人来说，在生命的自然延展中，会顺其自然地扮演不同的角色，从孩子到父母到祖父母，从被上一辈照顾到上有老下有小，再到孑然一身，成为家族里最老的那一位。

在我们的世俗文化里，多数人的一生是围绕下一代转的。父母的悲欢寄托于子女，操心子女的衣食起居，操心他们的成绩、婚恋，等到子女也生儿育女之后，还要操心他们能不能照顾好孙辈。虽然国外也有隔代照料孙辈，但可能少有一个国度，像我们这样，老年人照料孙辈成为如此普遍的现象。一些不愿意照料孙辈的老人，甚至要承受周遭的舆论压力。

当家庭单元的一切关注重点都围绕孩子的时候，人越成长可能越孤独，当连照顾孙辈的责任也完成之后，人的精神更是失去了归依。连为别人活着的意义都失去，人就只能怀念只为自己活着的时光，而母亲，就是那个让我们随性而活的象征。所以越长大我们可能越感念母亲的好，也越懂得母亲的牺牲。

这几年，对过去那种家庭责任链条的反思越来越多，老年人任性洒脱的生活方式受到更多点赞。文化观念总是会和现实生活方式产生潜移默化的互动，所以局外人般的简单批判未必管用，更多的改变是润物细无声的。

当然，想母亲未必总是因为这样沉重的理由，更多时候是人之本能本性。对那个赋予我们生命的人，那个无条件对我们好的人，想念不需要任何理由来解释。在庸常平静的生活中，想念也总是以不易觉察的方式存在着。我们多数人不习惯直白地表达爱。

　　南京这位老人之所以如此触动人心，更多是因为给想念赋予了仪式感：一个白发苍苍的老人洒泪江边，滚滚流水中仿佛看见故去母亲的音容笑貌。这画面想一想也够催泪的。太多的鸡汤文写过，亲人之间的爱也需要仪式感。在春节这个属于团圆的特殊时节，不妨喝一点这样的鸡汤吧，以你能想到的最诚挚的方式表达想念。能让母亲真实感受到的想念，才是最有价值的。

没有什么能阻挡回家过年的心

阳　柳

进入腊月,每次与母亲视频,她总会用"什么时候回家过年?"开头,然后絮叨家里准备了多少吃食,新铺好的床褥有多舒服……最后,再首尾呼应式地确认一遍:"你什么时候回家过年?"

尽管我所受的家庭教育,唯"独立"二字;尽管我已经30多岁了,有了自己的小家,但一到过年,我就退化为父母眼中的孩子,回家成了理所当然。

今年春运,全国旅客发送量约有30亿人次。这个庞大到让人难有概念的数字,背后是无数个大人"孩子们"对家人、对团聚深入骨髓的执念。哪怕要跨越万水千山,要经历旅途辛劳,也没有什么能阻挡回家过年的心。

网上有句有名的话:"父母在,人生尚有来处;父母去,人生只剩归途",很扎心。看望父母家人,重叙天伦,是回家的第一动力。可仅仅如此吗?好像也不是。

这几年的大年初一,我们这一代兄弟姐妹,总要一起去村子和田野里转转。老家变化很大,世代聚集形成的村落格局,变成了依马路而居,这让我们闹了迷路的笑话。土地平整,让我们认不出自家的田地。但是啊,哪怕只为给先人们上坟,看难得清闲的农人们悠闲地晒太阳,重走泥泞的土路,看植物冒头泛绿,都让人开心,觉得这才像过年。

"回不去的故乡""故乡安放不下肉身",关于故乡所有的不舍与不甘,在这一刻都得到了释怀。春运,是城市与乡村的强链接,承载了国民的集体乡愁。

离开家乡十几年的我,也见证了时代车轮滚滚向前之下,春运的点滴进步。

大一寒假,我第一次亲历春运。1 000余公里的路,耗时十七八个小时。在今天的高铁时代,算是相当慢了,但在绿皮普快车还很多的当时,这趟橙皮特快,已经是不错的配置了。不过,体验是真不好。漫长且含夜车的旅途、拥挤嘈杂的车厢、空气中弥漫的气味、硬而窄的座位,都让人疲惫不堪。

但能上车就够幸运了,很多人在买票环节就被劝退。那时,广州站一到春运就人山人海,大批农民工手背着被子、提着水桶,以火车站为家,不舍昼夜地排队。上车的很多人,也只买到站票,只能坐地板。等火车开动,座位满了,过道满了,桌子底下也满了。想去趟厕所,就要一路让别人腾地方。

十几年过去,回家的路发生的改变,是有目共睹的。以我当年经过的路线为例,原来的特快车还有,新增了十几趟高铁,最快的五六个小时就能跑完,真的做到了"丰俭由人"。

不仅出行方式变得更多样化——有又快又舒服的高铁,有说走就走的自驾,有打个盹就到家的飞机;仍承担春运主力的列车里,高铁已成标配。"走得了"的刚需正在逐渐退场,"走得好""走得舒适"成为新需求。这大概算是春运路上的消费升级。

套用《百年孤独》里的那个经典开头,多年以后,很多人在愉快地乘坐高铁时,只怕都会想起当年那条风尘仆仆的春运回家路。经历过的人,会在对比中,感恩眼下。但实际上,我们不仅是红利的享有者,也是幸福生活的创造者。

客观的进步,让回家的路越多越宽阔,也丰富了人们的观念。因为容易,可以将回家安排在平时,不必赶春运的浪潮。很多在城市上班的年轻人,选择接父母来城市过年,或者带家人出国旅游过年。春节,这一根植于农业社会的传统节日,正在被重新塑造,调适成适应时代的新模样。

从这个意义上讲,"回家过年"里的"家",也不再拘泥于特定的地点。有父母家人的地方、有美好回忆的地方,都可为家,都能成为春运的终点、过年的选择。

陪伴才是过年的"有效社交"

姚华松

再过两天我就要踏上北上的列车回家过年,妈妈在电话那头天天念叨,"今天你爸爸去隔壁村打豆腐了","放心吧,家里红薯多得很,包你天天早餐有红薯粥吃","今天家里杀猪了","爸爸今天从山上弄了很多柴火回来,过年可以烧大火"。妈妈一直试图用各种美食、年前的各种准备"诱惑"我,开心得像个孩子,其目的只有一个:盼着我和弟弟带孩子们早一天回家。

对于爸妈而言,我们回到家了,年也就到了。

过年,就得一家人团聚,一个也不能缺。爸妈年过七旬,我暑假、寒假必抽空回家看他们,是这些年的必修课。更重要的是,让四个孩子和二老在一起待上半个月,兑现天伦之乐的本义。

过年算是爸妈一年中最忙碌的时候,因为亲友、同学到访,他们得摘菜洗菜做饭洗碗等,各种忙前忙后。以至于晚饭后，叔叔、弟弟、弟媳他们打牌娱乐去了，我陪妈妈在火炉旁聊天，聊着聊着，妈妈经常不经意间睡着了。我当然清楚，岁月不饶人，妈妈年纪大了，白天太累了，体力和精神大不如前。

我经常问妈妈"累不累"，她总笑着说，"你们吃好喝好玩好，我就开心，怎么会累呢"。那一刻，我总是强忍内心的隐痛，紧紧拥抱妈妈。没有什么敌得过时间的残忍，"身体健康"的祝福怎么也改变不了妈妈身体每况愈下的现实。

我能做的，也就是尽量多一点给爸妈打电话，多抽空回家看看，在外面健健康康、平平安安的，让二老放心。

过年当然缺不了喜气洋洋、热闹欢腾，但近几年我的观察发现，这种欢腾的概念很容易被偷换、被异化。什么意思？一些人尤其年轻人经常和同学、老乡吃饭喝酒打牌，要么不回家，要么喝得酩酊大醉半夜回家，然后睡到第二天中午，一个电话来了，又得出门赶下一场。掐指一算，假期的一大半就在外面吃喝玩乐，压根没在家里待几天。

过年，是万物休养生息的时节，应该告别平日的忙碌与奔波，卸下一年的疲惫，让身心真正轻盈起来，坐下来和爸爸妈妈、村里的大叔大婶聊聊天、嗑嗑瓜子、喝喝茶、晒晒太阳，这样看似"静"和"无聊"的"年味"，其实是内心的"欢腾"与"愉悦"。

很多人一年到头在外面风风雨雨，甚至风餐露宿，吃尽苦头，过年了，真的应该好好休息一下，别似平日那般"日理万机"了。

我主张，可去可不去的社交与应酬尽量不去，增加有效社交：过年期间最有效的社交当然是陪伴爸爸妈妈。

我当然无意拒斥各种名目的"同学聚"，但要妥善安排好家人与同学的关系，处理好在家和出门的关系，别让过年走了样。

过年不能成为消费的炫耀场和功利思想的暴丑台。这些年，乡村经济状况普遍改善了，人们的日子越过越红火了，但爱面子、攀比与功利等心理也"与时俱进"，票子、房子和车子成为人们热议的话题。

以至于年三十的晚上，方圆十里响彻云霄的鞭炮声可以整夜不停，200块一个的鞭炮，很多人家都是备四五个。更有甚者，得知哪家鞭炮放了15分钟，第二天一定去买燃放时长20分钟或更长的。仿佛鞭炮价格越贵、燃放时间越久，家里就越殷实，地位就越高，来年的运气就越好一样。

以至于，"你这衣服什么牌子？多少钱？"，"你在广州有几套房啊？那谁在武汉都有五套房了"，"你一个大学教授才挣这么一点，还不如谁家一个包工头啊"，"你还不换车啊，你看隔壁村的谁，刚刚换了宝马，多牛×啊"，"你家除夕夜喝的什么酒？多少钱一瓶啊？"等话语，很多人可以脱口而出。每当我听到"痛点"时，总是浅浅一笑，拿"是啊，我要好好努力才行"答复他们。

我无意批驳乡亲们的"出言不逊",这或许是乡村现代化过程中的必然产物。但是,在大幅提升乡村物质文明的同时,精神文明建设、精神需求提升也不能缺失。

总之,过年除了外在的欢腾与热闹,更多的应该是内心的安详、休憩与停顿,让我们花更多时间陪伴家人,让自己和家人更加轻松愉悦,回归过年的本义。

夜深了,你为什么还没睡?

李勤余

你为什么还没睡觉?

此刻的你,为何还没有进入梦乡?捧着手机抑或盯着屏幕的你,又在想些什么?亲爱的"熬夜族",你们还好吗?

《2019国民健康洞察报告》指出,年轻人比老年人面临更加严重的睡眠问题,84%的90后存在睡眠困扰。90后,俨然成了最"缺觉"的一代。其实,饱受睡眠不足之苦的,又何止是90后呢?2018年全国睡眠数据报告显示,中国人平均每晚只睡6.5小时,低于建议的8小时睡眠时间。

大半夜睡不着,一清早起不来,拖着疲惫的身体上班上学,可晚上在屏幕前又精神抖擞起来,这样的恶性循环,已经成了不少人的生活常态。

不必介绍大量科普信息,不必引用各大专家的建议,我们都知道,熬夜会对身体健康造成不可挽回的伤害。从"脱发"到"猝死",每一样都会让人心生恐惧,可是,熬夜一族为何偏偏要逆风而行？

社交媒体上有一套"熬夜图鉴"，倒是为我们生动刻画了熬夜族的众生相。有人熬夜追星，为"爱豆"打卡、签到一个不落；有人熬夜游戏，赢了继续打，输了更要继续打，永远的"最后一把"直到天明。

如此说来，熬夜的原因只是当代年轻人的自制力不足？可另一些熬夜族，绝不会表示同意。比如，熬夜考研的同学永远计划白天多学早点睡，可总是在刷完题后才发现已到了后半夜。比如，上班族们前有甲方爸爸，后有老板施压，唯有一句"明早把方案给我"陪伴着 Ta 度过漫漫长夜。

在不久前的老同学聚会上，一抬头，就发现老友的脸上挂着国宝式的黑眼圈，满是憔悴。笑问他为何也要加入熬夜族，朋友一脸无奈地表示："白天忙着工作，晚上忙着陪孩子，只有后半夜的时间才是属于自己的。怎么舍得睡！"我似乎能看见，一把辛酸泪，正挂在他的心里。曾经意气风发的那个少年，到底去哪里了呢？

生活的节奏越来越快，工作的压力越来越大，或许只有静谧的夜，才能给你带来心灵上的慰藉。辗转反侧，思绪万千，往日的一幕幕再次涌入你的脑海，让你更加难以入眠。

可是别忘了，长夜过后，明天又会是新的一天。只要生活还在继续，希望就永远不会消失。很快，太阳会照常升起，你在深夜中付出的一切努力，终究不会白费。

纵使偶然失眠，也不用太焦虑。根据运气守恒定律，如果前一天不幸失眠，今天一定会有好事等着你的。从白天到黑夜，从波谷到波峰，这也是生命的轮回。此刻，又想起了我的那位老友。他说，孩子爬到他怀里的时候，才睡得安稳。

既然如此，亲爱的熬夜族，也祝你们能够睡个好觉，做个好梦。如果失眠了，也没什么大不了，在忙碌城市的万千灯火里，大家都陪伴着你。

女孩,对身边的危险你别一无所知

土土绒

两起针对女性的案件,让我气闷,再一次敲响了女性自我保护的警钟。

第一起,深圳一名女网友在某自助餐厅吃饭时,被同行男子在自己的水杯内"下药",好在店员发现后及时将杯子收走,并好心提醒她。"下药"男子赵某溪承认,药是从美国购买的,是一种"女性用缓解性冷淡药物"。目前,警方已经介入调查。原来,男性给女性"下药"意图不轨,这种影视剧、小说里的桥段,可能离我们并不远。

第二起,是成都14岁女孩祝小小(化名)坠楼身亡事件。她生前曾遭遇40多岁的商人邱某强奸,并导致怀孕。家属从聊天记录中发现,邱某之前通过"附近的人"加了祝小小的QQ,先是诱骗其拍下身体私处照片,再以此威胁强制发生关系。目前邱某已经被批捕。

"女性要有自我保护意识",这话值得反复说,特别是针对身边的人和"附近的人"。

就第一起案件来说，尽管男子下药的不轨企图未遂，但整个过程仍然令人细思恐极。受害女孩也表示，一个多星期过去了，还是非常害怕，"整夜整夜失眠"。这种心情完全可以理解。复盘整个事件，假如当时没人看到赵某溪"下药"；或者即使有人看到他往杯子里倒粉末，但没有多想；又或者有人看到，也感到赵某溪行为可疑，但出于"事不关己"的心态，不加理会……

万幸的是，这家餐厅的店员既热心又机智，先以续杯为由收走水杯，保留了证据，再私下告知女孩，并暗中保护女孩离开。有人说，这是一场"教科书式的施救"。然而，面对不法侵害的危险，我们不能指望"教科书式的施救"次次出现。

2020年3月，韩国"N号房"事件的曝光曾经引起舆论哗然。由此，国内的类似网站、社交群开始引起关注。女性安全科普账号"女孩别怕"曾调查过一个讨论"迷奸"的群，这个群里每天刷屏的消息超过1 000条。有人会在群里直播自己迷奸女孩的过程，发女孩的照片、露骨的性爱视频。这些视频里的女孩大多失去意识，在宾馆房间里任人摆布。难以想象，假如赵某溪"下药"得逞的话，那个深圳女孩是不是也会像这些女孩一样任人摆布。

2019年，公安部的新闻发布会专门提到打击迷奸犯罪，称:"迷奸药的下游买家一般会选择亲朋好友、同事熟人这一类人作为侵害对象,积累经验以后再扩大到其他的女性。"所以说,投药者很可能会选择从身边的亲友开始"练手",这就细思恐极了。

在过去,提到女性被性侵、被猥亵等事件,总有人质疑受害女性衣着暴露、化妆过浓、回家太晚等等。但这是一种错觉。实际上,侵害者更喜欢那些缺少警惕性、看起来更好控制的女性,因为这些女孩一般胆子小,即使发现也不敢说出来。

这些施暴者当中,很大一部分是受害者的熟人,并且拥有体面的工作和较高的社会地位,在外人看来,甚至彬彬有礼,受人尊敬,比如"下药案"里身为归国留学生、研究生的赵某某,比如"祝小小案"里的成都商人邱某。

因此,保护女性的第一步,就是如实告诉她们,"迷奸""诱奸"这类恶性犯罪并不是遥远的传说。在侵害来临之前,应预先告诉她们如何防范,如何自我保护,特别是针对未成年女孩的相关性教育和自我保护教育,不能落后于网络时代的发展。此外,对这次被抓了现行的"下药案",需要司法机关及时调查、惩戒,甚至树立成标杆型案件,做到"审判一个人挽救一大片"。

女孩,对身边的危险,你别一无所知。

2

职场

你为什么不发朋友圈了?

李勤余

最近,演员杨紫在接受采访时表示,自己已经把朋友圈设置成"一个月可见"。原因是,她觉得以前发的朋友圈信息太"傻",却又不知道从何删起。更要紧的是,她担心自己在朋友圈里写下的话语会被截图,造成不必要的误会。

寥寥数语,立即引来网友的热议。在微博上,话题"不再发朋友圈的原因"的阅读量已经超过4亿。这不难理解,不愿发或者不敢发朋友圈的、把朋友圈设置为"一个月可见"甚至是"三天可见"的,又何止是杨紫呢?

当初,我们为何会爱上朋友圈?早在公元前,亚里士多德就说过,"人是社会性动物。那些生来离群索居的个体,要么不值得我们关注,要么不是人类"。是的,不必否认,每一个人都害怕孤独,每一个人都有社交的需求。网络时代的到来、社交技术的发展,为我们的生活打开了又一扇窗。

但朋友圈所代表的网络社交,又不能在真正意义上消除我们的孤独。我们渴望被看,又害怕被看。社会学家戈夫曼认为,人生就是一出戏,社会就是一个大舞台,每一位社会成员都是这个舞台上的表演者,渴望自己在观众面前塑造出能够被接受的形象。

如果把观众视作朋友圈的读者,把朋友圈信息视作被塑造出的形象,不难发现,戈夫曼形容的正是我们在发朋友圈时的纠结心情。就像杨紫所说的,在朋友圈里发出的信息不够完美,可能会使自己的形象受损;发出的信息被他人断章取义、随意歪曲,又成了生命中不能承受之重。

于是,许多人选择用只显示一个月或三天的那条线,与这个世界做一个切割。这正是网络社交的最形象隐喻,朋友圈将我们的社交空间变得无限大,却又让我们能说的话变得无限窄。不是吗?晒自拍、记录美好生活,也许会被理解为自恋、炫耀;发泄情绪、说丧气话,又会让亲友们担心。

但在朋友圈里一言不发,也未必是最明智的选择。我们生活在一个由屏幕组成的世界里,不可能从中脱身,也无须从中脱身。因为,无论你是否愿意承认,当代人类的存在早已和技术化为一体。

有人说,朋友圈等网络社交方式,泄露了太多个人隐私。但先进的互联网技术,也给我们的生活带来了太多便利。信息时代的得与失、利与弊,必将构成永恒的矛盾,我们不应回避,也无法回避。

未来主义者对技术的崇拜、沉迷,人文主义者对技术的批判、唾弃,恐怕都只是真相的一个面向。在大多数情况下,外部信息很难改变我们,你想要看的是什么,就会看到什么。朋友圈如此,现实社交亦如是。

所以,只要你发出的朋友圈是忠实于内心、不掺杂任何虚假和矫饰的,就大可保持淡定、坦荡。相信朋友圈里的那些温暖和光亮,也是对生活的真实记录。至于别人是怎么看的,又何必太过在乎呢?

为什么中国人的休闲时间越来越少?

守 一

这两天很多朋友在聊一组数据。据《中国经济生活大调查（2019—2020）》发布的数据，除去工作和睡觉，2020年中国人每天平均休闲时间仅为2.42小时，比2018年少了25分钟。

和所有统计数据一样，同一组数据，带来不同的观感。大城市的上班族会质疑：工作这么忙，哪里还有一天2.42个小时的休闲；一些中小城市的网友会来秀"优越感"，说晚上会刷几个小时的剧，就是不知道那算不算"休闲"。

我这样公司和家两点一线惯了的中年人，看到数据很本能的反应则是，睡觉居然不算休闲时间吗？除了工作和睡觉，居然一时想不起剩下时间去哪了，算不算"休闲时间"。

这个调查的初衷，大概是想直观呈现国人当下的生活现状，提醒普遍存在的"过劳"现象越加严重，而这可能引发疾病。今年的日均休闲时间比2018年减少25分钟，可能也是为了印证社会生活压力越来越大。

但是工作时间和休闲时间能不能简单切割,或者所谓休闲时间的长短和人的生活状态是否有直接关联,我本人是很怀疑的。

就像网上很多朋友说的,工作倒是也没那么忙,上班期间还能时不时刷个微博,就是无论物质还是精神的获得感低。下了班也无所事事,看着综艺节目傻笑,这个"傻笑时间",能不能算"休闲时间"?这个时间多一个小时少一个小时,能影响自己的幸福感吗?

谁都希望工作时间少一点,给自己的休闲时间多一点。可是当工作并没有太多回报的时候,休闲时间确实也变得鸡肋起来。决定单位时间价值的,显然不是长短,而是我们能拿这段时间干什么。

多花点时间工作,让有限的休闲时间更精彩;还是少花点时间工作,宁愿多躺会儿?这就是普通人面临的现实选择。我们很难奢望自己有足够的议价权,可以少干多赚。实际上越是成功的人,休闲时间越短,这也是无可争议的事实。

当然,我绝不是在委婉地为谁辩护,劝人为了美好生活多去"搬砖"。想说的是,每个人的时间表不一样,每个人对"休闲时间"的界定也不一样,找到适合自己的就行了。有人躺着刷剧刷久了,都会焦虑有负罪感,希望做点能让自己充实的事;有人觉得刷剧"傻笑"就是一种幸福。哪一种都不丢人，只要是自己真心认同的人生。

所以，社会整体的休闲时间长短，其实对个体来说，没有太强的参照意义。一天休闲超过 2.42 小时的，整体幸福感未必都超过远不足 2.42 小时的。在这样一个微信 24 小时都可能收到工作讯息的年代，工作时间和休闲时间的界限会越来越模糊。一天休闲多少小时不重要，自己想过什么样的人生，才重要。

"副业刚需"背后的这届年轻人

夏熊飞

最近有两个热词走红网络,一是"我太难了",一是"副业刚需"。两者可谓互为因果,因为生活"太难",所以副业成了刚需;主业之余还要花时间精力做副业,日子想必也不会轻松。

"副业"其实不是新词,也非这届年轻人的专属。早在 20 世纪八九十年代,"搞副业"在农村就已成为刚需。农忙之余,进城打短工或在家附近做些挑砖砌墙的活儿,是相对困难的农村家庭改善生活的重要方式。

时代变了,可从事的副业种类也日趋多样化,但新旧副业本质上并没有太大差别。农村时代"搞副业",是为了一家老小的生计;现在,则可能是睁眼就要供的房贷车贷、子女教育经费,还有高物价带来的生活负担。

我的身边也有信奉"副业刚需"的人。问起初衷,十之八九也是"太穷了"。毕竟,谁不愿意下班后约上三两好友小聚欢饮，或瘫在沙发上守着热播剧，可钱包不允许啊。

他们有在工作之余出资和亲戚一起开餐馆的。不过因为身处传媒行业，绝大多数朋友、同事所从事的，还是与文字工作相关。好听点是"内容创业"，具体点就是"写公号"。

这其中，有几个还取得了不俗的成绩，运营的公号成为大号，于是乎，顺理成章辞职成为专职的公号写手，打赏、广告收入大大超过了此前的主业。还有一位成为已经举行过新书签售会的美女作家。当然，也有一些"副业变主业"失败的，不得不在辞职后又重回老本行。

副业之所以成为越来越多年轻人的"刚需"，还是因为固定但有限的主业收入，无法让他们过上想要的生活。相比于父辈们的吃饱穿暖，现代人有着更高的追求，旅行、体面的穿着等逐渐在成为标配。这无关爱慕虚荣、骄奢淫逸，而是随着社会的进步，精神层面的需求正在成为这代年轻人的"刚需"，且重要性越来越不亚于吃饱穿暖。

我是赞成与鼓励有条件的人做一两份副业的：一方面可以提高收入，改善生活品质；另一方面，长期从事单一的职业会让自己陷入围城之中。而有了副业的刺激，则可以强迫自己接触新鲜事物，保持对世界足够的敏感。此外，有了Plan B，在激烈的职场竞争中，你也能更有底气坚持自己的想法，而这有时候恰恰是把主业做得更好的关键。

不过，副业虽好，但基本的职业道德不能丢。不能为了副业而荒废主业，甚至利用主业的时间来做副业的事情。否则，有可能因小失大，得不偿失。

我那些做副业的朋友同事，基本都是利用下班后的业余时间，甚至是熬夜来从事内容创作，尽量做到主业与副业间的平衡。实在无法平衡了，要么就放弃副业，要么就干脆辞职，让副业转正。对他们的这种职业操守，我是相当钦佩的。

可一旦副业变主业，性质就不一样了，各种压力会迎面而来，愁选题、愁阅读量、愁关注人数、愁广告打赏收入……并不比之前主业副业一肩挑时轻松。

原因在于，一旦副业转正，人做事的心境也就完全不一样了。当再次感受到"我太难了"，会不会再另辟蹊径做起其他的副业呢？这也还真不好说。所以，在主业、副业的选择与精力分配上，年轻人们还是要仔细斟酌，三思后行。

关注年轻人的"副业刚需"，归根究底还是要多关心他们的生活，别让"我太难了"成为普遍常态。物价、房价、结婚、生子、育儿等带来的压力，需要年轻人通过长期努力慢慢解决，社会也有责任逐步予以改善。

帮助年轻人轻装上阵，让他们的"副业刚需"更多的是为了自我实现与提升，而不只是生活重压之下的"为稻粱谋"，年轻人才有更多的精力仰望星空，社会也才能朝气蓬勃。

"不忘打卡"也是人生的英雄主义

土土绒

你永远不知道一个普通人,要怎样拼尽了全力去生活。

在湖北武汉,一名女孩因为赶着上班,一路小跑进地铁站,结果却因为体力不支而晕倒了。当她被救醒时,却婉拒了工作人员的救助,称上班快迟到了,要赶紧去公司打卡,随即离开。

晕倒醒来立刻去上班,对这种"疯狂"的举动,很多网友却表现出感同身受的理解。在新闻下面,有网友回复,如果没打上卡,那简直是"天崩地裂",后果令人"毛骨悚然"……

也许,这就是城市上班族共同的噩梦。但是,除了没打上卡,足以让普通人感到"天地失色"的事情还有很多:熬夜写的方案被领导否了,好不容易做好设计,客户的需求却变了,电脑死机,打印机崩溃,末班车开走了,以及要发稿,微信公众号平台却打不开了……

人生实难。也许会有人说：怕迟到的话，为什么不早点起床，早点出门？是可以啊。但是，一天当中催逼着我们匆忙向前的，又何止打卡一件事？工作要做好，孩子要带好，老人要照顾，每一件事都如此重要，以至于还没顾上照顾自己，就已经累得筋疲力尽。谁不想优雅从容地生活呢？但生活却像一条狗，疯狂地追着每一个人撕咬。我们唯一的选择，就是打起精神，再跟生活大战三百回合。

没错。人生实难，但每一个奋勇向前的人都足够相信，相信今天的汗水终将换来明天的笑容，相信风雨之后是彩虹，相信所爱的人值得去守护，相信所做的事值得去坚持。人间值得。

这话听着像鸡汤，也的确是鸡汤，但真正的英雄主义，是看清了生活的本质以后，依然热爱它。

还记得在下班路上蹦蹦跳跳的打工大叔吗？仅仅是因为有了一份工作，他便感到很满足。还记得用墨水把自己涂黑的男孩吗？他并不为自己的白癜风病情而担心，却在努力宽慰自己的父母。生活以痛吻我，我却报之以歌。这些平凡的"小人物"在日常生活中的点滴坚持，足以让人感动并心生敬意。

里尔克说，哪有什么胜利可言，挺住意味着一切。每一个匆忙奔波在地铁站的普通人，都值得我们尊敬。不需要什么惊世骇俗的举动，只要坚守自己的责任，尽全力扮演好自己的角色,他们便是我们日常生活中的平凡英雄,他们便推动着这个世界缓缓向前。

还是在地铁站,一位女乘客赶末班车,但当她赶到时,车门已经关闭。突然她听到工作人员在对讲机里讲道:"让乘客稍等一下,我来开门。"车门再度打开,一个都市夜归人,在疲倦的一天后,顺利回到了家。

这样努力生活的人,值得被生活温柔以待。又是一年即将结束,新年的喜庆气氛已经在空气中氤氲开来。在过去的一年,你们过得好吗?无论如何,心中有光,何惧路长。

勇敢一点，对职场 PUA 说不

陈禹潜

2020 年 7 月 21 日，前火箭少女成员 Yamy（郭颖）公开经纪公司会议的录音。在录音中，老板徐明朝当着员工的面说她"很丑，不时尚，没有价值，唱歌难听，原来（粗话）只是一个伴舞而已"。而据 Yamy 的说法，她发给老板解约函之后还收到了"情况了解，不要作死"的回复。

听完录音之后，第一个从脑海中蹦出的词语就是"不尊重"。今时今日，我们不要求老板真把员工当作"一家人"，但最起码的尊重是必须遵守的职场规则。

在公开场合评价员工的长相，是一种太过低级的行为。更何况，Yamy 作为当红女团的一员，曾为公司创造过不小的价值。这样的员工却被自家老板拎出来当众骂"丑"，说白了，在这个老板眼里，公司的员工只不过是"物品"，不听从自己的想法就是"大逆不道"，就是"作死"。

认不清自己员工的贡献，是为盲目；贸然批判他人的外貌,是为专横。这位老板的"神操作"实在让人看不懂,无怪乎很多网民直接将这样的行为定义为"职场PUA"。

所谓"职场PUA",指的是职场中上司对下属,通过打击、挑刺等手段让下属丧失自我、怀疑自己,最终对上司唯命是从的一系列精神控制手段。

这件事能引起巨大反响,就因为不少人感同身受。现实中,爱用"职场PUA"的领导热衷于打压、批判员工,经常让员工怀疑自己的工作能力。他们常挂在嘴边一句话就是"别把自己当一回事,外面有的是人能代替你",颐指气使的态度和新闻中的老板如出一辙。

其实,员工需要的只是一份基本的尊重。每个人的职位或许有高低,但在人格上是完全平等的。就像Yamy在公开信里说的:"你是老板,我是一个打工的。也许我这辈子也赚不到你的万分之一,但不代表我的工作比你廉价。"

近年来,"和谐型劳动关系"的概念被提了好多次,也就是指劳资双方履行好职责,互相了解尊重,和谐相处的共赢型劳动关系。这样的关系才能最大程度地发挥集体的向心力,大大提高工作效率。而职场PUA最终只会造成"人心散了,队伍不好带了"的后果。这本是个很简单的道理,但部分老板和领导还沉浸在权力带来的"任性"中,认识不到自己已经落后于时代价值观。

一位艺人拥有的影响力使她更容易得到公众的关注,但更多普通员工未必拥有发声的渠道。因此，如何从法律层面为员工提供更多保护和关爱，更应该成为全社会共同关心的话题。唯有如此，我们才能更有对职场PUA勇敢说"不"的底气。

被暴力裁员，我们心中最深的恐惧

李勤余

如果屏幕前的你是一家大型企业的管理者，不巧，你的一位员工因身患重病丧失了劳动能力，又不巧，你的企业因面临激烈的市场竞争而承受着人力资本的压力，此时，你会怎么做？

网易为我们示范了一种做法——暴力裁员。事发后，各家媒体和广大网友对这家互联网大企业的口诛笔伐，我们已经见识了不少。但在事件渐渐归于平静之时，倒不妨回想一下，当初，让大家群情激奋的原因，到底是什么？

没错，我们非常同情那位身患绝症的网易员工。没错，网易在裁员一事上的"不地道"也让人看不下去。但更深层次的原因，还藏在大家的内心深处。潜意识里，所有获知此消息的职场人都想到了，可真要把它说出来，人人都能感觉到心脏爆发出的一阵颤动。

那就是，如果身患绝症的员工是我……

这样一种假设，不能不让我们陷入深思——职场之路，到底该怎么走下去？不停奋斗，不断努力，直到有一天，失去了自身的"价值"？在我们的职业生涯里，到底有没有暂时"倒下"的权利？既然有法律、有规则，为什么安全感还是那么遥不可及？我们需要的保障，到底在哪里？

有一个网络流行词，叫做"社畜"，意思是在企业很顺从地工作，被当作牲畜一样压榨的员工。这个词语当然有自嘲的意思，但自嘲之中，又包含着一点心酸、一点恐惧。因为，这个世界上没有任何一个人，真的愿意充当职场里的"牲畜"。

因为是活生生的人，所以总是渴望获得感、安全感。可网易员工的悲惨结局，无疑彻底击碎了人们内心那块曾经坚固的盾牌。

要知道，网易可是一家名头响当当、运营相当正规的大型互联网企业。数据显示，就在 2019 年 11 月 21 日，网易 Q3 净收入 146.36 亿元人民币，同比增长 11.2%。这说明，网易的经济效益一点也不差。

可网易之大，竟容不下一位普通劳动者的饭碗，那么其他不那么知名、不那么显赫的企业呢？

网易暴力裁员后，刘强东不忘及时"插刀"，宣称"京东员工在任职期间无论因何种原因遭遇不幸，公司将负责其所有孩子学习和生活费用至 22 岁。"但值得玩味的是，几乎没有人把他的话当真。

因为，我们都很清楚，每个职场人都和那位不幸的网易员工一样，走在摇摇欲坠的独木桥上。而刘强东的漂亮话，不过是形同虚设的护栏。

职场人，当然愿意成为企业的一颗"螺丝钉"，可我们毕竟不是真正的螺丝钉，因为我们都是有血有肉、有家有小的个体。

这真是一次容易让人失眠的灵魂拷问：下一个从独木桥上坠落深渊的，会不会是我？

到大城市去,驶向未知也是驶向可能性

与 归

到了高考学子陆续填报志愿的时间,去什么城市,选什么专业,又成了考生及其家庭纠结的事情。俞敏洪的建议是,尽量到大城市去。

我想到了自己当年填报志愿的时候,同学间流传一句格言:一本选大学,二本选专业。后来我才明白,其实一座城市对一个学子的影响,也异常深远,甚至要超过学校本身。

由于分数不高,能选择的余地不多,当时我只能在省内几所较好的大学之间徘徊。在两所分数线差不多的大学之间,我鬼使神差地把省会的那所排在了前面,后来我就去了省会。

现在想来,那个时候,就是单纯地想让自己的人生多一些变化。因此,我需要更大的、更复杂的生活环境。

不过,真正感受出城市潜移默化的影响,还是在我毕业后。

2015年夏,拿到毕业证的第二天,我便辞掉了省会城市一家媒体的实习工作。当时我已经在那里实习一年有余，谈的是拿到毕业证就可以签合同。但我还是毫不犹豫选择放弃，登上了驶向北京的动车，也驶向未知。

未知，一边意味着波动和艰辛，一边也意味着更多可能性。在北京，我结识了很多在北京读书的学生，明显可以感受到那份差异。别的不说，他们看待事物、想问题，总是喜欢站在全国的立场上，甚至是国际视野。但我回顾自己四年的大学生涯，很多经历，都冠上了"河南"的名头。

比如，在公共关系和市场营销课上，我们老师举的例子，无非是双汇、三全、宇通这些省内知名企业，但是别人家的例子，动辄是微软、亚马逊、腾讯、阿里等。类似的，诸多细节于无形中就塑造了你的视野。

这让我怀疑，如果我一直留在省城，视野与思维可能就会缩小一个半径。

我的一位同窗多年的好友，家在河南，当年选择了去哈尔滨读书，毕业后又直飞广州工作。问起他为何天南海北地跑，他就说了一个理由：想离家远一点。

这个理由，也是俞敏洪的一个建议。离家远，客观上可以培养更强的独立能力。

其实，去大城市，也仅仅是当下人口流动或迁徙的一部分。毕业后，你会发现，很多原本在中等城市读大学的年轻人，也选择了去大城市就业，甚至在大城市落户、定居。

有一个词叫"人口净流入",这是时代的群体选择。

你或许听过很多大道理,依然没能过好这一生;你或许见过很多大城市,依然立足未稳。但是你熟知小城的安逸和冷清,也见识了大城的繁华和热闹,便多了一些选择。

去年,我的一位表弟高考,我便劝他尽量去大城市。结果因为成绩实在一般,最后挑无可挑,只好选择复读。今年,他多考了二十多分,我还是那个建议:到大城市去。

当然,如果你生来便是在大城市,则大可走出"舒适圈",去中小城市体验一番,或许也有不一样的收获。但对于大多数人来说,大学不是从一个校园到另一个校园,而是从一个世界到另一个世界。

在职场，虚幻的"人设"抬高不了身价

李勤余

不知道从什么时候开始，我们几个老同学习惯于在微信群里称呼对方为"X总"。这里头，当然有戏谑的成分，但更大程度上还是受了某种风气的影响。现如今，在职场上不被称呼为X总（最不济，也该是X老师），好像还真成了一件挺没面子的事。

在朋友圈里，有人热衷于"改定位"，有人忙着"精装修"。说到底，这都是在立"人设"，借此抬高身价。今天的职场上，各种光鲜的头衔和冗长的抬头更是层出不穷，像我这样一穷二白的员工，连印名片都觉得不好意思。

不过，职场里的"人设"作用到底有几何？

联想到一个有关华为的故事。有媒体报道，有华为研发员工投诉食堂伙食差、定价高、服务不到位，甚至还有干部"为民请命"。华为公司的领导也毫不含糊，直接回怼。先是轮值CEO徐直军发布《告研发员工书》，表示：当事干部

"可以抽调去帮厨三个月,以去实践他的建议,直到实现再回到研发岗位"。接着是任正非亲自批示:此文是写得何等好啊!

华为公司内部的事务,外人无从了解,自然也无法直接评判是非对错。只是,细读那份《告研发员工书》,有一句话特别值得玩味——"研发人员也不是天之骄子,不能要求别的部门对你过度的服务"。

不必讳言,在任何一家现代企业内,各岗位之间确实存在着一条看不见摸不着的"鄙视链"。就拿我曾经供职的一家单位来说吧,不同部门之间,谁更受领导重视,谁掌握更优质资源,从来都是暗流涌动。

回过头来看华为,哪怕是我等纯粹的外行人也难免会觉得,研发人员大概是所谓的"核心"或"支柱"吧。和他们比起来,食堂师傅或者后勤部门只需要做好保障工作就好。恐怕,这也是一种人之常情。

不过,徐直军还提到了一个直击问题实质的概念,那就是"虚幻的光环"。以华为公司今时今日之国际地位,研发人员出场时自带一些"光环",也不奇怪。但光环,终究是虚幻的。一个最简单不过的道理是,华为的辉煌成就和历史,不是靠光环赐予的,而是靠实干、苦干得来的。

华为的食堂到底怎么样,外人不足道也;350元的月标准算不算高,也可见仁见智。但如果真有研发人员把"虚幻的光环"当了真,那对任何一家企业的发展来说,都不是什么好事。

其实,容易把职场"人设"当真的,又何止是研发人员呢?顶着光鲜头衔,背靠身后大树,就得意忘形、自命不凡者,相信大家都曾亲眼目睹。可要是缺了真才实学、默默耕耘,虚幻的光环终究会成为一层"画皮"。古往今来,概莫如是。

小到一个具体的岗位,大到一个社会的运行,都离不开各司其职、各守其位。用职场"鄙视链"为自己立"人设",无疑是幼稚的。在朋友圈里嘲笑他人的"人设"是容易的,但要在日常生活中,彻底摆脱"人设"的束缚和干扰,踏踏实实完成工作,真正实现个人价值,还是需要一番修为的。说到底,与其在工作中对他人百般挑剔、忙着为自己塑造"人设",不如做好自己。毕竟,收获是自己的,光环是虚幻的。

每个人都有值得全力以赴的全勤奖

敬一山

最近有则新闻让很多人感到唏嘘。

江西南昌一女子带病上班，跌跌撞撞赶公交，多次摔倒又爬起来继续赶车。公交车司机看到后，好心给她倒了温水询问，才得知她是不想被扣掉300元全勤奖而要坚持上班，之前生病刚打完吊针，所以一路还有些头晕。

这条新闻之所以让人特别感慨，一方面是因为这种"成年人的世界哪有容易二字"的辛酸，很容易引发大家的同情和共鸣；另一方面是因为带病挣扎和300元之间存在直观的冲突。不少在新闻下跟帖的人都复制那句名言："贫穷最悲哀的地方，是什么都值钱，就自己的命不值钱。"

这些充满代入感的情绪反应很容易理解，但我还是觉得有些太悲情了。我更愿意给这位女子一些尊重，而不是同情。每个人的先天条件、生存境遇不同，人生道路各异，但有一点是共通的——要过上更好更满意的生活，总是需要付出更多努力。

"成年人的世界哪有容易二字",不过就是人生的常态,其实没必要赋予太多自怨自艾的悲情。每个年龄段都有各自的烦恼,与其浪费精力去感叹,不如努力扮演好自己的角色。而为300元全勤奖跌爬努力,所蕴含的精神价值,并不亚于一个企业高管为300万元的订单而付出辛劳。为自己生活而努力,精神价值上没有金钱高低之分。

当然我也看到,网上有些人觉得这种带病上班得不偿失。照顾好自己的身体,才能拿更多的全勤奖,这是大家都懂的常识。但我们并不是要机械倡导带病上班,只是要尊重这种努力生活的姿态。

尤其是这几年"丧"文化流行,不少年轻人虽然内心还是有着对美好生活的盼望,可稍经挫折打击,索性就地躺倒,陶醉在自己的颓废和绝望中。说太多年轻人不思进取,好像有点严重,多数人内心还有上进的隐隐冲动,可就是没有"跌跌撞撞赶公交"的那种劲头,徘徊在"不拼好像也行"的慵懒状态中。

生活还是需要一点跌跌撞撞赶公交的劲头。前一段时间有句话在年轻人中很流行,"人间不值得",这大概是很多人生活提不起劲头的原因,总觉得一切没意义、不值得。看新闻里的女子,为300元全勤奖值得吗?当然值得,那可能是自己成就感的由来,可能是家庭生活消费的必须。

每个人都有自己心目中的"300元全勤奖",可能是一次考试,可能是一次旅游,可能是一次加薪……人总会有在乎的、求而不得的东西,这东西到底有多大价值,要看你的态度。如果你跌跌撞撞去努力,无论结果是否如愿,它都会显得弥足珍贵;如果你畏惧努力而看淡它,那它真有可能一钱不值。当自己的内心珍视一钱不值,这样的人生,其实才真是不值得。

向摸鱼式加班说不,你敢吗?

张 丰

《流浪地球》热映时,刘慈欣"上班写小说"的故事曾引发热议。如果说这种"摸鱼式上班"还有几分快感的话,"摸鱼式加班"就只剩纯粹的苦涩了。

这个新流行起来的词组,意思是指已经到了下班时间,也没什么实际的事情要做,但是由于领导还没下班,自己也只好留下加班。很多网友坦言,这在自己周围是相当常见的现象。心累,又心塞。

这可能是比较大的企业才有的现象。因为"摸鱼式加班"本质上是一种表演,演给领导看;而领导还有更大的领导,他也需要表演。这说明,企业已经有了相当多的层级,推行的是"科层制"管理。领导看法在员工的个人考核中占有很大权重,员工才不得不"配合演出"。

那些小企业似乎更喜欢通过绩效考核。因为管理者对员工更加了解,事情做到什么程度,大家能够有比较清晰的共识，完成当天的工作就可以回家休息，第二天还有明确的事情要做。

能够"摸鱼"的单位，多半奉行一种模糊的文化，业务也呈现出混沌的状态，存在大量的权责不明晰的情况。只有这样，公司才能成为一个表演的舞台。

通常来说，这样的企业在市场内已经拥有相当的实力，多半通过资本并购，控制了更多企业。总有一些子公司或者部门，拥有创新和盈利能力。即便是有相当多的人在浑水摸鱼，公司也不会很快倒下。一些中层领导甚至会认为，"摸鱼加班"，在上司面前装勤奋，比真正的勤奋还有利于升迁。

这也不是中国才有的现象，而是传统大企业的通病。当一个企业足够大时，必然采用科层制。

我有位朋友曾在日本一家大企业上班，碰到一个喜欢加班的领导，大家明明已经无事可做，也只好陪他。领导的薪水非常高，他可能认为只有如此"努力"，才配得上薪水，但我这位朋友的薪水却没那么高，孩子又小，她只想早点下班回家陪小孩。在又一次被要求加班时，她大声拒绝了，并马上提出辞职。她的日本男同事们大惊失色，因为他们从来没看到过一个人可以这样反抗，他们情愿"摸鱼"。

在日本经济的成长期，甚至还存在"摸鱼式下班"。很多男人明明已经下班，却不回家，而是和领导一起在居酒屋消磨时间。晚上7点到9点，是日本男人的幸福时光。他们一改上班时的拘谨,在居酒屋大声欢笑,尽管一起喝酒的还是办公室内那些人——这能理解成一种企业文化,但是晚上在家躺下后细想,也会有一种悲哀吧?

对"摸鱼式加班"不满的主要是年轻人,这可以理解。他们心中,未来还有很多可能性,生活本身也足够丰富,还有爱情需要去追寻。这都比加班让人快乐。

更重要的是,他们心中还有一种信念:上班就是好好工作,拿多少薪水就应该付出多少努力。不奢望薪水高过付出,但最好,也不要低于。人应该去创造价值,而不是混日子。

恭喜你,如果你也这样想,说明你还年轻。

但是现实可能是另外一回事。领导会告诉你年轻是不成熟的表现,等着你有一天像他一样油腻。一代又一代年轻人,不就这样"成熟"起来了吗?

好在,年轻人也有自己的优势。在移动互联网时代,包括工作本身在内的很多事情都要重新定义。在全世界范围内,都能看到听到"科层制"断裂的声音。去中心化、在家办公、移动办公……这些新趋势可能会助年轻人一臂之力。

我衷心希望更多年轻人能够向"摸鱼"说"不",希望他们能够年轻得更久一些。

假期加班就辞职,这届职场新人怎么了?

白晶晶

国庆长假刚结束,有人累觉不爱地回归工作岗位,翻开日历,发现一个激动人心的"好消息":全国人民已经一起过完了2019年所有法定节假日。不过,对于浙江义乌的某姑娘来说,她的假期"续杯"了。

"无工可返"的她,发帖吐槽了自己的假期经历——"放假玩得好好的,分管领导突然来找我,说十一假期选两天值班,非常突然,好像是说有个人临时有事,要顶上。可我已经有行程安排了,我说我不在家,出去玩了,领导竟然说公司大于个人,把行程取消!我火气一下就上来了,直接开怼,说不干了……感觉这是我最近最硬气的一次了"。

在这则网帖下方,有人留言表示羡慕嫉妒恨,自己也想守卫假期,来一次与领导说怼就怼的对决,可总因为少了点勇气,假期无奈变加班,成了心底会呼吸的痛;有人留言表示理解,如果取消定好的假期,后续火车票机票的退票费、不能取消的酒店费用,公司能给报销吗?退一步讲,"公司大于个人",这句话也该说给那位临时有事的同事听。

但也有人言之凿凿,"一看就是个职场90后"。还有人苦口婆心地表示,"我觉得这和所属年龄段无关,只和是否已婚,是否有车贷房贷和有娃有关,只要未婚有能力的,我觉得都有说这话的硬气"。

"一千个观众眼中有一千个哈姆雷特。"将这句话改头换面一下就是,社会似乎对每一代人冥冥之中总有一点傲慢与偏见。正如网络流传的一个段子中提到的,"70后说80后不懂得带孩子,80后说90后非主流,90后自己还分为两派,即90后和95后,然后一起数落00后"。

每一代人都有属于自己的代际自豪,而90后一代在其他代人群眼中的特质,往往是"我行我素,天马行空,随心所欲……"这也正是浙江义乌姑娘的网帖一出来,就有人一厢情愿地判断发布者是90后职场新人的原因。

不可否认,相对于70后、80后职场人,90后职场新人的确更为"自我"。各年龄段的人群,对职业生涯规划以及处理职场人际关系的态度也不尽相同,所以才有了"不要大声责骂年轻人,他们会立刻辞职的"这种调侃之说。

相对于90后"想怼就怼"的职场态度,70后、80后一代成长于等级划分更为严格的职场文化之中,面对领导的工作安排也很少说不。

相对而言，90后职场人的家庭经济条件普遍较好，多了试错成本和任性的机会。工作是为了赚钱养家的这种逻辑动力，在他们身上并不怎么奏效。相比其他职场前辈，少了生存压力，所以工作和生活的目标是什么，是决定其职场态度的关键因素。

学者何帆曾提出这样一个概念——新一代年轻人以"嗨"为驱动力，在社会中扮演"探索者"而非"登山者"的角色。年轻一代并不是不愿意努力，而是要追问自己为了什么而努力。

了解了新一代年轻人的心理特质，再回头看他们"一言不合就辞职"的职场选择，就能够理解他们看似冲动的辞职选择了。这一代职场新人，更加崇尚自由，喜欢个性化、多元化的职场管理方式，相对于升职加薪，更看重个人在职场上的价值实现和是否受到公司的尊重。

因此，面对"国庆被叫加班，一言不合就辞职"的职场小姐姐，不妨少点主观武断，多点相互理解。毕竟在这个多元化的社会，辞职了，从来就不是什么世界末日。

酒桌上真正的"硬菜"是人性

西 坡

"银行员工拒喝领导敬酒被打"事件后,中国银行业协会在网站上发文回应,直言"有些银行依然存在人身依附、家长式管理、官老爷作风、职场霸凌、对员工缺乏尊重等种种与风清气正相悖的恶俗陋习"。

"人身依附"这个用词,切中了所谓"酒桌文化"的要害。

把耳光事件放在"酒桌文化"的范畴里讨论,让一些好酒之人感到不快。我们一直喝得很开心,即使偶尔喝多也都是心甘情愿的,你们职场出了事,为什么让酒来背锅?

的确,作为贬义词的"酒桌文化"是特指某种酒桌,而将所有酒桌统统贴上不良标签是不妥当的。权力借酒生事,最该关注的是权力而不是酒。

三五好友,把酒言欢,这种场合是谈不上"酒桌文化"的。

还有一种地域性的"酒桌文化",作为一个山东人,我对此略有发言权。但是我想说,即便在山东,如果只是朋友、同学聚会,也没有那些让人望而生畏的规矩。关系简单则酒桌简单。

我从小到大自然是没少见识酒后的丑态,但据我观察,那些惯常喝多的人,大多不是被"酒桌文化"灌倒的,而是半推半就主动把自己喝多的。

酒桌是人性的道场。人们在日常生活中扮演着规定的角色,承担着不得不承担的责任,人性多多少少是受着拘束和压抑的。酒则是打开人性隐藏部分的钥匙。喝着喝着,沉默的人开始健谈了,本分的人开始吹牛了,看着混得不错的人突然痛哭了。若这时你还存有理智,打眼望去,这才是真实的人类啊。

若酒场只是人性的自主表达,酒醒后大家各自回归正常生活,那么喝酒也不失为一种有益的释放。可是事情没有这么简单。

和酒精、菜肴一起上桌的,还有人与人之间的复杂关系。相声界讲究一个"台上无大小",在酒桌上却是反着来的。纯粹的酒友聚会或者好友之间以酒助兴,只消耗了酒精产量的一小部分。剩下的酒精是在不那么单纯的酒桌上,被不那么情愿地喝掉以及吐掉的。

比如陪客户喝酒。你知道这顿酒是有所求的,客户也知道，表面上大家嘻嘻哈哈、称兄道弟，但客户说"随意"的时候你真的能随意吗？

更考验人的是存在上下级关系的酒桌，如果还有外部贵客在场，复杂度再翻倍。酒怎么喝，话怎么说，不少眼睛都在看着。酒桌之下，暗流涌动。

有些利益性的酒局，实质是一种以酒为媒介的纳投名状的仪式。高位者对低位者行使的是一种"合法伤害权"，以此享受权力感；而低位者通过自我伤害来表明忠心，融入团体。酒桌上的诸多丑态，正是人性幽暗之处的外化。

什么地方才最需要纳投名状呢？当然是那些利益分配不透明、关系作用巨大的行当。而在那些游戏规则明晰、大家各凭本事吃饭的领域，通常不会出现不良"酒桌文化"。所以要剔除"酒桌文化"的糟粕，功夫在酒桌之外。

那些语重心长劝诫年轻人的王石们

范娜娜

互联网上,大佬们总是金句频出。这一次,王石在自己的新书《我的改变:个人的现代化40年》里又抛出了新的梗。早前劝"年轻人不要着急买房",而今再劝"年轻人别老想着赚钱"。

但在这个信息浩如烟海的时代,想要三秒抓住人们的眼球,还得靠一个引人注目的标题。于是摘除整体语境提炼而成的标语在社交媒体上被广泛传播,断章取义之下,一下子就戳中了这届年轻人的愤慨之点。

其实王石的原话是:"现在的年轻人太急躁了,没想好自己的目标之前,先做公益,或是探险去,别老想着赚钱,别被一些东西困住。"

王石大概想表达的是先有高度,才有格局。这句话本身没大毛病,还贴着理想主义、情怀的标签,但不可否认,呈现出来的效果就是弱弱而无力,带着一股"何不食肉糜"的矫情，因此被网友一针见血地评论"站着说话不腰疼"。

要知道看着成功学、读着名人传成长起来的第一批90后，其阅读维度已经从心灵鸡汤过渡到了毒鸡汤，然后变得百毒不侵，自动免疫。所以面对王石的这番话语，反击一笔，调侃一下是常规动作；将其奉为人生箴言的，大概还是极少数。

一碗鸡汤的真正修养，或是令人精神亢奋，或是让人顿感扎心，或是自我感动，或是自我矮化。很遗憾，王石的这碗鸡汤，实在不符合这届年轻人的口味。所以听听就好，认真你就输了。

说实话，我作为一名新入职场的×漂社畜，看到王石的发言，实在觉得脱离现实。每个月的房租＋生活费，就如同压在身上的大山，催促着你必须勤勤恳恳去赚钱，毕竟也不好意思腆着脸面再问父母要钱。

王石所提倡的"不急着赚钱，不急着买房"，这种漂亮的鸡汤话，从小到大，听过太多次，除了挑逗起情绪，却改变不了现状，听多了之后反而徒增失望。也想试试去做公益，去探险，但看完工资卡的余额……谁想低头于眼前生活的苟且？还不过是因为两个字：没钱。

在舆论场上，诸如王石这类名人的经验之谈，太多的批评年轻人功利之语不断冒出，已经让人形成了一种审美疲劳。与其责怪年轻人的急躁，其实不如更多地去反思，年轻人为什么越来越着急?

身处这个焦虑的时代,漫天遍地、无处安放着的皆是行色匆匆的面孔。"贩卖焦虑,制造恐慌"成为自媒体时代的传播套路,一不小心就要被同龄人抛弃的紧张感笼罩在心头,越来越急躁成为普遍性的群体通病,身处其中的年轻人有心无力,只能在洪流中裹挟前行。

谁不想爬个山、做个公益,见识生命更多的辽阔,但问题是经济基础决定上层建筑。对于有了一定金钱实力的年轻人来说,确实可以稳住不慌,不被身外之物所围困,但对于社畜来讲,多看一部电影,多去一个地方旅行,已经是力所能及之下的诗与远方。

当你站在顶峰,可以云淡风轻,以一个过来人的身份娓娓而谈,语重心长地劝诫年轻人:你可以不成功,可以不要急着赚钱,可以慢慢来。但当你还在人生的奋斗旅程之中,这种急,其实也是一种较强的自我驱动力,引导一个人不断地向上成长。

所以说,年轻人可以"急",但不要过犹不及。

跟青年谈钱可以，但俞敏洪的谈法有点可笑

西　坡

2019年9月19日，俞敏洪在"中国大学生自强之星"分享会上表示，钱是一个人的能力证明，当你的工资比同学少一半时，你的生命已经浪费了一半。

看到这段"高论"，我感到很悲哀。众所周知，俞敏洪不仅是北大毕业的知名企业家，而且常以青年导师自居，这段话也是对台下的大学生讲的。但最使我感到悲哀的不是俞敏洪的功利主义，而是他的缺乏逻辑。

俞敏洪说，同学工资五千，你工资两千五，就相当于生命浪费了一半。两千五是五千的一半，这是简单的除法，小学生都懂。可是一推导，荒谬就出来了。

月薪两千五相比月薪五千浪费了一半生命，月薪五千又相比月薪一万浪费了一半生命，哪怕月薪五万相比俞敏洪的身价也浪费了一大半生命。俞敏洪自己也逃不掉，因为跟贝

索斯、比尔·盖茨相比，他也浪费了一大半生命。这样折算下来，请问最前边那位还有命吗？

再换个角度思考，同学A有十万，同学B不仅是穷光蛋还欠了外债十万，是不是可以说同学B浪费了两条生命？凡人只有一条命，这相当于赚了一条命啊。

在这个社会，谈钱不俗，但得看怎么谈。我们大可不必视金钱如粪土，也不必视金钱为洪水猛兽，以为一谈钱就会教坏小朋友。但俞敏洪走到了另一个极端：把生命价值直接与赚钱能力画等号。这个等式若成立，一切文明都将坍塌。

俞敏洪或许会说，自己的本意是催青年奋进。可是发表极端观点吸引眼球是一个教育家应该向年轻人展示的成功之道吗？

我相信钱是一个人能力的某种证明。因为现在是市场经济，每个人在劳动市场上都有自己的价值。通过提高个人职场竞争力，获取更高报酬，为家人创造更好的生活，这也是社会进步的驱动力。

但钱绝不是人生成败的唯一证明。其一，市场并非永远有效，有些做出巨大贡献的人没有得到相应的物质回报，他们得到的应该是致敬而非嘲笑；其二，我们是市场经济，但不是市场社会，人生中的许多志趣无法换算成金钱，不理解请走开。

即使从纯粹世俗的层面来讲，俞敏洪的粗暴比喻也有误人子弟之嫌。年轻人应该认识到人生是一场长跑，找准适合自己的方向，踏踏实实提升自我，比同学之间比较工资更重要。

离职也很体面，才没辜负这些年

小 麦

离职的时候，你会吐槽吗？

据《杭州日报》报道，一位员工小李在 2019 年 4 月申请离职，公司根据规章制度结算了小李的薪酬，并表示不再发放当年年终奖。小李不满，就在朋友圈开始吐槽，还暗称王经理有严重的生活作风问题。结果，惹来了官司不说，还被判在朋友圈公开道歉。

4 月份就离职，还要求公司应按比例支付他 2019 年年终奖，小李的要求对不对，我们无法评判。但在他对个人权益的主张背后，恐怕还有着更多借机宣泄情绪的成分：终于要拍拍屁股走人了，再也不用谨小慎微了，终于可以"扬眉吐气"一回。曾经萌生此类想法的，大概不止小李一人。

只是，在员工与公司之间，难道永远应该是一种紧张的挣扎与撕扯关系吗？

2018 年初，我离开了相守了 20 年的老东家，换了一份工作。刚离开的那些日子,不能说没有怨念,没有吐槽。20年了,很多东西已经长到骨头上,一动皆动,每一次想起,疼痛就没来由地袭来。

为单位贡献了最美好的岁月,那可是足足20年啊,难道连临别的献词都不配得到吗?

然而,还真没有。

临走时,朝着背后那扇门踹了一脚。现在想起来,还真有些好笑。说起来,那位小李的心情,其实职场中人或多或少都有所体会。

不过,吐槽,未必是离职时的正确选择。

选择放手了,就放下吧。这不是窝囊,也不是委屈,只是没有必要一直纠结于过往。不管在原来的公司、单位干得好不好,是否开心,终究已成为人生的一段篇章。有句话说得好,分手也应该体面。谈恋爱如此,职场上更要讲究尊严。

尊严当然是双向的,作为强势一方的公司不妨给员工多一点尊重。不需要大江大河,一点微光就会照亮一个人的人生,一句叮咛就会让人长久牵系。

而前行的人也不必总是碎碎念。生活一直在向前,我们都该向前看,选择离去不是退却,而是为了奔向更美好、更值得的人生。

满天风雨下西楼。于离开的惆怅、不平之外,人生其实还有更多的维度。老辈人讲,江湖路远,珍重,而今我们也是不能只剩下相互撕扯的一地鸡毛。无论你走多远,老东家其实一直都在默默注视着你,而它留在你身上的"气味",也如烙印,挥之不去。

就好比驿站,每一个驻足之地,都是一个人的生长之所。所谓履历,写在档案里的那些,远比不上现实人生精彩。

离职了,相互多一些祝福吧,挥挥手,可能带不走一丝云彩,但带走的却有更多岁月的况味、人生的积淀以及山河故人的风采。只要懂得相互尊重、相互成就,不管是单位还是你,明天都会更好。

你的辞职报告,会屏蔽父母吗?

周云龙

80后小林辞职了,直到递交辞职报告,同事们才惊奇地发现,他居然是一个文艺青年——

追梦十五年,很多事难以言说;
年近四十岁,我也该提前不惑。
在这里,酸甜苦辣咸尝遍;
于未来,生旦净末丑再演。
多少次纠结彷徨,但今天,终究做下这个决定。
换种活法,换片天空。
也许不容易,相信更精彩。
江湖再见,后会有期!

诗化的辞职报告背后并没有诗意,小林内心也不是有多么欢欣,毕竟离开往往意味着放弃、切断、分别。小林的家人更不淡定。爱人那天在"幸福一家人"家庭群里突然扔出一句，算是提前"剧透"：×××辞职了。老家的父亲很快私信问他：怎么回事？单位里出什么事了？岳父岳母立即打来长途电话，反复盘问前因后果。

妈妈在小林身边照料两个孙女，她看到儿子起早带晚的忙，不知道儿子此起彼伏的累。

小林递交辞职报告回到家，赶紧给妈妈解释：公司效益越来越差，薪酬越拿越少，没有升职空间，再过几年，自己四十多了，前景可能更不理想。妈妈似乎秒懂：那你找熟悉的行当，先做做看吧。做得不行，重找一份工作再做。反正你还有两套房子，够生活了，不要把自己搞得太累。

人都是在适应或改变环境中成长的，年轻人的速度显然要比年长者快一点。这些年，朋友圈里，隔三差五的有80后、90后晒出他们的"辞职报告"。我知道，他们一般都是屏蔽了50后、60后的父母。

前同事辞职创办小微企业四年，一直没敢让小城里的父母知道。他们坚定地认为：媒体多风光，再差也比一般公司强；哪怕1000多块一个月，也得好好待着；有个地方交养老保险，踏实。现在每次父母来看她，她都严格按照上下班时间出门、回家，不让父母看出破绽，也是为了不让父母担心。她知道，不同年代的人，不在同一个频道，吃不到一起，聊不到一起，也很难想得到一起。

另一位朋友的"保密工作"，做得更是有声有色。父母都是省城土著，他们还是认为，人要有份正式工作，钱多钱少无所谓。而朋友有自己的想法：爱人工作很忙，孩子天天要接送、要陪伴，不能全依托老人，又不放心交给外人，可是哪个单位同意你天天迟到早退接送孩子呢？朋友很快想通了，抄上一份辞职报告，递给公司。

辞职后，她先是和同学开了一爿小店，比上班更忙，还是照顾不了读小学的儿子，又决定把店关了，等一等再就业。妈妈很敏感，发现女儿近来接送孩子准点率很高，不像以前忽左忽右，追问怎么回事，她随口编造了一个谎言："现在部门的领导蛮人性化的，允许我们送娃接娃，只要把手头事做好……"朋友的爸爸会玩微信，喜欢关注家庭成员的微信运动，朋友有时窝在家里一边看电视剧，一边还拿着手机晃，直晃到4 000多步才消停，感觉可以给老父亲一个"交代"了：女儿每天都在上下班。

父母们总以为自己最懂儿女，可是，在父母面前，儿女们刻意隐藏了多少秘密？

其实，一个人的真正成熟，是学会与父母的和解，因为我们终究会活成父母的样子。不过，换个维度看，一个人成熟而不衰老的标志，应当是学会与子女"和解"。"和解"的前提是了解、理解。要和年轻人平等对话，就要尽量在思想上和他们同频共振。

即使难以同步成长，可以退一步想想：我们不都是年轻世界的过来人吗？我们当年对父母长辈有过哪些期待？

每一份"新职业",都不容易

土土绒

不知道从什么时候开始,同事聊天的话题,就从"这件衣服哪儿买的,给个链接呗",变成了"昨晚看李佳琦的直播了吗?我又下单了"。不是我不明白,这世界变化快。如果今天你还对网络直播一无所知,那就可能跟不上身边人的聊天了。这样的变化,让人眼花缭乱,仔细想想,又似乎自然而然。

最近,人社部联合国家市场监管总局、国家统计局,向社会发布了9个新职业,也给人同样的感觉。"城市管理网格员""互联网营销师""在线学习服务师""老年人能力评估师"……乍一听"不明觉厉",仔细一想,不就是我们每天接触的人吗?比如互联网营销师职业下的"直播销售员"工种,就是人们熟知的"电商主播""带货网红",只不过称谓更正式了。

古人说:"必也,正名乎。"名不正则言不顺,言不顺则事不成。一些新兴职业发展到今天，有关部门给一个正式的"名分"，既是顺应社会发展的潮流，也是对这一职业或工种的肯定。在将来的行业发展中，也能更好地进行规范、引导。

社会发展的大潮滚滚向前，即使你并不感兴趣，也会一不小心感受到新兴行业的强大影响力。前段时间，我们单位组织了一场讲座，邀请某直播平台负责人来讲网络直播。讲座原本定在一间会议室，结果报名的人太多了，只好挪到附近的影剧院去讲。你看，不管人们怎么评价网络主播，这超高的人气都用实力说明了社会发展的方向啊。

这也难怪在9个新职业公布后，网友们纷纷回应"想从事""是心动的感觉"了。

另一个有关"新职业"的新闻也很受关注。教育部发布的一则通知提到，将开设网店归为"自主创业"，互联网营销工作者、公众号博主、电子竞技工作者以及自由撰稿人等均算"自由职业"。这不仅让找工作的大学毕业生们眼前一亮，也让社会人士津津乐道。

顺应潮流、接纳变化，大概是现代人最重要的必修课了。有人曾说过，信息社会一天的发展，远超农业社会乃至工业社会二十年的发展。日本有人估算过，现代人一天接触的信息量，达到了一千年前的人一生接触的信息量。这些数字未必准确，但意思是明确的。人们很难再一份工作做到老，甚至很难一种职业做到老。这也是现代社会为什么这么重视

"终身学习"的原因。不断了解社会和行业的新变化，接纳并应用这些变化，是现代人的基本技能。

有一些变了，也有一些不曾改变。据澎湃新闻报道，一位来自复旦大学的女生，目前已经创业成立自己的公司。这位知名自媒体人说，她一周工作60小时是常态，忙时可能从早上6点拍视频，一直到晚上12点。直播期间"太累了，每次都声嘶力竭说不出话"，"一个晚上要把同样的话反反复复用不同的方式说好多遍，非常考验人"。你看，工作内容也许不同，行业和职业都是全新的，但要做好一份工作，同样需要超出常人的勤奋和不断的学习提升，可能还要点个人天赋。

这些，或许永远都不会改变。明白了这点，能让我们在日新月异的社会中，既保持对新鲜事物的包容和接纳，又可以安下心来，做好自己该做的事，而不是一边害怕被时代抛弃，一边不肯看看外面的世界。作为一个还在从事"文字"这门古老手艺的人，我特别需要这种更新和安心。

他们不仅加班，竟然还悄悄学习

与 归

2019年就要走完了，如果突然问你一句"今年，你学习了吗？"，你会不会有点焦虑？有些人或许会感觉过得空虚，但总有一些人内心是踏实的。

今天看到一条信息，把2019年称作中国的付费自习室元年。报道称，短短一年里，上海、北京已经开业超过80家付费自习室，沈阳、西安、成都也有约60家。而且，九成消费者是已经工作的白领。

怕了吗？听起来这样的数据里既透着励志，也传递出压力：他们不仅经常加班，竟然还有时间悄悄学习。有人说，这种现象反映出现在很多年轻人对自身本领的焦虑；也有人说，这其实是学习型社会到来的标志。

其实，二者并不矛盾。适当的焦虑就是动力，是积极的情绪，是现代社会的特征。我们大可不必把学习当作负担，而应将其看作实现自我期待的敲门砖。

没有人可以停止学习，也没有人可以脱离这个滚滚向前的社会。李佳琦不仅要学习直播技巧，还要深入了解各种化妆品。就连打造一个世外桃源，也是要学习的：李子柒要学习各种烹饪方法，她的团队要学习拍摄、剪辑、传播、营销，等等。

社会分工越细，要学习的东西就越多。如当下的一个热门岗位——产品经理，是一个枢纽性质的岗位，除了需要具备基本的沟通能力外，在研发、营销、运营等方面，还要多多少少了解一点。

在大学里，没有一个专业就叫"产品经理"，哪怕你学习市场营销或工程管理专业，到了特定的岗位上，还是要结合公司具体的业务，去补充相关知识。

而从社会发展的特征来看，信息爆炸的时代，已经决定了学习是一件停不下来的事情。知识更新周期缩短，创新频率加快，新事物、新工具、新场景不断涌现，必然倒逼着你去不断学习。

这是一个充分竞争、长期竞争的社会，甚至从一个婴儿刚生下来就已经开始。学习型社会的到来，并不是一个多么主观的、人为塑造的结果，而是社会发展的客观规律。

我认识一些程序员，他们的大学专业并不是计算机，他们靠什么得来的技能？很多职员并没有在科班学过办公软件，他靠什么信手拈来精美的PPT？无不都是学校之外的自我进修。

我并非一个勤奋之人,但总感觉有一股危机感在鞭策着我。以前在北京上班时,工作日很少有时间看书,便经常在周末去三联书店看书,一待就是一下午。后来辞职后流浪到每个城市,也总喜欢去不同的书店看一看。

其实,不仅仅是线下的学习。在线上,多少人何尝不是在忙里偷学,甚至比拼呢?最常见的,莫过于朋友圈的背单词打卡,我曾见过有人能坚持好几百天。

最近一两年,我渐渐喜欢上了用读书软件看书。在某读书软件,可以清晰地看到自己和好友每周的阅读时间及排名,会不自觉得想多看一点、再多看一点。

曾有一段时间,我经常占据好友榜首,便有了懈怠情绪,直到突然有一位业界前辈开始使用这款软件,并长期保持每周阅读 20＋小时的阅读数据,让我不自觉地开始督促自己。

没有目标才会焦虑,真正有了清晰的目标并决心努力实现时,只会有兴奋和期待。

而有些时候,那个目标也可以不那么具体,只是为了遇见更好的自己。在忙碌的工作中,去寻找属于自我、为了自我的时间,有了这份踏实便足矣。

如今,市场化的付费自习室的出现,正是说明,这种学习需求已经成为一种显见的、稳定的现象。我们需要一个氛围,来让自己进入校园式的学习状态,永远成长。

花掉所有工资，你也不会成为杨超越

张　丰

"年轻的负翁"又上了热搜。说"又"，是因为前不久，它还是以"精致穷"为名，出现在某热门综艺里。更远点，它叫"隐形贫困人口"。

但无一例外，这些称谓都能引发一拨年轻人"是我""过于真实"的认同狂欢，怀疑创造这些词的人，偷窥了自己的生活。

每代人都有自己的消费习惯。我小时候在农村老家，母亲有个习惯，每一年只吃上一年的粮食，而新出产的，则囤起来。这是她依据"谁知道明年的收成会怎样呢？"的生活经验，作出的判断。看着保守，却是一种"面向未来"的智慧。

我弟弟考上大学的食品工程专业后，回来指出母亲的习惯是有问题的：新出产的粮食营养最充足，此后会递减，几年后就没营养了。这就是新一代的看法，它不是基于生存的需要，而是来自营养学。

像我们这一代（70末80初），可能处于中间阶段。小时候的匮乏记忆还残留着，但又没上一代人那么深刻。吃得不怎么好，但也没挨过饿。所以，在计算了收入和利息之后，我们可以大胆贷款买房。我刚工作时，普遍的原则是，房贷控制在收入的一定比例内，就能保证不错的生活。这也是如今多数中国人普遍的考量。

这种做法，和我母亲的观念一样，仍然是面向未来的哲学，也是过去几十年中国经济飞速发展的逻辑。当人们都面向未来时，就一定有未来。对贷款买房，人们并不会指责其为"负债"。

一些人对90后的不满或担忧，并不是对于负债本身，而是因为他们的负债不是为了"未来"，而是纯粹的"现在"，是"立刻""马上"，是"活在当下"，是消耗。

90后，尤其95后，从小生活在物质生活相对丰裕的时代。对他们来说，享受、消费，就像空气和水一样自然。他们是真正"幸福的一代"，完全立足当下，不用担忧将来。

他们的消费习惯，对一些人来说是商机。典型例子就是以苹果为代表的智能手机。年轻人买新手机，不是因为旧手机不能用，而是他们购买的是"新"这个感受，这完全是主观的。正是在对主观感受的追逐中，90后成为自己，他们是靠消费来定义自己的一代。这样，就能够理解他们为何崇拜一双鞋、一条联名款裙子了。

父母一辈质疑他们的消费观,担忧他们的将来,很大程度上源于观念的不同,这是自己状态的延续——他们一直在担忧,已经成了习惯,所以,难免产生偏见。

有段时间,自媒体纷纷转发一篇题为《假精致,榨干了多少年轻人》的文章。文章引用了一组某外资银行的数据称,"90后人均负债12.79万元,是月收入的18.5倍"。这一看似中性的描述,实际上是对年轻人的指责。但很快就有权威媒体出来辟谣,说这个数据没有依据,经不起推敲。

看看身边的年轻人,"精致穷"的当然不少,但为了追求精致穷,而严重影响自己生活、工作的,并不多。要相信年轻人的定力和头脑。何况,偶尔、适度的冲动消费,是人人都有的,专门指责年轻人,并不公平。

当然,有些东西还是要提醒的,比如"消费贷"。如果说90后的消费是"现时性"的话,消费贷就是把他们的未来也强拉硬拽过来,提前消耗。它是一个值得警惕的诱惑。

一些90后在各种贷面前"有恃无恐",是因为知道身后站着父母。很多"校园贷"翻车,几乎都是父母善后。这让年轻的90后,看起来不那么"现代"。因为现代社会的法律主体,应该是个人而非家庭。如果90后要捍卫"独立"和"自主",首先应该学会自己面对一切。

"杨超越一个月挣800块的时候,敢花700块买一条裙子",这是很多90后都羡慕并认可的人生态度。但是,杨超越走红，却并不是因为敢花钱。你花掉所有工资，也不会成为杨超越。90后需要一个底线：在透支的时候，必须考虑到父母的承受能力。如果击垮他们，对自己也是致命的。

企业文化糟粕就不要出来丢人现眼了

西　坡

最近,几段某药房员工室外集体跪拜、表达感恩的视频在贵阳人的朋友圈热传。涉事公司负责人称,员工是向其他人展示公司的"三拜文化",向公司、父母、顾客表示感谢。

点开视频,忍不住心疼那几位被动"出镜"的员工。众目睽睽之下,又是跪又是拜,嘴里还要喊着"感谢公司,给我平台"之类的台词。要不是找份工作不容易,谁愿意经受这样的侮辱?

令人愤怒的是,这家公司的负责人竟大言不惭地对媒体说:"我们并没有要求任何一个员工去跪拜,你可以去问。"如果记者真的去问,员工们大概率会回答"自愿",但这是怎样一种"自愿",每个自食其力的成年人都会懂。

感恩文化是通行于企业界的"主流文化",不管外界怎样批评,感恩文化都岿然不动。原因未必有多复杂,只因为发工资的人喜欢这一套。虽然像这家奇葩公司这样当众演练

"三拜文化"的并不多,但是这"三拜"的对象却很有代表性:公司、父母、顾客(客户)。

父母通常是拉来陪绑的,这些企业主是为了暗示或明示"我给你发工资,就如同你父母"。这当然很荒唐。其实现在稍微开明一点的父母,都不会按着子女的头要求感恩。员工付出劳动、获得报酬,企业也获得业绩和利润,大家平等交换、各取所需。谁也不比谁低一等,感哪门子的恩?

不过,这个朴素的常识很多时候却只能私下说,极少有员工敢跟老板当众谈,除非他已经准备好辞职报告。

常有媒体或自媒体拍"凌晨N点钟的城市",说成年人的世界有多少艰辛。殊不知,凌晨工作、特殊工种固然不容易,但对很多职场人士来说,精神上的艰辛往往是更大的煎熬。面对形形色色的"三拜文化",多少人敢怒而不敢言,以致天长日久竟习惯成自然,人格则在不知不觉间矮化。

作为围观者,我们说句"哀其不幸怒其不争"固然简单,但是放到个体身上,可能每个人都有不敢争的现实理由。所以更值得思考的是,如何帮助观念的水位快一点提升,让这些企业文化糟粕不敢出来丢人现眼。

"拍一拍",拍出了什么回响?

白晶晶

近日,微信在7.0.13版本中更新了"拍一拍"功能:只要双击聊天界面中对方的头像,就会在聊天记录里显示对方被"拍了一下"。

点开手机,除了只发工作通知和齐刷刷排队给老板点赞的工作群,除了好几年也没人发过言的初高中大学同学群,其他聚集着"饭醉团伙""闺蜜私聊"的活跃群,甚至是齐聚七大姑八大姨、每日例行被"投喂"健康养生鸡汤的家庭群,都不同程度"拍"成一片,给友谊的小船来了一招推波助澜。

据说,这是微信悄然新增的功能,并未在更新公告中列出,约等于隐藏的彩蛋。"拍一拍"这个彩蛋,已被小伙伴们"玩坏"。

有人贴出了疑似恶搞的微信群聊图——在某某工作汇报群聊中,王总发了一条文字让"大家汇报一下今天的工作进展",你"拍了拍"王总,紧接着"你被王总移出群聊";还有的小伙伴用改群聊 ID 的方式，玩起了文字游戏，发出"富婆用一沓钱"拍了拍"你脆弱的尊严"这种段子。

如果说，这些都是熟人群聊里欢乐的"自寻烦恼"，那么对于一些刚上手"拍一拍"，还有些搞不清状况的小伙伴来说，"手误"带来的尴尬，简直想让他们原地消失。

有人吐槽，在几百人的正经工作大群里，本来只想点开一个陌生人的头像看看他是谁，结果手抖显示成你拍了拍对方。还有人看到工作群聊里老板发来的通知，突然想起已经屏蔽老板朋友圈许久，应该去给他打鸡血的日常自夸排队点赞，结果"手残"拍了拍领导，顿时一身冷汗，不知所措。

其实，从使用体验而言，拍一拍的娱乐性远大于功能性，因为这一提醒方式并不明显，与 QQ 的窗口震动和微信群聊的"@"功能均有所不同。群聊中的用户，虽然都能在对话框看到文字提醒，但包括被拍对象在内的其他人，不论是否打开微信，都不会接收到"拍一拍"产生的震动反馈。

作为国内最成功的现象级应用，微信在诞生之初主打社交属性。然而，随着微信的工作属性逐渐增强，微信好友越加越多，朋友圈的内容却越发越少，很多人都设置了三天可见，更多的人除了与工作相关的内容，什么也不再分享。

日活跃用户数量越来越多，但还在微信真正活跃的人们，尤其是职场中年人却似乎逐渐失去了分享生活的欲望。还有相当一部分人深受微信工作群所扰，一听到信息提示音，一看到群聊信息刷屏，就心生烦躁，甚至陷入职场焦虑。

这次，微信推出"拍一拍"，大概旨在增强用户间的日常互动，让微小的信息给用户带来更多欢乐，而不仅仅是被工作催促的逼仄。

微信上有个很著名的表情包——"说真的，怀念我们刚认识的时候，拘谨中带着一些温柔"。社交软件发展至今，人们也纷纷怀念那个曾经面对浩瀚宇宙安静纯粹的小人儿，怀念那个朋友圈里只有朋友近况的一方天地。

作为资深中年用户，面对微信改版，我仍想被多年不见的好友惦记，偶尔被"拍一拍"。而面对被老板发来的 60 秒语音支配的恐惧，还是想"静一静"。

人为什么要炫耀自己没有的东西？

西 坡

2019年10月10日，针对某电商售卖"朋友圈改定位"服务，微信公关回应称，此前并不知道有此类服务售卖，技术部已介入调查。

相比动辄花费上万元的出国游相比，"10元就能在朋友圈改定位"堪称零门槛。人在家中躺，朋友圈里的自己却在周游世界，还享受着朋友们羡慕的眼光和礼节性的点赞。这真是当代生活的一大景观。

记得网上有个段子，大意为：放假的第二天，我在菜市场遇到了老王，两人一打照面分外尴尬，因为他应该在马尔代夫，而我应该在巴厘岛。

回忆了一下，我也进行过一次类似朋友圈改定位的操作。大一结束的那个暑假，我一个人坐火车去兰州找朋友玩，却骗父母说在校学习。因为我妈定期会打宿舍电话找我，我叮嘱真正在校学习的室友：接到电话就说我刚出去，然后短信通知我,我再用手机打给我妈。这场骗局几乎成功,但我后来回家时不慎将日记本落下,而我父母又没有尊重孩子隐私的观念,最终导致事情败露。

不同的是,我改定位是为了低调,而购买朋友圈改定位服务是为了高调。人为什么要炫耀自己没有的东西呢?

有老实人说:"花这个钱,来碗泡面加香肠不香吗?"然而按照马斯洛需求层次理论,泡面只能满足最低级的生理需求,朋友圈改定位则涉及更高的被尊重的需求乃至自我实现的需求。

当然,这只是一种拙劣的伪装。可是当真的东西难以企及的时候,人有时候就会想要弄一些假的东西来糊弄自己。朋友圈改定位就是通过糊弄别人来糊弄自己。

在内心深处,我们都想要过得比朋友好,也就是说,我们都希望朋友过得比自己差。正如那句名言,最令人痛苦的事莫过于看到朋友发大财。而每个人发迹后又都想让老朋友看到,古有"富贵不还乡,如锦衣夜行",今有朋友圈炫富大赛。

在遍地微商、泥沙俱下的背景下,炫假富还有一种险恶的实际用途。镇江丹徒警方近日披露一起鞋圈的"大佬"案件,一名叫"殷十亿"的所谓"大佬",通过在朋友圈发布炫富视频吸引潜在客户,让客户全款在其处购买"期鞋",实际则是通过拆东墙补西墙的方式实施诈骗。

朋友圈已然成了一种介于现实与虚拟之间的游戏,是游戏就有人试图作弊。用修图软件美化一下自己的形象是无伤大雅的小把戏;朋友圈花钱改定位,除了不诚实以外,还有很大的安全风险;如果有人想要走邪路逆天改命,通过炫假富来致真富,结局只会是触犯刑法,结束游戏回到现实中。

朋友圈的定位可以轻易改动,但人生的定位却要认真掂量。

微信可删好友评论了，
友谊的小船会翻吗？

阳　柳

前段时间，网上流行起了"免杠声明"。比如，你发微博，但怕评论里出现"抬杠"的声音，就自己先在微博里将反对言论逐一列出，挨个驳回，以此劝退"杠精"。

微信新出的"可删除好友评论"功能，很明显地，被赋予了和"免杠声明"同样效果的期待。虽然比起"免杠声明"的先发制人，删评论是一种被动功能，但有总比没有好。多种选择权，足以让普通人欣慰，苦朋友圈"杠精"久矣者的喜大普奔，也不难体察。

不过，别高兴得太早，"可删除好友评论"功能还有下文。iOS用户关系不大，安卓用户删除好友评论后，被删除者会收到"评论已被删除"的提醒。

这就尴尬了。不删吧，自己不爽；删吧，对方不爽。删还是不删，分分钟上升到"友谊的小船说翻就翻"的严重程度。这该怎么选?

微信方面给出了一些"补救"办法。为了防止手误,微信会二次提醒"是否要删除评论";被删者可以通过操作,删除"被删除"的提醒,免得心里膈应。但显然,与删除的风险相比,这些补救力度并不够,不能让人放心操作。

有人说,这一新功能,让人"半是喜来半是尬"。但准确地说,尬比喜多。如果后续没有给力的细则消除使用风险,它沦为鸡肋,可能只是时间问题。

这种尴尬,微信"拍一拍"功能已经证明了。刚开始,大家觉得好玩,会在各个群里频繁操作,但时间一长,问题就来了:拍错人了,让人尴尬;拍到了领导或老板,让人忐忑;误操作和频繁被人拍,也让人不快。后来,微信又推出"撤回拍一拍",但已经不能阻挡人们反思:"拍一拍"到底有什么用?

对新功能很快"凉凉",不难理解。微信、朋友圈社交,是熟人社交、圈子社交。你发在朋友圈的内容,受众是你的家人、亲戚、朋友、同学和领导、同事、合作伙伴、客户。你们之间,要么有情感羁绊,要么有利益关联。就算有人的评论超出了理性的边界和你容忍的限度,你也很难每次都无所顾虑地怼回去。多数时候,我们再不高兴,也会尽力心平气和地回复。顶多是不回复,以沉默表达不满。

当然,也有年轻人说,删除评论太中庸了,"直接删除好友不香吗?"这表现了"后浪"更强烈的自我意识。但说实话,敢做得这么绝的"前浪"恐怕不多。

说到底,网络媒介和社交平台再新锐,我们的表达方式和社交模式仍然是传统的。顾及他人感受的观念,从来没有过时。发微笑表情、发"呵呵",是不是不礼貌、不够热情,经常引发热议,就是一种证据。人们不希望将自己的诉求最大化建立在对别人冒犯的基础上,而是希望寻求互赢,最起码也是平衡,尽管这经常会让自己陷入担心和焦虑。

做社交平台的互联网公司,固然要不断追求产品和技术的创新,但也别忘了体察人心人情里的"老做派",这是更根深蒂固的东西。

话说回来,我倒觉得网友们给出的点子要好得多,比如评论和点赞不要同步给共同好友、拉群先审核。这些基于现实的诉求,比微信单方面制造出的功能,更能精准击中使用痛点,提升用户体验。微信在下次推出新功能前,不妨认真做次用户调研,听听大家的所想、所需。

"精装修"的朋友圈，真能提高人设？

张 丰

朋友圈是个神奇的世界。在这里，靠美颜软件的加持，女孩子越来越漂亮。不但给自己，也能给天空、大海和猫咪美颜。考虑到我们每天都在朋友圈花很多时间，这无疑会大大提升幸福感。

但再高级的美颜，也残留着某种真实性。现在，这种真实也被消解了：朋友圈有了一种"精装修"，只要花点钱，就可以买到在世界各地的"打卡"照片和视频，包括网红餐厅、咖啡馆、艺术展等；再把自己的照片安置其中，就可以在朋友圈中环游世界了。这就是传说中的"花60块全球旅行"。

尽管电商平台上这样的服务到处都是，但我相信很少有人会真的买下全球各地的照片，在朋友圈长序列地作假。因为这相当于自诩"编剧"，需要耐心和智商，否则很容易穿帮。

不过，在小长假或者即将到来的黄金周，一边在家蒙头大睡，一边在朋友圈发两张海外的照片，感叹一下"中国人真的富了，遇到好多同胞"还是很可行的。你的同事和朋友，或许会配合地给你点赞。

我们这些老实人，可能都低估了朋友圈的价值。说个我最近听说的案例，有家活不下去的小书店，注册了10个微信号，每个添加三四千好友，一年下来书店的销售收入达到600万元。

这样看来，朋友圈并不只是吐槽和写日记的地方。它真正实现了中国俗话说的"多一个朋友多一条路"，那是个人现实人脉资源的延伸和再造。努力经营自己的社交形象，也就是维系一个特别的"人设"，还是很有必要的。

传统的处世哲学和职业伦理，讲究"踏实"和"低调"，提倡默默奉献的精神。但是在互联网时代，那些更有名，也就是更有"行业能见度"的人，会更受青睐。或者说，"能见度"本身就是一种颇为特别的能力，虽然它有虚荣心的成分，但在网络时代，关注度和聚焦效应本身就意味着流量和收益。

假如你的朋友圈里有"二马"级别的大佬，你就应努力展示奇思妙想。因为他们的一个点赞，意味着巨大的机会。即便你是搞装修的包工头，晒一下在日本旅游的经历，对推广你的日式装修也是有效果的。因为那意味着一个成功的你，也意味着一个更有审美能力和开阔视野的你。

所以，我们就在朋友圈看到了各种有关成功的"展示竞赛"。除了少数能够"洁身自好"、真的不玩朋友圈的人，绝大多数都会经营自己的人设。连我这样的写作者，也着重展示自己爱看书、爱思考，以掩饰自己生活中糟糕的一面。

"表演"的时间久了，我们也就相信自己真的是那个"更好的自己"，这会反过来影响和再造我们。可持续的、有逻辑的"人设"，其实就是在打造一个新的"自我"。

"花60元环游世界"的问题，也就在这里：它无法提供一个长期的、可持续的展示。如果你真来了一次欧洲游，也许会给同事和朋友带点小礼物，这种"在地性"证明你确实到过那里。

但如果只是在朋友圈发"打卡"照片，就要特别留意避免穿帮。你要了解那几天"旅游地"的新闻，看很多攻略和点评；有人谈起本地发生的事时，要装作一脸漠然："我怎么不知道？啊，我那会儿在布拉格呢。"

这种表演压力很大，可能造成人的思维混乱，导致在外人看来，你多少有点精神恍惚。这时你要记住一句口诀——"倒时差真的痛苦"，恭喜你，已经成为"戏精本精"了。这肯定是一种相当特别的体验，大部分人是玩不转的。

说到底，高端人设虽然看上去很美，但还是要尽量和自己相适应。朋友圈那个"自我"，可以成为现实中自我的延伸，可以成为一种对自己的鞭策，但是，它和现实中的自己不应该是本质上不同的两个人。如果表演过度，会造成人格上的断裂。严重的话，或许会发展为一种新型的心理疾病——"人设破产"。

在移动互联网时代，"人设破产"也许和经济上的破产一样，都是一种损失惨重的崩塌。

拙劣的"成功学大师"都套路了谁？

敬一山

最近，深圳有一批从事诈骗和传销活动的"成功学大师"被警方抓了。猜猜他们的公司叫什么名字？——"震古烁今"。这真把我震住了，简直就是将"骗"字贴在脸上。所以我纳闷，为什么竟然还有人要卖了房子去交学费？

警方介绍了这些骗子的大体套路，总共分三步：第一步，在各大网络平台包装推广，用一些很便宜的课程吸引会员；第二步，让会员来上课接受洗脑，这些原本是高中或中专毕业的"大师"，简单粗暴地把自己包装为成功人士，刺激起学员们"我也行"的成功欲望；第三步就是洗脑成功后的收割，让学员签约支付高昂的推广费用。

这都是骗子的"标准套路"，没什么新鲜的。网上还能搜到一些据说是该公司现场的讲座PPT，不出所料也是特别拙劣低级的。比如"五行能量系统"之类，就是把民间流行的阴阳五行一类的名词，生搬硬套到"成功学"里。话术看起来比很多传销组织还不如,但就是这么简单粗暴,就是这么管用。

指出这点,当然不是为了"谴责受害者",受害者再天真,也不是活该被骗。这些无良的"成功学大师"首先该被谴责和法办,是毫无疑问的。但警方提到的办案现场有个细节,还是挺耐人寻味:警方去突袭抓人的时候,在上课的学员还表达抗议和不满,认为他们的"大师"是被竞争者坑害,不可能是骗子。

这和传销受害者的表现也很像。很多被亲友、警方解救的传销受害者,哪怕时过境迁,依旧坚信传销的那套模式没问题,是能赚钱发财的,错只在自己不够努力和坚持。骗钱和抢钱的最大不同也在于此——受害者虽然无辜,但并非全无责任,如果不能勇于反思,再低劣的骗局,也总是有人上当,只不过是概率问题。

在类似骗局中还有个"特征"值得注意,就是行骗者往往是"同类相残"。这些"成功学大师"并非是受过高等教育、拥有多大权力资源的人,很多都是出生底层,大概因此他们更懂得底层人的需求、底层人的语言。而最容易被骗子放大钻营的"底层需求"是什么呢?是好逸恶劳、贪走捷径。所谓"成功学"最擅长做的事,无非是鼓吹"只要你听我的,就能捡到天上掉的馅饼"。

当然,作为一种普遍的社会心态,这不能只怪责于底层人性的贪婪,还有更多社会原因值得探讨。人的眼界和辨识能力不是天生的,如果受过起码的高等教育,对于所谓"五行能量系统"恐怕就很难接受。而如果有些人看不到通过正当努力改变命运的希望,那就更可能盼望奇迹"赌"一把,于是也更可能被骗。这就是一种恶性循环。

从社会救济的角度,当然希望这些骗子被及时发现、及时打击,底层民众的生存境遇得到持续改善。但这也不影响个体层面的反思,无论什么年代和环境,改变自己命运的首要主体都是自己。希腊德尔菲神庙上的一句铭言,被哲人苏格拉底扩散千古——"认识你自己"。这是永恒的难题,大概也是减少被骗的最管用的"秘方"了。谁都无法尽述骗局类型,但自我认识得越彻底,被骗的概率也会越低。

3

网事

倍速时代,如何延长生命的进度条?

韩浩月

前段时间有项调查,说八成青年追剧使用"倍速"。"倍速看剧"是时代产物,说明网上视频已经取代传统电视成为年轻人看剧的主流。观众不断后拉视频播放进度条,不仅意味着网剧质量变水,也标志着观众越来越没耐心,直接想要得到自己想要的。这种外露的欲望,成为年轻人的一种价值观。

比起"倍速看剧",新近出现的"倍速生活"这个概念,信息含量要大得多。近八成接受调查的青年表示自己过着"倍速生活",这与"倍速看剧"的人数比例高度接近。电视剧可以倍速观看,但生活却不可以。无论你耐烦或者不耐烦,生活总得一秒秒地熬过去。"倍速看剧"给青年人带来快感,而"倍速生活"却恰恰相反,以无奈与痛苦居多。

现代人一天接收与处理的信息量,比古人一个月甚至更久时间所要面对的信息量还要大。社交软件可以把一个人一天24小时的时间都变成工作时间;为了满足社群动物的属性,人们还要不断通过社交媒体与认识不认识的人进行联系;商业机构不停谋划制造各种美好图景,刺激大家消费;"成功"的标准,被注以五花八门的定义……唯有倍速生活,大脑才能对付得了这些浮沉于生活水面上下的信息。没人敢慢腾腾地藐视生活节奏,否则很容易产生被抛弃的感觉。

过着倍速生活的年轻人,是18到35周岁的00后、90后、85后。其实在时代的裹挟之下,几乎所有在"当打之年"的人群,其生活都是被提速了的。

70后和大部分80后会感慨:自己的年轻时代生活节奏没这么快。70后的青少年时代,是在霹雳舞、录像厅、港台流行文化的影响下度过的。作为独生子女一代的大多数80后,在娱乐生活方面,除了延续70后的一些童年玩法外,也拥有着不少专属于自己这个年代的美好记忆。70后和80后进入社会,在承受高压的同时,仍然竭尽所能地保持着与传统生活方式的联系。

在70后、80后的心目中,童年、文学、成长,这些都成了他们生命的构成。对生活质量有明确的追求目标,对生活方式有着自己的坚守,使得这两代"老大哥"们,还有着充分的定力来面对多变的时代,在处理扑面而来的信息时,多少还有着几许淡定。

一名出生于50年代的公众人物曾表达过这样的愿望:他

期待未来的青年，可以在大学毕业之后，不那么快踏入社会，而是要有几年晃荡的时间，花费最少的金钱，用于读书、旅行，寻找人生意义，在准备好之后，再努力为自己、为国家奋斗。后来的年代，只有少而又少的人实现了这样的愿望。在不断加速的时代列车面前，没人敢错过离自己最近的那班车，仿佛一旦错过就会永远错过。

极少数"望车兴叹"的人离开了"站台"，走向了发达、繁荣、文明的城市生活的背面。平均每年有上万人来到终南山，他们当中有诸多人选择了在这里隐居，搭茅草屋，烧柴火做饭，把城市人的 24 小时过成 48 小时、72 小时……有人羡慕，有人不屑。羡慕和不屑者，都是过着"倍速生活"的人。

过着"倍速生活"的年轻人，不是惧怕压力，而是担心没有选择。"倍速"其实不是最可怕的，它容易激发斗志，促进效率，提升合作。只要找对找准方式方法，一样有人在倍速时代，活出自己的节奏，把生活尽量掌控在自己手里。

但没有选择却让人恐惧。这等于把所有短跑、中长跑、马拉松选手全都赶在了一条赛道上，到某个时间点时，有人跑过临界点刚刚开始兴奋起来，有人则无力、绝望到再也迈不动一步。一个理想的时代，应该是允许不同年轻人群体选择不同生活节奏的时代。

改变，不妨从个体做起。如果不得不倍速生活，那不妨在不同的时间节点,以最低或最高的倍速前行,把时间与精力最有效地利用好,把"延长生命的进度条"当成一个最大目标来追求。敢于藐视并掌控生活节奏的人,或能得到另外一种意义上的成就感。

人人都玩人设，翻车就成了日常

吕京笏

这几天，演员江一燕获得美国建筑大师奖的新闻上了热搜。不过，人们还没来得及点赞，这一新人设就有些摇摇欲坠。

有网友吐槽江一燕是"宣称"自己获得了世界级建筑大奖。论据主要有两点：一是，"美国建筑师大奖"在业内并不权威，仅设立四年，且一次颁发了两百多个项目；二是，江一燕是去年获奖而非今年。

"神补刀"也来了：在现场与江一燕合影的今年得奖的建筑师朱培栋称，自己一开始并不认识江。还有网友说，去年的获奖作品，设计师另有其人。江一燕的名字虽出现在设计团队里，但她只是一个"甲方"。

江一燕随后进行了回应，但并没有平息争论，似乎还起了反作用。在此，我无意探究谁是谁非，但明星立人设现象，确实耐人寻味。

细想来，作为演员的江一燕，演过什么作品，塑造过哪些经典角色，确实比不上她的另一些人设出名：热爱摄影，喜欢读书，投身公益。人们对这些人设赞赏有加，赞其为"文艺女神"。如今，喜提"建筑师"人设时却引发争议，想必是很多人始料未及的。

其实也不奇怪。因为比起其他爱好和特长，建筑是一个专业度很高的领域，入行有门槛，不是外行人靠业余时间或短期恶补就能成为专业人士的。

不过，更主要的原因可能在于，人们已经厌烦了一些明星到处立人设、打造全能型人才的做法，因为之前翻车的太多。迪丽热巴的"吃货"形象被指是表演；马思纯在微博写张爱玲作品的读后感，用错了语录被群怼；还有翻得更彻底的，"学霸"演员翟天临不知道知网是什么……后来的事，大家都知道了。

"不想当厨子的裁缝不是好司机"，这一无厘头味的过气网络流行语，似乎成为娱乐圈的日常。人生如戏，全靠演技。明星演员们好像越来越不满足于在舞台和作品中专业地演，而喜欢在网络和生活中演。演得多了，好像就成真了。

他们为何热衷于给自己造人设呢？

传播学家梅罗维茨曾提出了"媒介情境论"。他认为，随着电子媒介的发展，演员原先属于后台的私密行为逐渐被搬上前台，这种带有半表演性质的行为既不属于前台，亦不属于后台。他创造了"中台"这个词，来形容在媒介发展过程中诞生的新人设。在中台，演员们看似在日常生活中，实际却是通过包装自己来塑造形象，利用与观众之间的"类亲密化"关系为自己吸粉贴金，赢得流量。

但依靠人设这种虚幻之物积累起的名气越大，风险也越大。一旦人设崩塌，很可能给自己带来惨重打击。粉丝能把你捧得多高，人设崩塌时，就能把你摔得多惨。

优秀而有追求的演员可以有个性，也会努力拓宽戏路，塑造不同形象，但离开了专业领域，公众希望看到的是他们多一点"真"，少一点"演"，利用自己的影响力，以身作则，身体力行，成为正能量的传播载体，而不是时时刻刻地为了包装自己而贩卖虚假的人设。

这种立人设的风气，甚至已经蔓延到了普通人。最近，花十几块钱"精装修"朋友圈的现象，引发了热议。这就是一种立人设的行为。当然，普通人立人设没有明星那么浓厚的商业气息，很多人就是单纯为了炫或博个面子，不必过于指责，但仍有必要警惕。

谎言说100遍，也不会变成真理。脚踏实地的务实之风，才是能走得长远的正道。如果你沉浸在自己塑造的世界中无法自拔，现实的不如意来临时，你一定是手足无措与颓废迷茫的。那时，不需要别人戳破，你的一言一行都可能成为压垮自己的最后一根稻草。

真正的人设，是用勤勉、拼搏和坚持去打造的，是要付出艰苦的努力的。说直白点，它是不需要特意去立的，而是自然而然形成的。它不贪"多"，而贵在"专"和"精"。比如袁隆平，始终只有一个人设，但已足够。

人人都玩人设的年代，也是人设容易崩塌的年代。戏多不可怕，可怕的是入戏太深，还不自知。

"流量明星"失灵了,谁来背锅?

白晶晶

这段时间,围绕电影《上海堡垒》的质疑和批评之声不绝于耳,舆论如暴风骤雨般一面倒地批判。

主创人员和原著作者江南接连出面,在微博上向观众致歉。导演滕华涛在接受采访时谈到影片的巨大争议之一——主演鹿晗,称"我用错了鹿晗,在一个不适合他的类型里"。这一表态,被认为是典型的"甩锅"。演员向佐则以鹿晗朋友的身份站出来力挺:"如果人家当时不是顶级流量的话你会用他吗?今天你用了他,请你好好爱护你的演员!你确定你是个导演吗?哪有导演会甩锅在演员上?"

回顾近几年的国内电影市场,"流量明星大杂烩+改编超级IP"这样的组合,基本跑不了成为票房毒药,口碑票房双扑街的命运。

可实话实说,烂片的"锅"真的全在流量明星身上吗?

且不说电影的表现形式,可不光是为了展示演员好看的皮囊，更是为了阐述导演有趣的灵魂。

更进一步说，观众嫌电影不好看，想吐槽骂几句，从哪个角度下手好呢？说电影的叙事结构不漂亮，说电影的视觉设计不先进，说电影的动作场景不连贯？这些都专业性太强。一回头，看见流量小花和流量小生在那站着呢，挨打要立正，于是乎，炮轰流量明星，成了舆论更直接的选择。

面对票房口碑双重溃败，《上海堡垒》该反思的绝不止是流量明星这一个锅。

想当年，周星驰拍《西游伏妖篇》，用了当时的顶级流量吴亦凡，票房达到了16.56亿元，虽比不了《美人鱼》，成绩也算差强人意。不过，当时宣传采访中的一个细节，颇为耐人寻味——星爷突然夸吴亦凡长得帅，吴亦凡连连否认，一本正经地表示自己不帅。星爷犀利地问道："如果你不帅，那我找你干嘛？"吴亦凡脱口而出："一定是因为我的演技！"星爷和一旁的徐克导演听后，笑到无法自己。

可见，即便用流量明星，导演也该尽职尽责，让流量们扬长避短，不能一用了之，指望流量们的粉丝无脑地为票房埋单。况且，现如今的流量明星，更新迭代的速度极为惊人：今天粉丝们还在追捧"现男友"，明天就迷上了"博君一肖"。而一部电影从筹拍到公映，动辄以年计算，当年花高价请来的顶级流量，等到电影上映已经成了明日黄花。

现在的观影人群，早已不是当年刚走出录像厅时代的

"小白兔",大家都是阅片无数的"老司机",骗观众为烂片埋单可没那么容易了。

在越来越成熟的电影市场里,观众和制片方都是千年的狐狸,搞浑水摸鱼那一套注定行不通。某国内一线导演曾在2006年时说,中国最有票房号召力的四个明星是周星驰、葛优、刘德华、李连杰。现在看看,这里面有谁已经带不动票房了,谁参演的电影已经连续几部票房惨淡了,大家心里都有数。

据说,现在中国电影市场上票房最好的几位演员是吴京、徐峥、沈腾、黄渤、邓超。可如果缺乏有戏剧张力的剧本、匠心设计的剧情,这几个人参演的电影就一定大卖吗?如今早已不是哪个演员能凭一己之力撑起票房的时代了,老戏骨都靠不住,何况流量明星呢?

"入戏太深"是一种病

吕京笏

"入戏太深",好像已经从一种调侃,变成一些人的真实了。

最近,广东的陆先生每天都会收到数百个陌生来电和短信骚扰,凌晨两三点也不消停。原因是,他的手机号码,出现在热播剧《三十而已》中,这是男主之一的陈屿寻猫时留下的联系方式。

这本是一次意外的"撞号",但更意外的是,很多人"按号索人",发动了对手机号码主人的"夺命连环Call":"你是陈屿吗?""请问你这里还有皮卡丘吗?""把钟晓芹追回来"……还有人将号码抢注成微信,取名剧中人物"林有有"。

给陆先生造成的困扰,制片方与播放平台难辞其咎。律师说了,即使不存在主观恶意,制片方也侵犯了号主的隐私权,陆先生有权要求道歉赔偿;如果平台没有尽到采取补救措施的义务,应当与制片方承担连带的侵权责任。

我不能理解的是，为什么这么多人，分不清虚构的影视剧和真实的生活，把对剧中角色的情感，这么轻易地带到了生活里？

早在 2018 年，电视剧《爱情进化论》中出现了一串手机号码，结果市民张某不断收到骚扰电话和短信。在将电视剧出品方新丽公司和爱奇艺公司诉至法院后，他最终获赔 3.5 万元。

《都挺好》热播时，每天都有很多游客去剧中的"苏家老宅"敲门，甚至凌晨一点在门外高喊"苏大强"。房子的真正主人——一位年迈的老奶奶，不堪其扰而住院，邻居们也纷纷投诉。

当"躺枪"的人濒临崩溃，没有一个骚扰者是无辜的。

这背后的心理，可能有两种。一是人类"爱凑热闹"的本能在互联网时代的发酵。整个网络世界就像一场大 party，万物皆可"嗨"，这也是人们寻求身份认同的过程。人们知道"陈屿"只是虚构角色，也知道"苏大强"不住在苏家老宅，但还是克制不住内心深处的躁动，希望在网络狂欢中怒刷存在感，强化自己的"圈层"属性。

也有不少观众，是真的"入戏太深"。本来，剧就是剧，荧屏就是虚构与真实的界限。"林有有"改变与否，不取决于我们骂得狠不狠；一个骚扰电话也不会让"陈屿"跟"钟晓芹"和好。但这些常识，被一些狂热和偏执者自动屏蔽，丝毫阻挡不了他们的过激言行。

除了"躺枪"的无辜路人,"中枪"的演员就更多了。《三十而已》里扮演"林有有"的张月,近来一直饱受网络暴力的困扰,就因为她演了一个"小三"。上一次因同样原因被骂的是《我的前半生》里扮演"凌玲"的吴越。

可这些演员和路人,又做错了什么呢?

明明大家都已经明白了,因为"容嬷嬷",就把演员李明启骂到"不敢出门买菜"是多么幼稚荒唐的行为。现在,怎么认知又回到了原点?

确实,看剧时,适当的共情与代入,有利于我们更好地理解剧情与角色。能不能激发观众的共情,也是衡量一部剧成色、演员演技的因素之一,但要有一个度。当情感冲破了理性的堤坝,变成对他人的骚扰和伤害,离违法也就不远了。这不是一个"剧迷""影迷"身份所能承担的。

影视剧来源于生活,但它不等于生活。看剧时,做一名乖巧的吃瓜群众;结束观看时,就忘了它吧,别让它影响你的生活。你的人生,才是需要你认认真真、穷尽一生去演好的一出"大戏"。

什么是"地铁站味道"?

沈 彬

台风天,一个叫张晓晗的女编剧对马桶的吐槽,带红了两个词,一个叫"Top5",一个叫"地铁站味道"。

简单说,张作家刚刚看完韩国电影《寄生虫》,然后发现家里的马桶坏了,打电话向物业报修,物业休息,张作家就自己和马桶奋战了两个小时,甚至尿水都溅到脸上,然后就情绪崩溃了,以报警相威胁,要求物管必须来……

这些还算业主维权的吐槽内容,说些过头话,也算正常。不过,张作家忍不住在微博上发了一长段文章,最辣眼睛的是这几句:"(我)住小两千万买的房子,做着所谓人类精英的工作,过着所谓top5的生活,闻得出别人身上的地铁站味道了,和那些暴雨中奔波的人不一样了。"

等等,"top5"是什么?"地铁站的味道"又是什么?

按之前网上流行的某种统计口径,中国本科以上学历的人只占中国总人口的4%。这么说来,你能考进本科就已经是中国的top4了，何况张作家和夫君在上海还有小2 000万元的房子，说自己top5，那是谦虚了。

但是，"地铁站的味道"的说法，可就不是张作家在凄风苦雨中俯视地铁上班族这么简单了。

"地铁站的味道"，是韩国刚刚获得戛纳电影节金棕榈奖的电影《寄生虫》里的一个重要桥段，也是推动剧情转折的关键元素。

无业游民基泽一家，通过各种欺骗忽悠的手段，陆续来到了朴社长家里，有的用假学位当上了英语教师，有的当了画画教师，有的当了女管家，有的当了司机。这个"寄生家庭"偷偷溜进了豪宅里面挥霍、享受，想不到主人突然回家，情急之下躲到了桌子下面，男主人躺在沙发上闻到了"地铁站的味道"，就是自家司机身上的那股味道，"搭地铁的人有种特别的味道"，而这些刻薄的话，基泽一家在桌子底下听得清清楚楚。

等到了电影的高潮部分，另一名保姆的老公出来行凶，男主人对血腥恶臭的他，捏着鼻子拿钥匙的样子，显示了对于"下层人"的极端的鄙视，结果基泽（宋康昊饰演）突然就情绪崩了，拿刀捅死了朴社长。

忍不住剧透一下是要说明"地铁站的味道"这个意象，其实是相当残忍和"拉仇恨"的，它代表着地铁上班族的艰辛，更是来自高高在上的对下的俯视和嘲弄。

张作家，同是影视剧的编剧，明明知道"地铁站的味道"在电影里是多么制造冲突，甚至男主人因为嫌弃这种气味而招致了杀身之祸，还忍不住在茫茫的大台风暴雨之中使用这个台词。那些在狂风暴雨中坚守岗位的普通人，无论是快递小哥，还是物业管理员，都不是张作家眼里的"人类精英"，但都在守卫着自己的那份小确幸，养活着自己和自己的家人，他们以自己的劳动自食其力，并不需要他人的施舍，更没有必要向谁卑躬屈膝。

之后，张晓晗的夫君周鱼又发了长篇的微博"护妻"，火上添油："能说出这样话的，确实是住不起2 000万元的房子的穷×丝，对，穷×丝，我写的就是，说这些话的穷×丝，重复了好几遍，怕穷×丝们看不懂。"

这个话题很快在舆论上"歪了楼"，变成：2 000万元的房子在上海到底算不算豪宅？搞不定自家马桶的人算不算"富人"？

这种讨论的价值观已经扭曲了：每个人的财富可以有不同数量级，但人格是平等的，无论是住200万元的房子，还是住2 000万元的房子，甚至是2个亿元的房子都没有鄙视他人的权利。这恰恰是一个正在高速发展当中的国家，应该坚守的价值底线：有钱者不可为所欲为，后进者也有向上的渠道。

其实，能进入一线城市，买得起2 000万元房子的人，值得对自己的成就自豪,但不要觉得全世界都欠 Ta 一个 45 度的仰望,更不能在别人身上踩踏出尊贵感。人生不只有财产一个维度,人格更不必向 2 000 万元的房子弯曲。

2 000 多年前在《论语》里,孔子的学生子贡问:"贫而无谄,富而无骄,何如?"孔子说:这样也行,但是"未若贫而乐,富而好礼者也"。"地铁站味道"的异域崩坏感,居然来自一个 1991 年出生的女编剧之口,确实有些猝不及防。

网络社交时代，表情包和表情的错位

李勤余

一打开微信，吓了我一跳。朋友圈突然变得五彩缤纷、丰富多彩起来，这一切，都要感谢表情包的强势加盟。原来，2019年12月23日，微信新版本新增朋友圈自定义表情评论功能，用户可以用表情评论别人的朋友圈内容了。朋友们都在奔走相告："朋友圈也可以斗图啦！"

并不是所有人都对这个消息表示欢迎。也有朋友在朋友圈里发表评论：这是文字的悲哀。或许有点夸张，但也有些道理。现如今，我们连评论别人的朋友圈都懒得打字了。大概，这就是读图时代不可抗拒的潮流吧。

不久前，在"年度热词"和"年度弹幕"出炉的时候，我就有一种担忧：被高度缩略的表达方式，会不会让我们的情感也变得单薄起来？现在看，和表情包比起来，它们只是小巫见大巫。如果说流行语里好歹还有我们的真情实感，那么表情包就像被完美编码的程序。最终的结果，只会是贫乏和单调。

当然，发个表情包而已，有必要那么较真吗？这算不算杞人忧天、无事生非？再说了，表情包嘛，还不是我想怎么用就怎么用，难道不是自由得很？

这让我想起，那个显示为"微笑"的经典表情。在年轻人看来，它可能等同于"呵呵"。但在中老年人来看，它可能就是友善的象征。要知道，编码和解码之间要是存在误解，后果可是很严重的。不信，你发个"微笑"给男/女朋友试试？

可见，表情包的种类再多、图像再丰富，使用起来也要遵守一定的规则和标准。进而言之，表情包里的元素再多样、复杂，也不可能把你心里想说的东西表达得淋漓尽致。实际上，你正在根据表情包里的内容调整想要说的话。说到底，从来不是你在"玩"表情包，而是表情包在"玩"你。

20世纪60年代，居伊·德波就提出"世界已经被拍摄"，已进入影像物品生产与影像消费为主的景观社会。这个景观社会最厉害的地方在于，它总是能在不知不觉间让你着了魔。因为，图像本就具有不可抗拒性。就好像张贴在墙上的巨幅海报，总是让我们无处可逃，除非你闭上双眼。这，正是我们为表情包着迷的原因。

那么，用表情包来评论朋友圈，会怎么样？视觉效果更炫目了，表达的内容却更少了。因为，它们被简化成了A、

B、C、D等选项，每一个选项对应的就是一个表情包。

在表情包面前，恐怕我们也别无选择。因为，表情包本来就是一种网络社交时代的"硬通货"。拒绝使用表情包，意味着你很有可能陷入孤独、寂寞的语境。

于是，我们都忙着在朋友圈里发送表情包，来一场斗图，只是，屏幕对面的朋友，倒很可能正在面无表情地例行公事。表情包和表情的错位，是生活的荒谬时刻。但其实，发，还是不发表情包，这不是一个问题，只要你还没有忘记，在对话框和评论栏里真诚地打上几个字，也没那么难。

到底有多少短视频是"演"的?

樊 成

自从有了短视频平台,很多生活中的小情景都被搬上了手机。

最近,一段"夫妻刚办完离婚手续走出民政局,妻子晕倒,丈夫冷眼离开"的短视频在网上热传,很多人觉得,视频中"前夫"的做法让人寒心。

然而,当地官方证实,网传视频实为摆拍。视频作者之前就拍摄过多段在民政局门前的摆拍视频。对此,有人激愤,有人劝"别当真"。

我们似乎忽略了一个逻辑:"别把短视频当新闻。"这话,首先应对创作者说。

换一种思路,把视频翻译成文字,或许就好理解了。比如,一个做微信公众号的,直接在文章里这样写:"某某地方的民政局门口,一对夫妻刚离婚走出民政局,女方突然晕倒了,男方无情走开……"如果事后被证伪,这篇文章很容易被认定为造谣。

一段演出来的视频，很容易让一些缺乏求证意识和媒介素养的人，误以为真，随意转发，让以讹传讹的操作如滚雪球般堆积。然后，大家一起指责"世风日下""人心不古""人性扭曲""道德沦丧"……

其实呢？都是在用键盘，对着想象中的"稻草人"一顿猛扎。

这个时候，作为视频拍摄者、演绎者、上传者，或者叫"始作俑者"的那一方，却在为自己翻滚的流量窃喜。

这种"演"出来的短视频，是对社会的软刺激，对人们造成的不是物理伤害，而是情感伤害，是对世风人心的有意抹黑和恶毒攻击。

昨天，我在刷某短视频平台时，看到一则类似的演绎：一对男女故人相逢，几句寒暄后，男孩提出送女孩回家，女孩婉拒，但当男孩拿出车钥匙打开旁边的豪车时，女孩立马转身改口，说要到男孩家一起聊聊……

这样的视频有很多。我看到后，除了心里会有短暂的不舒服外，基本都一笑而过，因为我知道那是演的。但是我发现，我的父母经常把类似的视频当作现实案例讲。这让我很诧异，不得不思考一个问题：当虚拟和现实傻傻分不清的时候，究竟应该怪被迫接收的受众，还是有意传播的创作者？我想，答案应该是后者吧。

生活就是生活，情景剧就是情景剧，还是要明确分开的。发布信息者，有义务做好标注和提醒。要知道，一次特定场合产生的误会，不仅会影响到当事人，还会上升到受众对一类人，甚至是对整个社会价值观的误解和扭曲。

最近，一个被调侃为"四处观察"的新闻号，因无处不在、什么都发的调性，吸粉无数。但细看它发的视频，很多连起码的新闻要素都不全，有时候它还变身视频"搬运工"，却缺乏基本的事实求证环节。已经有不少人对它过度迎合短视频传播规律、过度追求粉丝和流量、缺乏专业严谨性的做法，提出质疑和批评。

讽刺的是，有短视频平台打出的广告语叫"记录美好生活"。别说很多短视频之所以热传，本身就是靠审丑、猎奇、打擦边球的下三滥套路，与"美好"相差十万八千里；就算要呈现"美好"，既然打着"记录生活"的标签，又何必行"表演"之事？表演得再美好，也不是生活。强行制造的虚幻"美好"，太廉价。

即便是在流量为王的时代，短视频也需要真实的内容，新闻的严肃和规范更不容模糊。

土味视频制造的快感,虚幻而短暂

韩浩月

一个在表演时喜欢歪嘴的剧情类短视频演员火了,"歪嘴赘婿""歪嘴战神""歪嘴龙王"等一系列反转剧中,都有他的身影。"歪嘴一笑,统统毁掉",在占据了网民大量碎片娱乐时间的爽剧模式下,短视频造星的模式呼之欲出。

短视频时代,草根文化正在变异。曾经李宇春与芙蓉姐姐都被归类于草根文化当中,但现在李宇春已经是流行乐坛"天后级"人物,芙蓉姐姐已经很长时间没公开露面,她们都已经与草根文化无缘。

抖音、快手、B站绕过了电视台这个巨大的平台阻隔,为数量更为巨大的草根提供了展示的舞台。

2015年江苏徐州曾出现过一个很红的剧情短视频制作团队,他们拍摄的《八大碗》因为带有强烈的地方文化色彩,而在徐州及其周边拥有很高的知名度,其主演"二哥"、口头语"折菜"等,都是当地网民的谈论对象。但遗憾的是,这个团队似乎没等到短视频的真正爆发，逐渐消失了。

"歪嘴赘婿"的走红，恰好站在了剧情短视频风行的风口上。对于他出演的一系列短剧作品，如果想要寻找一个关键词来形容的话，首当其冲的恐怕是"复仇"二字。对丈母娘的反击，给被虐待的女儿出气，让看不起他的女人跪服，走向某某集团董事长的高位……所谓的猎奇与反转固然是这些视频的主要表现手法，但唯有"复仇"二字，才是其内核所在。

稍有判断力的人，都会知道这样的短视频是凭空创作出来的，而且重复度很高。但之所以有人愿意一遍遍地刷，还是在于它释放了受众内心一部分的怨气——更确切地说，它们给一些人找到了一个情绪的出口。它们的最大"价值"不是提供了娱乐，而是无形中帮人转移了"责任"——无法承担客观认识自己的责任。

爽剧的流行，消解了现实生活的压力，而像"歪嘴赘婿"这样的土味视频，通过对身份变化的想象，折射了受众对财富、地位、情感的态度：错误都是别人造成的，自己只欠缺一个机会，不用努力，成功会从天而降。土味视频所制造的快感，虚幻、短暂，但却让人迷恋。

对于多数人来讲，土味视频偶尔看看还挺有娱乐性的，过于迷恋则有可能带来一定的风险：对生活真实一面的抗拒，会让人丧失生存的韧性，变得脆弱易碎。

据媒体报道,土味视频大火的背后是正处在野蛮时代的短视频剧本行业:剧本价格被压低到8元一条;90%的写手一年挣不到一千元……

如果这种粗制滥造的生产机制不改变,一旦受众从虚幻的快感中走出来,那么土味视频作为互联网文化的一个新兴节点,也会快速消弭于无形。

当"陪骂"成了一门生意

张 丰

演员张月因在热播剧《三十而已》中演了"小三"林有有一角,遭遇网络攻击,不得不关掉微博评论的事,都已经不算"新闻"了。

新消息是,在"不骂林有有,不是好朋友"的网络狂欢中,一些网店、电商平台推出了"陪骂代骂"服务,还分为"你骂我听""我骂你听"和"大家一起骂"三类,收费从1元到3元不等。

谁能想到,骂一个虚拟人物,居然也能成为一门生意。

和一些网友将"骂林有有"升级为"骂张月"相比,陪骂代骂服务,倒是没有真正伤害到谁,但它也不是什么好东西。

商家会为陪骂代骂打上"娱乐为主,文明交流,切莫上升到演员本身"的标签,看似撇清了人身攻击的嫌疑,但一个"骂"字,已大概率消解了理性交流和文明的边界,默许了人们用语言暴力无节制发泄戾气的行为。商家用来卸责的遮羞布，掩饰不住网暴的内核。

这一点，我们已经在饭圈、游戏圈见过太多。充斥在这些领域的辱骂，往往也是针对线上的虚拟人物、事物，很少对"真人"造成伤害。但事实已证明，如果任由其发展，线上也会越来越"脏"。大量愤怒的情绪抱团、释放，将彻底挤压开放多元的网络生态、理性平和的公共讨论空间。最后，"好好说话"没有了，谁骂得狠、用词毒、没有下限，谁就占据了舆论高地。这不是我们想看到的。

何况，谁又能在陪骂代骂和网络暴力、人身攻击之间，划一条清晰的界限，保证前者不会演变成后者呢？

从骂林有有到骂演员张月，已经说明，骂是很容易"越界"的。本来，对剧中角色表达自己的负面评价和情绪，没什么问题。如果人们能借此反思自己和社会，探讨更健康合理的情感生活，也算影视剧的一大贡献和现代人的一种减压方式。但互联网和社交媒体的兴起，固化了"圈层"，人们的情绪表达，太容易变为失控的集体非理性。

顶着个ID在网上发言的"匿名性"，让很多人有种不用为自身言论负责的错觉。受害者可以要求警方主持公道，但一来网暴参与者众多，全部"执法"并不现实；二来那些"语言行为"的网暴，如何界定其现实危害，也是问题。

德阳安医生自杀事件，近日开庭审理。常珊等3人被控侵犯公民个人信息罪，被提起公诉。这让全社会认识到了网暴的可怕，也给一些人敲响了警钟。只是，一条生命的逝去，是太沉重的代价。

要刹住网暴的歪风，努力不能总滞后于悲剧；更要对陪骂代骂这种新花样，多点敏感和警惕。等其发展壮大了再去治理，只会事倍功半。干净清朗的网络空间，离不开网络平台恪守底线，别为了利益无节制迎合网络情绪。如果平台做不到，就需要相关部门的精细化监管，打回一些人疯狂试探的手脚。

归根结底，还在于每一个网民。网民是网络言论的生产者，也是陪骂代骂服务的消费者。每一个人都管住嘴，管住下单的手，才能做到"没有买卖就没有伤害"，时刻以敬畏之心，保持与恶的距离。

分享你刚编的故事是怎样一种体验?

西　坡

参加过海豹突击队,在叙利亚成功解救三千人质,差一票就选上了美国总统……2019年11月7日,一份疑似中国平安某部门员工的"硬核"简历在网络曝光,而后引发质疑。

可是平安的回应令板着脸的一众网友凌乱了,原来这只是一名新入职员工在自我介绍中为活跃气氛,玩的"幽默梗"。这起小小的风波再次反驳了"有图有真相"的思维定式。你以为别人智力堪忧,别人却心疼你这么明显的玩梗都看不出来。

不过倒也不能全怪网友先入为主。这年头,履历的"通货膨胀"实在不罕见,有些履历浮夸程度不下于平安员工这一份,使用者却不是玩幽默而是货真价实的骗子。在这个过程中,人均985毕业、年薪百万,人均"刚下飞机人在美国"的知乎"精英"做出了特别的贡献。

"知乎er"最令人困惑的地方在于,你不知道他们是在玩梗还是吹牛。比如前段时间有个叫"林盛儿"的网友被发现，2014年说过"我现在高三……从小学到高中都是班级前五……（以后的前途是）董事长、CEO"这样的话，2019年却表示自己连一份月薪3 500元的工作都找不到。之前那个一人分饰244角的"海贼—王路飞"就更传奇了，直到他被封号人们也没搞清楚，他是有意骗人还是在搞行为艺术。

为什么有些人喜欢编故事？这是一个我从小就困惑的问题。因为我发现有些人明明不能从撒谎中获取好处，还是倾向于撒谎。你们身边有没有这样的人？我后来猜想，对他们来说，成功地操纵别人就是一种快乐。

更耐人寻味的是，有些人并不反感满嘴跑火车的人，反而欣赏他们甚至迷恋他们。历史上最成功的编故事达人当属汉高祖刘邦。发迹之前的刘邦就是一个小混混，有次去大户吕公家里做客，明明一个钱都没带，却号称"出贺钱一万"。结果你是知道的，这家主人没有撵他走，而是把女儿许配给了他，也就是后来大名鼎鼎的吕后。

吕公为什么相中了刘邦？史书上说是因为相面，但他实际的心理活动可能是这样的：这个家伙虽然穷，但是有胆子、有魄力，将来只要他忽悠到足够多的人就能成事。这就好比买股票，刘邦这只股票业绩平平，但吕公发现他有妖股潜质。古代乱世之中，那些出身寒微的草莽英雄之所以能赢得拥趸，可能都有这个因素。你编故事不怕，只要你编的故事有市场，我追随你就有利可图。换句话说,你能骗到我算你有本事。

有些故事还有自我实现的效果。比如刘邦斩白蛇起义的故事,最开始"赤帝子斩白帝子"可能就是刘邦或他身边人编的,但后来刘邦真的称帝了,假的也就成真的了。而"大楚兴,陈胜王"的故事,因为陈胜最终失败了才在史书中还原了真相。

进入科学昌明的时代,怪力乱神的把戏自然就失去了市场,偶有尝试者也会很快被揭露甚或遭受法律的制裁。但是我发现,当下有些微商、网红、自媒体的"成功之路"颇有返祖的痕迹。他们先用不能见光的手段把自己包装成很成功的样子,希望用假人脉套取真人脉,用假粉丝吸引真粉丝,用假数据创造真数据。他们的想法大概是:既然你连那头跟你聊天的是不是一条狗都不知道,我何不编几个故事来积累第一桶金呢?

当一个雪球越滚越大的时候,它的第一推动力到底是什么还重要吗?越来越多的人对这个问题的回答不再坚定的时候,分享编造的故事这股歪风也就形成了。编故事的人多了,既抬高了编故事的门槛,也提高了受众的免疫力。现在我再看到自媒体上那些"比你有钱比你聪明还比你努力"的"榜样",第一反应不再是膜拜而是怀疑。过度怀疑其实会伤害人的上进心,因为有些牛人是真的牛,你却误以为他们也是被包装出来的。

还是希望故事达人把能耐用在正途,真会编就去写小说,不要再致力于混淆现实世界与虚拟世界的边界。我不想有一天,所有人都不得不把自己从小到大的履历写在区块链上,以自证清白。

微博还能变回原来那个微博吗?

李勤余

2020年3月26日,微博发布公告:带热搜词发布垃圾营销、涉黄低俗等信息将被禁言封号。

这样的整治行动来得正是时候。正如微博官方所言,带热搜词发布与热点完全不相关的内容信息,此类行为严重影响了热点的呈现效果和用户体验。

但它没有说出来的则是,微博似乎早就不再是我们原来认识的那个微博了。

我已经不记得注册微博的准确时间,因为中间换过好几个号。这或许也并不重要,因为微博对我来说,已经不具有当年的功能。想当年,在微博上表达一些个人感想,分享一点日常生活,偶尔还会上传几张不堪入目的"非主流"照片。对了,看到好笑的段子或者感人的鸡汤,还不能忘了@好友……难忘的青春岁月,仿佛就在眼前。

可那些日子,终究是过去了。如今,打开微博,好友们一个接一个"沉默"了。除了公共平台和各路大V,我的微博里,已经没有几个个人用户还在发布原创信息了。微博,越来越像一个发布消息的平台,逐渐失去了熟人之间"交流"的功能。

不是人们没有社交需求,而是大家转移了阵地。至于为什么会这样,说起来就很复杂了。但微博环境的"营销化",一定是重要原因之一。

这次要整治的"带热搜词发布垃圾营销、涉黄低俗等信息",只是微博奇葩现象的冰山一角。打开任何一条热门消息的评论区,都不难发现,有粉丝控评,有广告推销,有机器人自动回复等,就是很难看到鲜活的、有辨识度的人类用户。

对我来说还有一件很头疼的事:微博,时常会莫名其妙地关注许多莫名其妙的账号。于是,我只好费时费力地一个个手动取消关注。但过两天打开一看,得,前功尽弃,莫名其妙的账号反而越来越多了。在网络上搜索一下,发现有此类遭遇的大有人在。可看起来,大家都没有好办法。

不能说微博在"无人驾驶"。事实上,我们常常能看到微博发布公告,表示要对某些不良现象进行集中整治。只是,时间久了,似乎也没人太把它当回事。因为"问题——整治——新问题"的无限循环,恐怕不是小修小补能解决的。

往小了说,社交媒体要维护用户体验;往大了说,一家企业也要关注社会效益。微博近年来的"异化",不能不让我们思考：一款健康、阳光的社交媒体，究竟应该是怎样的？

生活在这个信息时代，身处于互联网环境，人们对社交媒体的需求只会越来越得到凸显。对微博来说，好消息是2019年，用户数量在破5亿后还在不断增长。正因如此，我们在使用微博时的种种不顺心，或许不会阻碍它的"发展"。但是，用户的冷暖到底还重要不重要，相信大家心里都有一杆秤。

没人反对微博的商业化，但是商业化和用户体验本可以平衡兼顾。但愿，微博没有忘记那颗珍贵的"初心"。

别把真正的抑郁和悲伤"玩坏了"

从 易

最近网络上流传着诸多关于"网抑云"的段子。网易云音乐被戏称为"网抑云",是因为评论区发言存在着过量抑郁情绪,有无病呻吟、矫揉造作之嫌。

评论区的套路总结起来就是:"你的婚纱我的梦,爱过恨过放弃过,分手失恋情难了,同桌后桌忘不掉,谁的人生不迷茫。"有人据此嘲讽,网易云用户人均爱而不得、人均抑郁症。

昔日音乐平台混战,网易云音乐异军突起,一大原因就在于,它最初的评论区形成了氛围良好的"云村"。各路年轻人不仅在这里听歌,也在这里抒发情绪,交流情感。

他们把评论区当做一个"树洞"。内心那些隐秘的、私人的、羞于诉说的话,都可以留在这里。这其中或许有自怜、自伤的成分,但更多的是真诚。

人是社会性动物,人本质上是渴望交流与互动的。但也因为人是社会性动物，所以很多情绪无法公开表达。网易云音乐评论区，或者说许多网络空间里的评论区维持着一个微妙的平衡：它能满足你诉说和被倾听的欲望，同时又不会影响到你的现实生活。

于是，深夜感伤的年轻人在这里相互抚慰。但是，当有人发现一些抑郁情绪的留言总能获得大量点赞和共鸣后，为了获得更多的社交货币，他们就开始如法炮制。

他们把抑郁情绪的制造，当作一种流水线生产。强行抑郁，强行抒情，强行丧。当这种虚假抑郁风行之后，越来越多的人发现它的破绽，继而对平台上的抑郁情绪失去信任。一看到有人伤春悲秋，就认为这是假的，是在博取关注。

他们故意反其道而行之：你制造虚假的抑郁，我就把所有的抑郁留言都解构掉。评论区出现大量给抑郁情绪"泼凉水""煞风景"的抬杠留言，或者刻意复制粘贴的抑郁留言。

这就跟以前"毒鸡汤"的套路一样。网友因为反感甜腻鸡汤的泛滥，便以"毒鸡汤"消解了心灵鸡汤的正能量。这样固然消解了虚假，但同时也失去了接收真善美的能力，失去了对真正悲伤的同理心和共鸣能力。

什么都可以解构，什么都是虚假的，什么都看透了，什么都是那么一回事。这种解构主义，最终导向的是虚无主义和颓废主义。

没有什么是真的，那些抑郁症患者似乎也就不存在了，他们的真抑郁"无关紧要"。

因此，无论是制造虚假的抑郁情绪，还是对抑郁情绪的彻底解构，它们殊途同归——伤害了那些真正抑郁的人，堵塞了他们倾吐情绪、与人交流的渠道。

就像有人无奈地说：如今，想说点什么都要瞻前顾后、斟词酌句，才能通过"喷子们毒辣的检验"，于是索性不说，索性不交流。这下子，本该是最开放的互联网，反倒变得闭塞起来。

别把真正的抑郁和悲伤"玩坏了"，也别践踏互联网社交中的真诚。据媒体报道，网易云音乐正打算对评论区进行治理和整改。但创造一个"干净"的舆论环境，不光需要一个平台的努力，也需要每一个网友多一份真诚、理智和善意。互联网评论区里的真情实感，永远是值得珍惜的。

听过很多神曲，不能让你过好这一生

李勤余

这首歌真的很"洗脑"，而且还很"上头"。没错，它就是《野狼disco》。有人把它称作东北伤痕文学，我不置可否，我只知道，自己的大脑里满是"在那深夜酒吧，哪管他是真是假（ga）"。古时的余音绕梁，也不一定能达到这个效果。

在中国的互联网时代，《野狼disco》不是第一首神曲，也不会是最后一首。我们为什么爱听神曲？因为它魔性，因为它好记，还是因为它有趣？要我说，这是因为我们真的很需要神曲，是的，不要不好意思承认。

神曲为什么能成为神曲？因为它总能用最简单直接的方式表达人们的内心情感。千万别小看了这一点，对生活在当代社会的我们来说，这并不容易做到。

还记得"我爱你，爱着你，就像老鼠爱大米"吗？还记得"老婆老婆我爱你"吗？还记得"你是我的小呀小苹果儿"吗？恐怕，不会有比这些神曲更直接的表白了。

现实生活中，已经有太多顾虑和障碍将我们紧紧缠绕。在《编辑部的故事》里，张国立说出的经典台词，如今看起来仍然扎心——"好了遭人嫉妒，差了让人瞧不起，忠厚人家说你傻，聪明的人家说你奸，冷淡了大伙说你傲，热情了群众说你娘"。用当下的流行语来说：难，实在是太难了。

所以，人们可能太需要一次无所顾忌的宣泄、一次肆无忌惮的呐喊。神曲，来得正是时候。什么浪漫的爱情，什么人生的理想，都比不上神曲带来的感官刺激。

然而，刺激终究只是刺激，它的有效期总是短暂的。这大概就是那些神曲在辉煌之后，又迅速消失在江湖的原因。道理很简单，说一次"我爱你"可能会让心爱的姑娘面红耳赤，但要是时时刻刻把它挂在嘴边，只会让对方怀疑你是否真诚。

文艺作品也是这样。同样讲爱情，用更酷炫的技巧包装，就有可能成了周杰伦；用更深刻的手法讲述，就有可能成了托尔斯泰。只有洗脑，没有回味，神曲，就只能是神曲。毕竟，再着魔，也会有清醒过来的那一天。

现实生活更是这样。面对过不去的坎、绕不过的墙，每个人都有可能选择逃避、畏缩，用各种"神曲"来麻醉自己。但最终，我们总要面对自己的人生，迈出那艰难的一步。那时，能帮助我们的，不会是"神曲"。

滋养生命，总是需要养分的。沉迷于神曲，只会让我们的生命变得单调而贫瘠。

那么，能为我们的生活提供动力的，到底是什么呢？可能是文学作品里的共情，可能是历史哲学里的思辨，可能是古典音乐里的高雅……和神曲一样，它们就在我们的身边，唾手可得。

问题只在于，你愿不愿意直面生活，勇敢向前。

音乐"短视频化",风口还是陷阱?

张祁锴

作为一个音乐听众,或许你和我一样,经历过从磁带与CD中找出一首好歌,便奉若珍宝的年代。网络已经极大地方便了我们的音乐收听,互联网发轫后,网络音乐平台也经历了几轮优胜劣汰、残酷迭代。现在留下的胜出者们,无疑都懂得如何抓住机遇和风口。去年开始,目睹短视频迅速崛起的趋势,几家主流的音乐播放平台纷纷推出自己的短视频功能,市场看好的"音乐短视频化"与"短视频音乐化"将成为风口。

短视频的浪潮确实势不可挡。短视频平台的月均活跃用户数已超过微博,大量的用户意味着大量的流量,对于音乐人来说就是大量的机遇:短视频平台中许多获得了百万级别的播放量的歌曲,出自一些原本不受关注的创作者之手。在原本版权意识淡薄,市场几乎被垄断的国内原创音乐行业,短视频成为一针"活化剂":用户上传内容的UGC体制让草根得以浮现，平台方的介入和扶持也保护了创作者的各种权益，听众也有了除掺水严重的音乐排行榜外的收听选择。

不过，如果各种"抖X神曲"占据了人们音乐视野中的绝大部分，短视频成了我们接触音乐的唯一或主要途径，这便极其值得警惕。

首先，从音乐本身的各种特性出发，短视频与音乐天然地"不兼容"。正如《娱乐至死》中，波兹曼指出电视无法展现思考，我们也可以说：短视频无法展现音乐。

短视频与音乐之间的矛盾，首当其冲就是"篇幅"。音乐是时间的艺术，除了横向上展开的旋律、和声、音色、各个频段之间的相得益彰，纵向上的乐曲节奏、和声、乐段的反复和对比更是音乐得以抒发复杂情感的关键。古典乐就是这一领域的集大成者：复杂如贝多芬的第五交响曲，开头宛如命运敲门声般的"主题"，在约40分钟的乐曲的各个声部、各个乐章反复出现，相互映照；而简单如波莱罗舞曲，从头到尾只有一句旋律，却通过不同的音色组合在不断重复当中一点点递进，趣味无穷。

时间上的篇幅是音乐家的画布，容纳着他们无限的构思和创意。而1分钟时长以内的短视频，不仅不能展现这些前人的杰作，也约束了创作者在更大尺度上的创造力。

有人说，相比古典乐，现代音乐的篇幅已经大大缩短了，所以短视频中的"短音乐"也是一种趋势。但实际上，从20

世纪 70 年代末开始,现代的音乐人就不愿意局限于 3—4 分钟的一首首单曲,而是用作为一个整体的数首歌组成的专辑来进行自我表达。同时,就算是在流行音乐中,也不乏《Bohemian Rhapsody》《Shine On You Crazy Diamond》这样长篇幅的逆潮流佳作。音乐篇幅的缩短主要为适应市场、广告、广播电视的需要,而这些需要无法限制艺术家本身的创意。

碎化片的音乐不只是割裂了音乐本身该有的完整性与复杂性,还带来了你或许没有想到过的灾难:为了在几秒之内吸引住听众,音乐制作者只能选择在可能的范围内不断抬高响度,而面对提高响度的竞争作品,只有再次提高响度与之抗衡。这样一来一往,水涨船高式的比赛正被从业者们称作"响度战争"。

音乐本身是可细腻、可奔放、动态十足的。而限于现在的播放与录音设备,如果一味地抬高响度,音频则必然"失真",丧失原有的细节与敏感度。"响度战争"下的短视频平台音乐,俨然化身为一具具工业化的音量压土机,只能轰轰隆隆地碾过听众的耳膜。

可以看出,不仅短视频的形式与音乐的展现有所冲突,更重要的是短视频加强了寄存在音乐身上的市场与艺术两者间的张力。前段时间杨坤与《惊雷》之争就是这种张力的展现:站在艺术的角度,《惊雷》难以被称作音乐,但却得到了短视频市场的垂青与网友的追捧。

不过,虽然萝卜青菜各有所爱,但如果作品本身简陋肤浅,又能被人们"爱"多久呢?而现实中存在的无数值得我们无限回味的不朽作品,反而在流量至上的逻辑中被埋没,这是最令人痛惜的。

用流行词来概括这个时代，是危险的

李勤余

听说 2019 年度十大流行词公布的消息，我的第一反应是：2019 年，真的要结束了？感叹时光飞逝之余，心中也产生了些许困惑。对一段时期进行总结，自然是传统。只是，流行词，真能担起这样的大任吗？

这倒不是因为流行词总是很快就不流行了。我翻阅了一下 2017 以及 2018 年度的流行词，发现其中的"油腻""打 call""尬""锦鲤""杠精"等说法仍然适用于当下的舆论场。可见，流行词的生命可能并不像我们想象的那样短暂。

只是，既然数年前的流行词拿到今天的网络语境中仍然没有违和感，它又如何能像评选标准中所说的一样，"反映时代特征"？

2019 年度十大流行词里，类似情况也不少。比方说，"我不要你觉得，我要我觉得"，反映了人们对霸道、蛮横人格的嘲笑和反感。但即使在 9102 年，"霸道总裁"的性格恐怕也不会受到欢迎，除非那时的人类生活在一个不文明的社会里。

不过，更重要的问题在于，语言本就具有模糊性。正如罗兰·巴特在《恋人絮语》中所说的，语言从来是双向的。一句"我爱你"，对一对恋人而言，完全可能产生不一样的理解。

所以，一个简单的流行语所能传达的意义，必然是有限的。比方说，"融梗"到底是合理借鉴还是违法抄袭？两者的边界到底在哪里？又比方说，996只是一种工作制度吗？语言可以是模糊、含混的，但一些价值观是不应该被模糊的。正因此，流行语的有限显然无法真正反映这个时代、这个世界的无限。

其实，试图用某一个或某几个词语来概括一个时代，从来也不是新鲜事。有人说，汉代的时代精神是雄健浑厚，所以，生活在汉代的人们，是率直而较少含蓄、开通而较少压抑的。然而，类似结论显然建立在语言"霸权"的基础之上。事实是，汉代人，当然不可能个个都是"率直""开通"的。

语言没有也不可能有终极意义。因为语言和我们所身处的时代、世界一样，具有丰富性和多义性。把一切简化为几个词语，结果必然是"缺失"。就好像家里的老父亲老母亲，恐怕面对这2019年度十大流行词，只会感到一片茫然。难道，他们就必须成为这个时代的"局外人"？

每个人的思想各异,所以,要求所有人用相同的语言描述这个时代,本就是不可能完成的任务。2019年度流行词的评选或许只是带有娱乐性质的活动,可以想见,类似活动也不会在未来绝迹。但它所反映出的危险性,也是真实存在的——我们越来越习惯于用尽可能简化,甚至是极端化的方式来阐释、解读这个世界。如此一来,生活的复杂和丰富,将会被遗忘。

或许,定义这个时代、这个社会的,更应该是每个人,包括你和我的行动,而不是流行词。慎用语言,对于不可言说之物,不妨保持沉默。

动画片又来回忆杀,你还记得多少主题曲?

陈禹潜

近日,动画片好像又掀起了一波怀旧的风潮,十几年前甚至几十年前的优秀动画片被剪成怀旧集锦短片,引起了广大网友的回忆杀。很多人都纳闷儿,为什么好像小时候的动画都比现在的动画好看得多?

当然,戴着时光滤镜的我们,肯定会对金色的童年时光另眼相看。金龟子的大风车、小鹿姐姐的动画梦工厂、鞠萍姐姐的动漫世界……这些经典栏目里,一部部优秀的国产动画,陪我们走过多少个睡前静谧的晚安时光,深深地塑造了我们的童年记忆甚至个人性格。不管怎么说,小时候的动画片都是一代人的成长烙印,此时回看必然充满着美好。

不过刨除厚古薄今的情怀光环,动画片好像也是以前制作的更为精良,很多时候,从以前动画的主题曲就能看出"良心"程度:

对于一名"90后",世纪之交诞生的动画版《西游记》必然是小时最爱的动漫之一,"白龙马,蹄朝西"的歌声在家家户户炊烟刚飘起来的时候,都相伴左右。"什么妖魔鬼怪,什么美女画皮;什么刀山火海,什么陷阱诡计"这样的歌词肯定是超出了小朋友的理解范围的,但是"猴哥,猴哥"的旋律却过了几十年也不会忘。

后来的《少年英雄小哪吒》也是一部历久弥新的经典,小哪吒的历险故事牵动了多少孩子的心,结合了历史神话的剧情跌宕起伏。"他的名字叫什么,哪吒哪吒,小哪吒"的歌声也成了好多小朋友梦呓时都会哼出的旋律。

《小哪吒》之后我看的是《围棋少年》,这部动画描述一名下围棋的英雄少年,在明代倭寇横行的时代背景下,追求自己的棋道的故事。小时只觉动画好看、对弈精彩,长大才能体味到动画里的家国大义和棋如人生。"围棋少年,历经磨难,尝尽人间苦,熬过夜漫漫。围棋少年,立志向前,纹枰论道中,气随天地转",这样的主题曲有时候孩子们理解不了,但传授的都是一生的教益。

再长大,印象最深的动画就是《虹猫蓝兔七侠传》。故事描绘的是一个剑气纵横、高来高去的武侠世界,里面有拯救江湖的少年侠客,有正邪两道的钩心斗角,甚至还有缠绵悱恻的爱情故事。"任凭梦里三千落花,走遍天涯心随你起落"的歌词好像半阕小诗,成年之后回看,也感觉精彩绝伦。

这么一看，小时候的动画都像永不过时的艺术作品，很多时候雅俗共赏，成年人也能看。比如说《黑猫警长》这一经典动画就充满了科学知识，教育的意味十分浓厚。《葫芦兄弟》这部动画也充满了隐喻和教诲，不同年纪的人可以汲取不同的营养。

相比之下，后来的动画就越来越低幼化，很大程度上只是针对小朋友这一目标人群，其中商业模式的变更不可谓影响不大。

这几年很多动画片都遵照一个模式：通过拉长战线来打造IP。每一集的套路类似，都是通过主角的机智，打跑一个固定的反派。这样的模式有利于把动画片做"长"，一做就是数百上千集，形成一个巨大的IP，之后再上架大电影和周边产品，能形成可观的市场收益。这也会直接导致动画质量的下降，毕竟很难有动画做到一千集还能保持比较高的内容水准。不过既然只是为了卖产品给小朋友，那么能快速变现的商业价值，就远比能经久不衰的精良内容重要了。就如网友所说的："心疼现在的孩子，我们小时候有那么多好看的动画片看，现在的小孩却只能看喜羊羊、光头强。"

当然，除了质量问题，时代和视角的变换也对动画制品的流行大有影响。问了问家里带小孩的亲人，现在的小孩子都看什么动画？答案是《小猪佩奇》。

孩子们喜欢《小猪佩奇》也是因为其更贴近孩子的视角，

主角的招牌动作就是"踩水坑",这样的行为正是很多小朋友平日里爱做的,佩奇的很多笑话也是成年人比较难理解,而孩子们能够"get"到的。相比于《黑猫警长》这样充满了隐喻和教诲的传统动画片,《小猪佩奇》这样从孩子的角度出发也是一种做法。当然,其中优劣就只能仁者见仁,智者见智了。

动画就好像是给"祖国花朵"浇的最"润物细无声"的养料,是一代人的共同记忆,所有成年人的回忆里都会有动画的身影在最柔软的角落。

人类复杂的情感，真能被缩略成 AWSL 吗？

李勤余

某视频网站今日公布了年度弹幕热词——AWSL。我想，只要是平时热衷于刷视频、发弹幕的朋友，一定不会对它感到陌生。

什么是 AWSL 呢？其实，这真的很难用三言两语解释清楚。官方给出的介绍是，AWSL 表达着我们被"某一事物狠狠击中"的强烈情感经验。确实，当感觉来了的时候，恐怕没有什么词语比 AWSL 更好用的了。

但是，究竟什么是"某一事物狠狠击中"的情感经验呢？我想，可能根本就没人能说得清。总之，发弹幕就对了。根据官方数据，AWSL 在这一年里一共出现了 3 296 443 次。我特意数了数这个数字的位数，眼前浮现出的，是无数弹幕遮蔽了视频的壮观场面。

然而，这 3 296 443 次弹幕发射，本来不该是这么整齐划一的。网友们想要表达的，或许是幸福，或许是快乐，或许是兴奋，但最后，这些并不一致的情感被强行统一成了AWSL。这是为了和其他网友保持好队形，还是为了表示自己并没有落后于潮流？我们不可能猜测每一位网友内心的想法，可是满屏幕的AWSL里，显然分不出你和我的区别。

这真是一个悖论。某视频网站，可是最适合当下年轻人展示个性、展示特质的场所。随波逐流，正是他们最不愿意也最蔑视的行为。可在整整齐齐、井然有序的弹幕里，最缺少的又恰恰是个性和特质。这种自相矛盾，可谓当代网络社会的一大奇观。

为什么会这样呢？或许，答案还得从AWSL在意义上的含混里去找。毋庸置疑，我们生活在一个乐此不疲发明各种缩略语的时代。不难发现，一些新新人类的独特语言，并不是什么神秘的符码，而只是缩略语的不同表现形式。

有人说，汉语是世界上最灵活，也是最丰富的语言之一。可看上去，网络时代的语言交流正在向另一个方向飞驰。能用缩略语的，绝不多打几个字符。当简化走到了极致，AWSL的闪亮登场，也就不足为奇了。而我们付出的代价，可能是表达能力的退化。

或许，让网友们来背这口锅，是不公平的。道理很简单，当我们观看的视频越来越短，生活的节奏越来越快，不使用缩略语，还如何跟得上这个互联网时代？当一个"冲击性"

的画面出现时，留给我们思考并发出弹幕的时间，或许只有短短数秒。这时候，还有什么能比 AWSL 更顺手呢？

只是，表达能力的退化，带来的必然是表达内容和表达方式的贫乏。紧接着的，会不会是情感的苍白？当人类复杂的感受统统被简化为 AWSL 的时候，个性也就成了"伪个性"，而我们失去的，可能正是这个世界的丰富性和多元化。不难理解，人们为何越来越倾向于使用更直接，甚至是更极端的方式表达自己的观点和情感。因为，缩略语，已经为我们缩略了生活。

但愿，这一切只是我的杞人忧天。

我把真心付给了你,你却说这表情包过时了

陈禹潜

已经不记得这是第几次表情包引发的"翻车"了。

近日,一名重庆小伙儿被客户投诉并拉黑了,原因是跟客户沟通的时候发了微笑的表情包,被客户认为是阴阳怪气的讽刺。这名客户当然有些极端,但是微笑表情包,已经被默认带有"冷眼旁观""皮笑肉不笑"等含义,也是真的。

社交媒体时代,能甩一个表情包,就不多说一句话,已经成为很多人的表达方式。表情包也确实能发挥一些神奇功效,比如化解尴尬、缓和气氛、拉近人与人的心理距离。两个熬夜加班的人聊微信,发一张"笑着流泪"的表情包,就都懂了;一个新微信群刚建立,大家一言不发,直接发表情包"斗图",也经常被年轻人玩得很嗨。

词语会随着时间的流逝而改变含义,表情包同样如此。如果发送者的词典里,表情包已经是2.0甚至3.0、4.0版本

的含义，而接收者的词典里，表情包还是初始意义，双方不在一个频道对话，就容易引发沟通事故。如果是双方关系平等还好，如果是上下级、服务与被服务者等有利益关系的双方，可能后果惨重。

罗兰·巴特在他的符号学理论里，有"能指"与"所指"之说。通俗地讲，图像表达的含义，不仅有表面上的，还有更隐性的意义。发微笑表情包，很可能不是表达想笑，而是传达对接收者的不耐烦。正如网友说的，"每当我妈妈给我发微笑表情，我就觉得我离挨打已经不远了"。但难就难在，有时候，发送者自己都意识不到表情包的"所指"，而接收者却先领悟了。

为了避免误会，有网友提出用"带腮红的微笑"表示愉快，但不久，这个表情又成了"明褒暗贬"的专用。要表达高兴和友善，现在得使用"大笑""笑哭"等更为激烈的表情了。在试探与迁就中，现代人的脆弱表露无遗———一旦对方流露出不够欢乐，就会因怀疑对方对自己不满而惴惴不安。

此前有新闻说，某员工在工作群里发不合时宜的表情包，被开除，因为老板将"不合时宜"的表情包与"不恰当的网络社交礼仪"画上了等号。这让很多人一惊：原来，戏谑意味满满的表情包，在社交平台上，已经有了等同于你说出的话、发出的字的趋势，也要遵守同样的规则；越来越将虚拟平台作为社交主阵地的现代人，在网上也要遵守线下社交的礼仪了。

礼仪，是一个虚的东西，它取决于个人感受，也应当允许弹性空间的存在，但不可否认，它也有一些底线。除了不要轻易使用微笑表情包外，我总结了一些社交网络里的"新礼仪"，希望对大家"避雷"有一点帮助。

第一，不要给领导、长辈、客户乱发语音。与表情包一样，语音有自己的特殊使用场合，多用于布置任务、告知晚辈、熟人聊天，若是任性发，很可能给对方添堵，不礼貌。

第二，尽量别用"嗯""哦"等单字回复，你以为简洁，对方却会解读出敷衍、漫不经心等意思。

第三，要表达对对方发的信息感到好笑时，请多用几个"哈"，具体多少根据好笑的程度决定。相信我，这并不费多少事。

第四，求人办事或征询对方意见时，一次性把事说完，不要只发"在吗""有空吗"等试探性的用语，让对方去猜你接下来要说什么。这样既影响效率，还可能给对方造成压力。

这是我能想到的，其实也是很多人用实践总结出的经验。类似以上的知识点还有很多。怎么样，是不是感到了一丝心酸——我只想欢乐地发个表情包，为什么要想这么多？

有一个热词叫"数字化生存"，很好地形容了这样的社交情态。社交媒体就像是轰然向前的火车，要是跟不上，就会被潮流"拉黑"，大家只能尽力学习新知识，跟上步伐。这是技术进步残酷的一面。

当然，要求我们的父母、师长一辈，准确弄懂"微笑""愉快""笑哭"的差异，并准确使用，本身就不合理。我们也没必要吐槽会被长辈们发的不恰当表情包惹恼。"数字化生存"是冰冷的，但人心是温暖的，社会是多元的。试着去理解，去包容，再不然，你还可以教会他们正确使用，不是吗？

《诗经·小雅》有言："献酬交错，礼仪卒度。"礼仪被发明出来的那一刻，就是为了社交，但还有什么比付出一颗诚心更好的社交礼仪呢？别"我把一颗真心付给了你"，你却跟我说这表情包过时了（手动微笑）。

网络暴力不是正义,别成为飓风的一部分

韩浩月

发生在陕西西安的一起"骑车女人暴打女孩"的事件,让千里之外浙江绍兴的郑燕(化名)遭遇到了一场网络暴力。当西安那位暴躁的母亲用自行车撞击女儿的时候,一场有关网络暴力的蝴蝶效应也悄然挥舞起"翅膀"。

"骑车女人暴打女孩"视频经过网络传播引起当地警方关注之后,当事人被迅速找到,并被批评教育。虽然网民认为这没什么惩戒效果,但在目前的法律框架内,对于母子关系的暴力行为的处罚暂时也没法达到一个理想的尺度。

可郑燕不一样,网络暴力来得太突然,太莫名其妙——仅仅因为她在网上发了一些展现自己生活状态的视频,或许还存在一点相貌上的相似,就遭到大量网友骚扰、谩骂。因此留下的心理阴影,恐怕一时半会没法消散。

第一个给郑燕留言指责她的网友,起到了"带路"的作

用,正是这名网友的不加分辨、开口就骂,误导了后来者。后来的网友和第一个网友一样,都是急于发泄怒火,完全没有考虑到自己会错伤无辜。

想要分清郑燕是否为"打人者"其实并不难,视频本身所携带的信息,比如形象、口音、地域特征等,都会因为西安与绍兴的千里之隔而有很大的不同。怕就怕网友不分青红皂白,先把大棒挥起再说。

"女孩随手捡起骑车女人扔掉的垃圾却反遭暴打",是视频广为流传的重要原因。现在大家知道了,这个说法是"创作"与"想象"出来的。当然,无论什么原因,母亲当街打孩子都是不对的。但也要承认,当初正义的怒火掺杂了误会的成分。

首发这段视频的网友,在通过警方通报知道事情原委之后,也有必要出面解释一下为何要那么写。但按以往的情况看,最早的传播者已经悄然隐于幕后,不但不会再解释,网友也不会追究其责任——虽然一定程度上,其说法对网友造成了误导与欺骗。

很是令人不解的是,在有关郑燕被误伤的报道留言区,还有几位网友继续骂她"活该",这些评论还得到不少点赞。这意味着这些网友压根没看文章,仍然在盲目地"开炮",也意味着郑燕通过接受采访为自己进行辩白之后,仍摆脱不了被网络暴力的命运。这太让人无语了。

因为某些疏解渠道不畅通或者被堵塞，"网络人肉"这一明显不合法的行为，被赋予了一定的正当性。尤其是坏人坏事没法得到及时惩处的时候，"网络人肉"被赋予了一种侠义感。不排除有的人在理性上是反对"网络人肉"的，但在感性上也觉得"网络人肉"有时候大快人心，能弥补法律惩处的滞后与缺位。

　　然而，只有你贴近观察"郑燕"们的痛苦与无奈，才能明白"人肉"这种所谓的"正义"会有怎样的代价。大量网民遇到热点事件后本能地"先骂再说"，就算出现误伤，事后也极少有人道歉。无论对或错，都不用负责，成为网络暴力蝴蝶效应形成的内在原因。

　　在网络上积极发声，用舆论推动公共事件朝好的、对的方向进展，这是网络言论的价值所在。但与此同时，每一位热点事件的参与者，也要对自己的网上言行负责，不能犯错而不自知，更不能无形中伤害到无辜的人而心无愧疚。飓风之下，再强大的个体也会被摧毁。理性的人，可以捍卫规则、表达良知，但别成为飓风的组成部分。

知识和娱乐之间的界线，多大的流量都无法跨越

西　坡

李诞是一个聪明的、讨喜的年轻艺人，但最近的这一波吹捧有点过了：有人都要给他"封神"了。而我想问一下，你说的是哪一个李诞？

世界上有两个李诞：一个是李诞表演出来的李诞，一个是表演李诞的李诞。每一个李诞都上过热搜，而且发生过人设崩塌的事故，但李诞营造的"表面不正经，内在有料"的形象一直还比较成功，而这一次则彻底"爆"了。

起因是《奇葩说》的一场辩论，辩题是：博物馆着火，你是救一幅名画，还是救一只小猫？李诞队的答案是救小猫，虽然他们队没有赢，但李诞的表演片段圈粉无数。

李诞又贡献了一些金句，"比《蒙娜丽莎》更美的就是燃烧的《蒙娜丽莎》""达·芬奇听了都会流眼泪"，而最使受众感到"深刻""震撼"的是那段总结陈词：

"我有很多这样知识分子的朋友,他也不苦其心志也不劳其筋骨,他就天天想怎么牺牲别人。他每天都在想,我怎么牺牲这个去救那个,我怎么牺牲小的去救大的,我怎么牺牲这个近的去救那个远的。你们疯了吗?""这个世界的维系,靠的是我这样自私的人,我们这样自私地活着,但是不伤害别人,这个世界才能运转。"

李诞是不是有很多这样的朋友并不重要,因为脱口秀演员最重要的能力是"无中生友",但知识分子躺枪了是真的,而我觉得这一回知识分子有点冤。因为类似"救猫还是救画"这种议题是几千年来无数知识分子反复思考、辨析过的,桑德尔教授在《公正:该如何是好》一书中系统梳理过各个思想流派的解答。李诞只是把知识分子们的思考转化成了便于传播的段子,偷两个鸡蛋炒自己的菜,再把下蛋的母鸡羞辱一番,不厚道。

有些知识分子热衷于牺牲别人,不等于所有的知识分子都如此。李诞肯定懂,但他不说。这让我想起李诞与媒体的"前尘往事":李诞说他原本是一个心高气傲的文艺青年,但是在某媒体实习时,发现本单位跑春运口的记者竟然走关系搞火车票,于是理想主义幻灭,转身投入娱乐圈。李诞的逻辑大概是,你们也不是圣人,所以我自私有理。

当然,李诞的"自私"并不值得大张旗鼓地批判,他没有什么出格的举动,只是把"自私"当做一个标签、一个卖点。与其说是自私,不如说是拒绝崇高,拒绝理想主义,拒绝抽象价值。他不承认"远方的哭声",认为那是"想象中的哭声"。

可是,"世界靠我们这些自私的人才能运转"又何尝不是一种想象呢?你只要认认真真地读几本好书,了解一些伟大人物的生平,就会知道人类世界远不是李诞式价值观所形容的那么单薄和乏味。在需要打倒的"伪神"之外,还有很多"真神"永远屹立在文明之巅。

正如他自己反复申明的,李诞只是一个艺人,不是严肃的演说家和写作者。如果只把他当做生活的调味品,没什么害处,就怕有些涉世不深的小朋友拿着酱油当饭吃,被段子手的表演"振聋发聩",误以为这就是知识和思想,那就不妙了。

在知识和娱乐之间,有一条清晰的界线,多大的流量都无法让它消失。

要不要啃老难道还需要辩论吗?

李勤余

《奇葩说》是一档很有意思的综艺节目,既有娱乐性,还能让观众动动脑,这或许也是其广受观众欢迎的原因之一。最近闲来无事,翻看往期视频时,却发现了一个让本人感到匪夷所思的议题——"毕业后过得很拮据,父母愿意让我啃老,该啃吗?"

更不可思议的事情还在后头,那就是正方,也就是支持"啃老"的那一方,竟然赢了。接下去,是场内场外一片欢腾的场面。几位主持人不仅再度肯定了正方的观点,还语重心长地加上了自己的点评。而在屏幕上飘过的弹幕,大多也是称赞正方选手"有才华"的声音。最让人唏嘘不已的,还是那些对反方"讲大道理"的嘲讽。

当然,辩论终究是一种话术的交锋,未必能和真理挂上钩。正如这期节目所显示的,正方选手的最后一搏,抓住了反方在技术上的漏洞——不该说议题不对,而是要证明自己的观点。

可在我这个局外人看来,这个议题本身,确实是错误的,而且是无可挽回的错误。节目可以为它设置无数前提,比如,毕业后的拮据只是暂时的、父母的心意不能被辜负等等,但说一千道一万,该不该"啃老",难道是一个值得讨论的问题吗?

其实,错的并不是《奇葩说》。作为一档主打辩论的综艺节目,如果议题不能吸引眼球,又怎么能让观众安安心心地坐在屏幕前呢?对于正方的获胜,也不是那么难理解。正如主持人在一开头就提到的,这档节目的议题从来没有什么"标准"。是啊,如果不能发出一些不一样的声音,又如何能展示年轻人的独特个性,又怎么对得起"奇葩"二字?

所以,和一档综艺节目较真,未免有些无聊。何况真有人要较真,《奇葩说》也可以轻轻松松地用"美术馆着火了到底救画还是救猫"之类的逻辑来化解尴尬。

只是,"啃老"问题背后的沉重意义,毕竟不是靠几句玩笑话,或者是某位选手的语言游戏就能被消解的。应该说,在这个世界上,总还有一些道理和价值,值得人们去坚守和相信。一旦社会没有了必须尊重的界限,一旦生活没有了必须遵守的准则,一切将会变成怎样?我不敢设想。

让《奇葩说》来背锅,当然是不公平的。同样是辩论,当年的"狮城辩论"的议题又是怎样的呢?"信息高速路对发展中国家有没有利""金钱追求与道德追求能不能统一""社会秩序的维系主要靠法律还是道德"……应该看到,公共关怀,正由宏大到微小、由严肃到轻松。这是时光流逝带来的变化,《奇葩说》只是顺应了这一潮流。退一万步说,就算如今再办一场"狮城辩论",它的观众数量恐怕也到不了《奇葩说》的零头。只是,这真能说明"道理"已不再重要吗?

眼下,正正经经和胡说八道都不受待见,但要是正正经经地胡说八道,反倒能受到追捧。这里面,既有新新一代个性张扬的可喜趋势,也潜藏着某种危险——不再相信任何"道理",意味着能够相信的只有自己。将这种逻辑无限放大,就将成为"傲慢"。历史早已证明,人类世界里不同文明间的冲突,大多来源于此。

行文至此,我更为自己是严肃媒体的严肃写作者而感到自豪。娱乐无罪、"奇葩"无罪,但要描述和认识人类、社会、世界,光靠它们是不够的。我仍然坚信,在任何时代,总有一些价值、一些道理值得我们去守护。正因为如此,我和你,才会相聚在这里。

"殿堂史诗级"唱片是怎么出炉的?

从 易

前段时间深陷舆论风波中的肖战,于2020年4月25日凌晨发布了新单曲《光点》。

仅仅一天过后,截至4月26日下午3点,《光点》在QQ音乐平台上的销量已经突破2 200万张,销售额超过6 600万元,成为QQ音乐"殿堂史诗"级别的唱片。

无论是销量还是最终的销售额,《光点》均是中国数字专辑销售的冠军。

不过,正当粉丝"低调"地庆贺时,也出现了争议的声音。网络上流传着不少截图,肖战的一些粉头(注:粉丝团的管理者)花式催促粉丝花钱购买支持。

其实,这一行为不只存在于肖战的粉丝中间。不少流量明星的粉头,都曾催促粉丝花钱消费。偶像出数字唱片了,拍电子杂志了,主演的电影上映了,或者代言某产品了,都会有大粉出来号召:赶紧买买买啊……

粉丝催销量背后，是一种唯恐落后的心理。销售数据成了流量人气和号召力的一种象征，一旦偶像的销售数据不好看，粉丝们就会担忧偶像被资方抛弃，会被其他流量的粉丝嘲讽。

饭圈进而被数据的攀比裹挟了：上一回你们突破1 000万张，我们就突破2 000万张……但水涨船高的数据背后，是粉丝们花出去的真金白银。而不少粉丝是没有经济能力的未成年人，激烈的催票氛围极易助长他们形成不理性的消费观。

粉头催销量隐藏的另一个错误观念是：你爱偶像就必须用金钱支持，花得少就不配成为粉丝。就比如有粉头说，"学生党买个几十张不过分吧""买这么少好意思说爱吗"……

当"金钱＝爱"，粉丝不为偶像花钱，似乎就成了"可耻"的行为。

粉丝是否愿意花钱支持偶像，是一种绝对自由。以金钱为指标来"绑架"粉丝，是对追星的异化，是"强买强卖"。

《光点》另一个引发争议的地方是，有人买了唱片听了觉得一般，想在微博上搜索下乐评，发现清一色都是粉丝控评下对《光点》的花式吹捧。

粉丝对于控评，每次甩出的"正当"理由是：担心偶像被人故意黑了。但更多时候，是粉丝无法容纳不同的声音存在。控评造成了声音的单一、视野的单一，带来的只会是虚假繁荣。粉丝真爱偶像，就应该"为其计深远"，树立起正确的是非观。

  偶像的应有之意是"榜样",应该带动粉丝们成为更好的人。面对部分粉丝不理智的行为、病态的消费,偶像更应勇敢站出来,向社会传递正确的价值观。偶像需要健康、阳光的公众形象,但这要靠自己而不是粉丝的双手去创造。

我的人生，到底谁做主？

李勤余

最近，一档名为《你怎么这么好看》的综艺节目正在被网友"吊打"。

这事的起因有两个：一是这档节目涉嫌抄袭，引发了原节目主创的不满。当然，是不是抄袭，还有待权威认证，在此不作过多讨论。二是该节目"三观不正"，这也是其被网友疯狂吐槽的重要原因。

一档以改造普通人，给出美好生活提案为宗旨的综艺节目，怎么就"三观不正"了？还是举两个例子吧：

一位女嘉宾是博士，过得也挺好。结果节目组要求她化妆，换上有女人味的衣服，还让她早点找男朋友。另一位女嘉宾是四胞胎母亲，每天为照顾孩子忙得不可开交，却被丈夫嫌弃。节目组开出的药方还是化妆打扮，然后给丈夫道歉。

看到这里，我才明白过来：这档节目的主题就是让嘉宾变"好看"，价值观就是人"好看"了，生活也就"好看"

了。说白了,就是女性不"好看",就没有价值。

有人认为,这档节目就是大型"迫害"现场,再度加深了对中国女性的刻板印象。我认为,这一观点说得很对,但并不全面。

被刻板印象伤害的,又何止是女性呢。且不说如今中国男性也得"好看",单就一条"事业成功"的标准,也足以让广大中年男子喘不过气来。

所以,《你怎么这么好看》让观众和网友无法忍受的根本原因,是其试图为世间的男男女女规定生活的方向、人生的道路,而且是唯一的。这样的"三观"惹来吐槽,显然并不冤枉。

不过,真别急着吐槽综艺节目。仔细想一想,这档节目能够问世,难道不是因为它所要表达的价值观,确确实实存在着么?

一边是广大网友义愤填膺地批评《你怎么这么好看》,一边是广大网友慷慨激昂地呐喊"××怎么可以这么好看",这两大群网友,当真没有重合的部分吗?一边批评"好看"至上的价值观,一边又承认这就是一个"看脸"的世界,这样的矛盾,才是最让人无奈的地方。

不久之前,靳东主演的电视剧《精英律师》同样惹来网友的大面积吐槽。原因很简单,他的"精英"做派,实在让观众有点消化不良。可有意思的是,人们看不惯剧中人物的

"做作",却又承认,衣着光鲜、财富自由、美女环绕的"精英"们,才算得上成功人士,才拥有理想的生活。

所以,表面上看是《你怎么这么好看》"三观"歪了,实质上,供它成长、成熟的温室,不也是由许多人亲手制造的吗?

我的人生,到底谁做主?我的生活、我的理想,真的只能有一种吗?在吐槽之前,或许我们都应该先把这些问题想明白。人生是一场马拉松不假,但每个人的终点,不该是整齐划一的。想往哪里跑,就往哪里跑吧,"好看"不"好看",真的没那么重要。

"小镇做题家"：难免挣扎，不必自卑

顾婧雯

前一阵，"小镇做题家"这个标签从豆瓣出圈了。源自豆瓣"985废物引进计划"小组，这个称呼指代小城市"埋头苦读、擅长应试，缺乏一定视野和资源的青年学子"，常常用于组员间的自嘲，然而在网络上广泛传播之时，又透着一股浓浓的辛酸滋味。

面对见多识广的大学同学，如何恰如其分地融入聊天话题？面对履历丰富的前辈，如何弥补自己欠下的实习经历？在爱好和视野都从未展开之时，如何选择自己未来的发展方向？甚至，仅仅是评判标准更加复杂的课业本身，就足以成为新的难题。

已经厮杀过高考的"千军万马"，也得到了美好新世界的入场券，却发现被承诺的宁静踏实并没有到来，反而面临着前所未有又难以理解的困境。并且，高考后的战场，不再拥有老师、家长甚至同龄人间的相互扶持，只剩下每一个孤独的新生去面对自己人生的课题。这样厚重的委屈和焦虑，的确让习惯了将成绩作为主坐标系的学子挣扎不已。

只是，挣扎是必然的，自卑却大可不必。

能够进入心仪的大学，获得父辈们不曾拥有的机遇，对个人的奋斗史来说已经是一个很好的开端。那些做题训练中培养出的自律、专注和坚韧，那些全然依靠自己打探前路的开拓精神，也一定会在未来的挑战中成为极强的助力。过往的一切，不必成为对现在的否定，只是需要去伪存真，找到新的途径去发挥优势。

更何况，对于任何人，自我的塑造本就是一件循序渐进的事情。每一个人在成长的新阶段都会迷惘和焦虑，行进途中切换到他人的主场更是常有挫败之意。信息来源充分的同学，也会因就业趋势的变化而背离之前精挑细选的专业；托福满分的同学，也会因为文化差异和语言习惯而在国外适应困难……

无论处在什么阶段、什么道路，都不会一劳永逸。也许小镇奋斗者们探寻自我的时间要久一些，但最重要的永远是当下。而大学的美妙之处，就在于它是一个试错成本相对较低的试验场，给"当下"以机会探索或转航。

此外，除了竞争视角之外，也还有一种"合作"的视角：将周围陌生的一切整合成自己的资源。不妨向前一步，和某个爱好广泛的同学出游，和某个德高望重的教授交流，向某位身经百战的学长倾诉。在自我认同暂时没有建立的时候，把力气花在向外寻找自己的认同，内化一路上的灵感和经验，作为推动自我成长的捷径。

  豆瓣小组长年累月地立在那里，有人将它视为寻求认同和支持的栖息地，也有的人将它烙成一生无法走出的标签。我祝愿每一个对号入座的你，是前者而非后者。

怎样给中年男星去去油？

李勤余

最近，中国荧幕上油花四溅，似有泛滥之势。先是把"我不要你觉得，我要我觉得"挂在嘴边的资深"霸道总裁"黄晓明闪亮登场，再是把挤眉弄眼、搔首弄姿误解为"万人迷"范儿的杨烁从天而降。

这还不算完，有才的网友又揪出了总爱讨论一夫一妻制、展现"邪魅"微笑的陈思成，喜欢挤兑妻子专业水平、永远保持"狂拽酷炫"面目的周一围。以上四位，被称作"油田四子"，倒也是实至名归。只是，这中国的中年男人，怎么就逃不脱掉入"油腻"的宿命？

带火"油腻中年"一词的冯唐，曾经写过一篇文章，题目就是《如何避免成为一个油腻的中年猥琐男》。他在里头提了不少很实在的建议，比如"不要成为一个胖子""不要呆着不动""不要脏兮兮"等。

但看起来，他的一些建议并没有起到什么作用。黄晓明、杨烁们都拥有帅气的面容和健美的身材,可他们身上的油花,还是止不住地往外冒。

可见,油腻不油腻,与外表没有直接关系。黄晓明们被吐槽,根源还在于他们对他人缺乏尊重,对自我缺乏认知。

当然,对这些坐拥社会地位、金钱财富的中年男人来说,要做到"一日三省吾身",还真不是一件容易的事。细细想来,一些成功人士为何总在公开场合大言不惭地放出令人咋舌的"奇葩"言论,原理似乎是相通的。地位高了、名声有了,自我感觉也就好起来了,到那时,"别人怎么觉得"仿佛就真的成了无关紧要的事。

而要避免"油腻",最好的办法大概还是不断学习。要帅、吹嘘虽然看上去很美,却不能避开人类见识范围终究有限的现实。上一代"油腻男"靳东,不就闹出了"诺贝尔数学奖"的笑话?可见,唯有继续求知,才能意识到自己的局限,对这个世界保持一颗敬畏之心。

"油腻"虽然是一个负面名词,却不乏正面意义。否定某种类型的中年男人,恰恰是在肯定另一种理想的人格类型。能不能保持谦逊、能不能尊重他人、能不能头脑清醒……这些直击灵魂的问题,不光是针对中年人的,也不光是针对"油腻男"的。

说到底,油腻不油腻,还是取决于一个人对待生活的态度。

4

文化

我们敢正视自己"隐秘的角落"吗?

李勤余

"一起爬山吗?"秦昊手机壳上的一句话,都能让网友们瑟瑟发抖。随手翻开社交媒体和朋友圈,各种剧情解密、细节分析随处可见。你就知道,《隐秘的角落》真的火"出圈"了。

作为一部没有流量明星、缺少高调宣传的国产剧,能取得这样的成绩,殊为不易。大家自然会关心,它的成功秘诀何在?

内容好看、表演入味、配乐出彩……这些都是不可忽视的原因,但把它们套用在其他优秀的国产剧上,似乎也成立。依我看,《隐秘的角落》最让人"惊喜"的地方,在于它对"人"的再发现。

也许会有人要问,任何一部剧集,不都是以人为中心的吗?此言不假,但什么是人、人到底是什么样的,是古往今来多少小说、戏剧共同关注的问题。毫不夸张地说,伟大如莎士比亚、托尔斯泰、卡夫卡，终其一生也没整明白。

然而，这不正是文艺创作的核心魅力么？我们阅读、观赏作品，可不光是为了享受感官上的刺激，说到底，还是为了更进一步地了解、认识自身。

只是因为种种原因，我们常常会把这一点遗忘。是霸道总裁爱上我也好，是玄幻修仙闯江湖也罢，叙事的焦点越来越集中于外部环境，离人类的内心世界越来越远。这一回，《隐秘的角落》总算把目光投向了人性的"隐秘的角落"。

不是说以往的剧集里没有出彩的人物，但像《隐秘的角落》一样，没有一个角色能被简单概括的例子，还真不多见。

且不说秦昊扮演的张东升有多么复杂，三位小主人公有多么纠结，就是从本剧随便抽出一个人物来，都值得好好说道说道。比方说，朱朝阳的爸爸朱永平既有怀疑亲生儿子的瞬间，也有真心保护他的一面；而周春红看上去是个尽心尽职的模范母亲，却完全不理解儿子的所思所想，只会单向度地灌输"爱"。

有句老话说得好，文学是人学。其实一切文艺创作的目的，终究还是要回到人自身。剧中的普普问，"杀人犯就一直是杀人犯吗？"张东升的所作所为会让她感到迷惑，对屏幕前的观众来说，又何尝不是如此呢？说到底，人类想要认识自己，永远是最难的事情。但要想成为经典的文艺作品，就得在这个难题上多下功夫。

对于为了挽留最爱的人铤而走险的张东升、为了得到失去的父爱而"黑化"的朱朝阳，到底该怎么评价？剧中可爱、幼小的孩子，为何在内心深处会有那么多"隐秘的角落"？震撼之余，我们也必须去思考何以为人、何以为家。

贯穿整部剧的，是笛卡尔的传说——一面是浪漫童话，一面是残酷传说。应该相信童话，还是相信现实？本剧没有给出一个明确的答案。但屏幕前的我们应该正视自身"隐秘的角落"，在善与恶之间勇敢做出选择，让自己成为一个更好的人。

火车驶向云外,梦安魂于九霄

东 夏

喜欢刺猬的人进来,喜欢新裤子的人进来,不喜欢华东的人也进来。

在互动环节,华东回答得滴水不漏,貌似马东也拿他没辙。张亚东更像中央空调了,对谁都很暖,对谁都"特别好"。十分想念"矮大紧"老师,这么癫狂的华东是不是就没人收拾得了了?

华东的无懈可击显得格外敏感、好胜、孤傲,也许在音乐创作的世界里这些都是极致的品质。他讲音乐的逻辑、精密的编排,要挑观众,要显示精英范,也没错,不过说实在的,真要这么干,去听古典音乐好了,那个范式还要严谨。

主持人宣布他们第一的时候,华东也开心地笑了,说这届观众素质不错。反正我不觉得这是在表扬,言下之意是,你们要是不选我第一,统统是笨蛋……

只要是马东出品,或者只要是张亚东老师坐在下面,如此"大乐迷"阵容把关,就注定了"乐夏"的舞台多半是中年的摇滚人生。他们要歌颂的是沉稳进击,不是迷幻炫技;呼唤力量但更要深藏内里,看似颓废却抵抗荒芜。"青春有爷"的宣发,精心选择霓虹甜心复古式的慢摇开场,一切都在昭告:后浪们可以嚣张,"年轻"谁都有,但摇滚老炮的凌乱人生你们唱不出来。

彭磊用一首《夏日终曲》宣告"乐夏1"结束的时候,我在想,够了,我们已经不需要234了。这个接近神经质的天才选手颓废地告诉世界:每次浅浅地拥抱就够了,爱终将我们分离,不要嘲笑我们,我们的爱不值得一提……

他在2019年的夏天,揉碎了中年所有的疲惫孤独冷漠崩溃,就反复问你一句:你要跳舞吗?你要不要跳舞?

华东与大家的第一次见面华丽缜密迷幻,却放弃了这种直接电击般的交流。他在休息间看着大卫拜恩的《制造音乐》的时候,我十分敬仰,但还是穿越到了一代无厘头大师周星星在看斯坦尼斯拉夫斯基的《演员的自我修养》的画面;他在教同伴学习德语的时候,我又穿越到了马赛克的主唱夏颖被他的小伙伴贝斯手一句不合就猛踹一脚的画面。反正我觉得周星星不违和,我也觉得小伙伴就是用来踹的,就像子健和石璐爱得分分合合,这才是真实粗糙的地下摇滚人生。没有这样的经历,我们如何能完成一无所有的终极呐喊?显然世界变了,在什么都有什么也不缺的年代,我们看到的是顶着一流音乐学院光环归来的超级新锐们,他们在重新定义我们的情感。

镜头前的"精装修"人设对我们无济于事,再精密的音符可能都编织不出凌乱真实的人生。"乐夏2"的舞台正在竭力展现各种可能性,这种多元也在指向这个真实的当下,有野蛮生长在潮湿南方、随时为打工族歌唱的"五条人",有基本功扎实后生可畏的大胆的95后新锐,还有为了偶像追随重组在一起的"旧城之王"。

乐夏的名言是"躁起来",那么"躁"的精髓又是什么?无非就是诗人们的天马行空和万般随性。导演责怪"五条人"完全不按既定出牌,登台瞬间把歌给换了,灯光组和字幕组也一脸懵,但事实是"郭富县城"自己也不知道唱什么,直到他第一个音出来,和鼓手确认完眼神,才明白那一刹那是怎么回事。淘汰就淘汰了,他们快乐地赶往下一场的演出。

生活其实就是一支烟的时间、一首歌的工夫,我们哪里知道下一秒将会发生什么。子健顶着像一个月没洗过头的造型,更加放松地唱着一代人终将离去,总有人更年轻。我们才缓缓意识到,这已经是2020年的夏天了,尽管只有一年,但这一年发生了什么啊——火车驶向云外,梦安魂于九霄。

我们似乎会躲在某一段歌声里回忆想念所有2020年以前的夏天。

夏天结束的时候,你能找到属于自己的浪潮吗?

云 白

一位 19 岁的女孩站在《好声音》的舞台上这样介绍自己:这个节目刚开始时我才 11 岁,没想到我现在都能站到台上了。这档节目 8 年了,你感觉到了吗?

《好声音》的第一代观众已正式登台成了选手。对于这些当初守在电视机前的小镇少年来说,可能就是这档节目给了他们对音乐的最初理解,然后让他们怀揣着登台的梦想走向世界。

8 年的电视综艺里,翻天覆地。《好声音》也终于不是一家独大,一些人跟风,一些人闪退。马东几乎以一己之力扛起了《乐队的夏天》。每一档节目都已经不再是节目本身,更是互联网时代下的传播现象,就像已经很少人真正关心和谈论音乐一样,人们只关心,有没有哪首歌能在网上成为神曲。

一切都已经和 8 年前不再相同。基于移动互联的传播,就像人们热衷于分享对一部热剧的服化道的点评一样，如果不能激发起社交平台的二次或者三次传播，任何节目都将迅速冷却。

人也是。中年女演员们的日子不好过，中年男歌手们的日子也不见得好到哪里去，连周董也不例外。以前叫单曲打榜，现在叫话题打榜，不能登上超话榜，就要凉凉。尽管他自己可能不在乎，尽管他背后的那群80后粉丝们也不服气。

已经很少发片的周董唱着那首很青春摇的《等你下课》已经让人觉得在装嫩了——你耳机听什么，能不能告诉我？我能告诉他，我听的还是齐秦的那首《大约在冬季》（北京工体演唱会版）。

原创歌曲的匮乏让一代又一代的新人唱着前辈们的歌，只是舞台上那些动情的选手，会不会真正读懂音乐里的人生况味而爱上一首歌？

8年前往前，坐在下面的叫评委，后来有了导师，再后来叫超级乐迷。导师们可以和选手一起构筑起强大的IP。《乐队的夏天》播出后，也有人在问，那个中年人是谁呀？朴树的一首《new boy》就能把他唱哭了？有人说，张亚东真"装"，每次都端着在那说"真的特别好"。

是这样吗？

如今，只要话题成立，只要吵得起来，都可以是流量。

可别忘了，流量以前是货真价实的白金、超白金大碟，只是现在它改名叫神曲。

那个为鼎盛时期的王菲做制作人的张亚东，可以在听到《new boy》的时候黯然神伤，回想起千禧之年，也可以在复古的迪斯科舞曲风里坦白自己的喜好和口味的变化——这种听着就是一个爽，我们以前就是太紧了。

> 在这冰冷无情的城市里
> 在摩登颓废的派对里
> 每当吉他噪音又响起
> 电流穿过我和你
> 你，你，你，你要跳舞吗？

《你要跳舞吗？》成了这个夏天的神曲。

在百度百科里，对这首歌的描述是：像一种本能式的冲动，直接，紧迫，不由分说，无法拒绝。

如果你第一眼看到新裤子乐队的演出，一定也会讶异，恍如置身于从未离去的90年代初。等再听第二遍的时候，会发现它确实有一种单曲循环的神奇力量，这可能就是那种本能式的冲动，他冲破的是每一个兵荒马乱的中年日常。

8年倏忽而去，小镇少年变成了小镇青年，小镇青年又变成了小镇中年,陀螺般的蹉跎,只能让你在别人的成长里观照自己的颓去。摇滚中年的歌声里有最后的倔强,荷尔蒙再怎么旺盛也敌不过头顶上的时光。想到曾经绷得透不过气来的战斗人生,泪点拉到无穷低,那是因为唱歌的人、听歌的人都活得太紧了。

白岩松在现场嘲笑马东:我就是想来看看一个完全不懂摇滚的马东是怎么来做一档音乐节目的。但事实上,在自制综艺里,马东已然游刃有余,每一个设计都看得出背后的脑洞。《乐队的夏天》的总决赛安排了两个回合:一个是命题作文"夏天",一个叫你不得不唱的一首歌。

夏天是什么呢?它抽象也具象,难住了那些一路杀进前五的乐队,而那首你不得不唱的歌,就是你对这个世界的态度。考验原创和即兴的时候到了,天才怪咖与平庸之辈瞬间可辨。

每一首创作都像是每一种人对世界的态度。子健天马行空又行云流水,彭磊用标志性的劈叉跳展示深井冰的疯狂,他要用一首《夏日终曲》送给那些虚假的友情——我们都不认识,抱什么抱?

就像他们,在这个夏日里,总有些人希望暂时摆脱中年日常的烦躁,让自己活得不再那么"紧"。也总有些人要拉黑一切,和这个世界硬碰硬。但不管怎么样,比起朗朗上口却平淡如水的神曲来,这些直逼生活真相、戳穿虚幻假象的音乐，更能让我们从日复一日的生活里探出头来，喘口气。从舞台上流淌出的音符，是生命的浪潮，拍打着我们的灵魂。

　　不知不觉，立秋已至。当这个夏天结束的时候，你能找到属于自己的浪潮吗？

相对残酷的现实，侦探剧永远是拙劣的

和 卿

韩国电影《杀人回忆》凶手原型被抓的消息，刷爆网络。作为韩国影史上最经典的影片之一，《杀人回忆》在国内也家喻户晓，所以新闻引发了舆论哗然。

虽然这起连环杀人案终被侦破，但是因为过了韩国刑法规定的追诉时效，已无法再追究凶手责任。不过，凶手业已在1994年因为强奸、杀害妻妹早早入狱服刑，被判无期。这对公众或多或少算是一种安慰。

《杀人回忆》改编自1986年至1991年发生于韩国京畿道华城市的连环杀人案，当时有10名女子受害，其中仅1人幸存。受害者包括71岁的老人以及年仅14岁的少女。行凶过程几乎如出一辙，都是先绑架，之后强奸，最后用胸罩或者长袜勒毙。

10起案件，从最后一起案件算起，至今已过去25年。在此之前，凶手都未被"抓到"。

和侦探剧里不同,凶手未能抓到,在现实中是平常之事。过去侦查水平有限,不少案件悬而未决。而《杀人回忆》讲述的便是一起最终一无所获的探案故事。未找到凶手,《杀人回忆》也并非孤例,如《黑色大丽花》《十二宫》等影片,在案件结尾都依然未揪出真凶。

而具体到《杀人回忆》中,其实,正是因为凶手未抓到,才真正让这部影片"不平常"起来。

凶手未抓到像一个巨大的隐喻铺垫在整部影片的背景之中,这一隐喻的彰显,便是片中人物的迷茫与无奈感。影片的背景年代是韩国的转型期。当时的韩国社会,普遍弥漫着一种迷茫、混乱、无力之感。奉俊昊说:"1980年代的无能,是整个社会的缺陷,这是我这部电影要极力说明的。"

具体到影片之中,这种"无能"则是侦查体系的失范、混乱与无序,是警员们终日奔忙而终无所获的无奈与愤懑。而这也是1980年代的真实写照。1990年前后的韩国警察,没有技术设备去鉴别嫌犯的DNA,从案发现场收集到的烟头与头发,因为设备和人力的缺乏,只能空置一处,而无法通过鉴别给案情侦破带来突破。据"华城连环杀人案"当年的侦查警官透露,曾有警察为了破案,"刑讯逼供"将人殴打至死。

凶手未抓到就像一张网,将影片中的人物、情节与日常生活笼罩起来,奠定了整部影片的基调。这种基调所生发的迷茫与无奈感，已然渗透进日常生活与探案的琐碎细节之中。

就像《杀人回忆》的最后一个长镜头，"前警察"宋康昊来到第一次发现女尸的稻田边的水渠，用迷茫和无奈的眼神盯着镜头，仿佛要穿越镜头与真凶当面对质。不知道，自2003年这部电影公映以来，在监狱里服刑的"真凶"有没有这样和电影里的主人公对质过？

如今，凶手抓到了，却超过了韩国刑法所规定的追诉时效，这意味着真凶将不会被追究相应的法律责任，逃避了审判。这也意味着之前那么多警察的努力归零——无论是电影里信奉刑讯逼供的"旧势力"警察，还是相信科技和证据的"新势力"警察的努力都归于零。

时代车轮滚滚而去，韩国早已完成社会转型，"华城连环杀人案"却像一道不合时宜地重新爆裂的伤口。

其实，这种无奈感，才是现实社会的常态。生活不像马普尔小姐的侦探小说，不像《名侦探柯南》的动画片，嫌疑人只会被限定在有限的出场人物中，被点出一个破绽，就当场竹筒倒豆子似的交代出自己的犯罪动因、经过，让读者得到上帝视角下的满足感。就像你可以在日剧《轮到你了》的第一集时，就认定"你老婆西野七濑"就是真凶。然而，这一切无关正义，在现实复杂的案件前，任何的侦探小说和悬疑剧都拙劣得像小学生的作文。

冤案和正义可能永远是人类的伦理谜题：现实中的法治

并不完美，每一个凶手都在电影出演职员表之前伏法，这是不现实的。我们为赵作海的翻案而感到兴奋，也依然牵挂井里被压石碾的那具尸体到底是谁，谁才是凶手。

因为正义是如此不易，我们才相信对正义的追求和探索，永远值得尊敬，也永远不该放弃。比如，甘肃省白银市连环杀人案——从1988年至2002年的14年间，甘肃省白银市有11名女性惨遭入室杀害的案件——终于在2018年告破，真凶高承勇在2019年1月被执行死刑。

在绝望中不放弃，才是正义的价值所在，哪怕现实中的无奈、无力才是常态。

所有的一战成名，不过是厚积薄发

李勤余

一举收获最佳影片、最佳导演、最佳原创剧本、最佳国际电影奖四大奖项，这是属于《寄生虫》的奥斯卡之夜，更是属于韩国电影的高光时刻。

这条消息来得有些突然，但又不该让人感到太过惊奇。因为韩国电影的崛起，早已不是两三天。曾几何时，我们还热衷于嘲笑早期韩剧里的"三宝"（车祸、绝症、失忆），可近年来韩国电影的强势表现，足以让所有人注目。

有多强势呢？当人们谈到如何保护未成年人合法权益的话题时，往往会拿电影《素媛》做例子；当人们谈到校园暴力的危害时，就会提到电影《熔炉》；当人们谈到女性的社会地位时，又会搬出电影《82年生的金智英》。而这段因为疫情宅在家的日子里，网友们第一时间想要重温的，则是电影《流感》。

这实在是一个值得玩味的现象。中国网友讨论社会热点话题，却要援引韩国电影作论据。一方面，这证明了韩国电影作品自身的质量和影响力；另一方面，也显示了韩国电影人极为敏感的艺术嗅觉，对现实生活、社会问题的高度关注。

《寄生虫》当然也不例外。去年，一个女编剧在微博上吐槽自家修不好的马桶，结果引来网友们的"群嘲"。她说："（我）住小两千万买的房子，做着所谓人类精英的工作，过着所谓top5的生活，闻得出别人身上的地铁站味道了，和那些暴雨中奔波的人不一样了。"所谓"地铁味"，用的就是《寄生虫》里的典故。至于她的价值观有多扭曲，看过这部电影的观众，都能心领神会。

但是，如果只是把韩国电影的成功归结为题材的大胆，那也未免简单粗暴了些。比方说，韩国电影人也会拍"抗日神剧"，可是一部《暗杀》，照旧让观众看得酣畅淋漓、心潮澎湃。

又比方说，拍摄同一个题材、同一个剧本，韩国的《极限职业》成了年度卖座影片，而中国的《龙虾刑警》，就一言难尽了。

再说今年奥斯卡的"人生赢家"奉俊昊，在其代表作《杀人回忆》的结尾，当宋康昊的大脸转向荧幕前的观众时，我们受到的心灵震撼，是难以忘怀的。

其实，这么多年过去了，这对"黄金搭档"一直在默默耕耘。《雪国列车》《汉江怪物》都称得上佳作。与其说奉俊昊在奥斯卡一战成名，不如说是厚积薄发。而积淀了这么久的韩国电影，也到了该爆发的时候。

说到底，大可不必羡慕奉俊昊，别管文艺片还是商业片，够不够用心，有没有用功，是骗不了观众的。因为，一切终究还是要拿作品来说话。

不必讳言，韩国电影人的大放异彩，不会让身为"邻居"的我们无动于衷。韩国电影和中国电影，孰强孰弱？两者的关系，又该是怎样的？相信有些问题是很难回避的。

但在我看来，有些问题，又不必非要争个长短。其实，韩国电影也有很难克服的短板——韩国电影市场的容量和优秀人才的数量毕竟有限。比起这些，更重要的是，我们到底能从韩国电影人身上得到什么样的启示？

比如，讲到"粉丝经济""偶像产业"，韩国娱乐圈堪称"前辈"。可是，韩国电影人并没有迷失其中，反而为观众奉上一部又一部经典作品。他们是如何做到的？

在奥斯卡的舞台上，奉俊昊在获奖感言中如是说："字幕只有一英寸，如果人们能够跨越字幕的障碍，就能够享受更多好电影。"这话当然是说给好莱坞听的：别把眼光局限在本土电影。取长补短，切磋琢磨，才能取得进步，这是放之四海而皆准的道理。中国电影人，加油吧。

从文艺控到技术控,李安错了吗?

韩浩月

"李安神话"随着《双子杀手》的公映遭到了质疑。在美国,该片评价不高,到中国上映之后,除了在技术层面上得到肯定外,在故事上却遭到了吐槽:"安叔"讲不好故事,这的确让人难以接受。

即便是技术,也不见得是人人满意。有种声音认为,过度追求清晰度,降低了电影质感,看电影像打游戏,有损电影的美学价值。电影的技术进步,究竟有没有尽头?究竟是故事重要,还是技术重要?这是《双子杀手》带来的一个话题,这个话题显然比影片更有探讨空间。

李安迷恋技术,是从《少年派的奇幻漂流》开始的。这部电影的 3D 技术太成功了,如果说卡梅隆重新让 3D 活了过来,那么《少年派》无异于为 3D 注入了浓厚的人文色彩。但从《比利·林恩的中场战事》开始,李安开始扮演挑战者的角色,120 帧、4K、3D,他不断将这些数字技术推向受众。到了《双子杀手》，李安已经是百分百的技术控。

然而，之前的李安不是这样的。

对于国内观众而言，想到李安会想到他的哪部电影？《色·戒》《断背山》《卧虎藏龙》，恐怕才是中国观众最熟悉的李安电影。他早期的代表作《饮食男女》《推手》《喜宴》，因为偏小众，以及时间久远，在影响力方面，已经被令他成为国际级导演的作品所覆盖。

毋庸讳言，李安是凭借文艺范成名的，在《少年派》之前，他一直是不折不扣的文艺控。"家庭三部曲"因对家庭内部细节的错综复杂进行半鲜明半隐晦的叙述而深得影迷喜爱，正是因为李安在表达家庭温暖与残忍一面的同时，使用了文艺手段的包装。

《卧虎藏龙》当年以竹林山海惊艳了国际影坛，甚至一定程度上刷新了国外观众对华语电影影像风格的认知；《断背山》在唯美音乐的衬托下，以东方式的含蓄讲述了西方一个浪漫而无奈的同性恋故事；《色·戒》更是拿男女感情的幽微开刀，为分析两性情感提供了无数个视角。

从这些主要的代表作来看，李安是柔软的、细腻的、复杂的。但他又擅长用明朗的、通透的、犀利的表达，让观众看完之后觉得心明眼亮。他是华语导演中独一无二的一位，似乎只有他，最好地做到了中西融通，能够拍出同时被东西方观众接受与喜爱的电影。

与其说电影无国界，不如说文艺范无国界。李安电影的文艺内核，才是他的核心竞争力。

在李安表示自己将孤独而勇敢地在技术之路继续行进时，有些影迷提到了诺兰，这位至今仍拒绝数字技术的导演，坚持用胶片拍电影。《盗梦空间》《星际穿越》《敦刻尔克》等均为胶片拍摄，并且在这条路上，他并不孤独，J. J.艾布拉姆斯、昆汀·塔伦蒂诺等著名导演也是胶片的拥趸。

在不少影迷看来，李安似乎更应该站在胶片控的队伍当中。在电影数字技术上的探索，不妨交给卡梅隆去做好了，毕竟卡梅隆亲身参与了技术层面的设计研发，他更容易在电影激进的技术之路上走得更熟悉、走得更深远。

李安应当是成熟数字技术的使用者，而不是开拓者。毕竟电影技术除了硬件、数字之外，还有色调、声效、推拉摇移等。李安已经是创作技巧上的高手，因此他才会有更多的时间与精力放在故事与剧本上。一个永远不愿意重复自己的李安，才是影迷心目中最迷人的李安。

虽然《双子杀手》在技术探索上又进了一步，但是显然，李安是在重复自己在《少年派》《比利·林恩的中场战事》中做的事。不能说这样的尝试错了，但李安的价值不在于炫技，而在于故事。

《猫和老鼠》，经典会流传，欢笑也会

陈禹潜

奥斯卡获奖插画师、动画师、电影导演和制作人吉恩·戴奇（Gene Deitch），在2020年4月16日晚于布拉格去世，享年95岁。

很抱歉，在这之前，无论是名字，还是新闻图片中那个笑得一脸灿烂的老爷爷，我都不认识。但提起他导演的动画片，想必无人不知——《猫和老鼠》。熟悉到什么程度呢，不需要介绍剧情，只要一提起片名，人们脑中就会自动浮现出"一只猫和一只老鼠在追逐打闹"的滑稽画面。

要说明下，《猫和老鼠》动画片从1939年就有了，直到现在还在更新，它有多个不同系列、不同形象。戴奇导演的是1961年和1962年期间的13部。但这不影响人们的感谢和怀念：感谢戴奇是给无数人带来欢乐的天使，怀念《猫和老鼠》陪伴了自己的童年。

说没有《猫和老鼠》的童年是不完整的，大概不算夸张。

我最早是在央视的少儿频道看的,雄狮咆哮画面一出现,我就条件反射地兴奋起来。当时家里还是老款29英寸电视,画质拙劣,还时不时闪现雪花,但丝毫不影响我被汤姆和杰瑞逗得哈哈大笑。后来条件好了,买了碟片机。一盒《猫和老鼠》碟片,就是孩子最好的过年礼物。

看得多了,小孩都能感觉到,《猫和老鼠》每一集的故事都差不多:笨笨的汤姆和聪明的杰瑞,一言不合就闹得鸡飞狗跳。但最后,汤姆总斗不过杰瑞,反被折腾得出尽洋相。但是,这对相爱相杀的欢喜冤家、画风奇幻的追逃大战、趣味横生的恩怨情仇,总能够消解情节上的单调,让孩子们乐此不疲。有时候,幼小的心里,还能模糊生出点对友谊、人生、责任和梦想的感悟。

别以为《猫和老鼠》过气了。虽然现在孩子玩的是抖音,但我不止一次发现,很多孩子在上面看的还是《猫和老鼠》,或者以它为素材剪辑的短视频。在我家旁边的一家餐厅,电视里播的也是《猫和老鼠》。总有很多孩子看得眼都不眨,都忘了手中的美食,和我们小时候如出一辙。

大人同样爱《猫和老鼠》。我身边的很多朋友,工作压力大时,就靠着《猫和老鼠》催眠。我们笑言,《猫和老鼠》是比《杜拉拉升职记》靠谱得多的"职场宝典"。此前杭州首例新冠肺炎患者出院时说,自己在医院里最爱看的就是《猫和老鼠》,因为它可以缓解压力,让自己放松心态、积极面对。

多才的年轻人，还开发出了各种版本的《猫和老鼠》。比如在B站上，就有很多京剧版的《猫和老鼠》。很神奇，京剧的唱词，总能在这部动画片里找到恰到好处的画面匹配。好玩，还传播了传统戏曲艺术，圈了一波年轻粉。

这大概就是经典的魔力。

这种诞生于流行文化，又能让不同时空的观众共情的形象和情节，现在叫IP，在文学创作中叫"原型"和"母题"。文学批评家普罗普说，古往今来的故事写作，无非正义与邪恶、战争与命运、爱情与友情等。《猫和老鼠》里，汤姆和杰瑞这对cp，既是仇敌又是朋友，既互相捉弄又互相帮助。这样的二元对立，其实就是遵循文学原型创作理论的设定。这也是它们能成为一代代孩子和大人的"心头好"的原因。后来的《喜洋洋与灰太狼》《熊出没》，不过是新瓶旧酒，仍然受到《猫和老鼠》的影响。

凭着13部《猫和老鼠》的导演，和另一部经典《大力水手》的动画系列制作这两个身份，吉恩·戴奇被授予动画界最高奖安妮奖的终身成就奖。但我想，对于一生深耕于动画行业的老爷子来说，为无数孩子带来欢笑的"孩子王"身份，或许更能慰藉平生。因为经典会流传，欢笑也会。

重拍版《东京爱情故事》，还能 get 到你吗？

李勤余

经典日剧《东京爱情故事》重拍版近日发布了首款预告。还是改编自柴门文同名漫画，只是把背景搬到了 2020 年的东京。这样一条消息，让老版粉丝又喜又忧，包括我。

老版《东爱》首播于 1991 年，掐指一算，时间已经过去了近 30 年。1995 年，上海电视台首次引进该剧，一晃也已经有 25 年了。说《东爱》经典，不光是因为它的故事足够精彩，更因为它带来的"启蒙"意义。

从"牛郎织女"到"梁祝"，悲剧的表皮之下，是"大团圆"的传统内核。曾经在 1990 年风靡全国的《渴望》，仍然是对这一传统的传承。但闪亮登场的《东爱》告诉我们，爱情或者说生活，还有另一种面目。

想爱就爱，不爱就不爱，不爱了也能潇洒转身。赤名莉香的笑容之所以迷人，是因为她代表着一种全新的爱情观和价值观。就连当时为三上健一配音的刘家祯也坦承,十分羡慕日剧里年轻人的生活。

《东爱》展现给一代中国观众的,是现代都市文明的模样:高强度、快节奏的职场生活,绝不拖泥带水的爱情抉择,钢铁森林带来的个人孤独感……

对20世纪90年代的中国人来说,《东爱》带来的"陌生感",就是对大众文化的"启蒙"。其实对当年的日本观众来说,也是如此。

1991年的日本,正值泡沫经济时代。那时的东京是年轻人的"梦想之都",所以,淳朴的东漂族永尾完治才能和思想前卫的海归族赤名莉香相遇、相知、相爱。尽管前者最终选择了回归传统,但两位主人公、两种价值观的碰撞,才是《东爱》潜藏在爱情故事下的"母题"。

能够敏锐地感知到社会文化的痛点,甚至能在潜移默化中改变大众文化的范式,这才是一部电视剧或者说一部大众文艺作品能被称作"经典"的真正原因。

但问题是,时过境迁之后,今天的观众还会对乡下小子和时髦女郎的爱情故事感兴趣吗?换言之,如果新版《东爱》不能在叙事、主题方面做到与时俱进,那么它也就不可能和老版《东爱》一样,让观众眼前一亮,更不必说影响到大众文化了。

当然,《东爱》的原作者柴门文也说:"这次角色活跃的舞台为现代，在原作中没有出现的手机和 SNS 自然都会登场，东京也发生了很大的变化。"当年的赤名莉香和永尾完治会去酒吧约会，却还不知道什么是星巴克。一部全部由 90 后演员出演的全新《东爱》，仍然值得期待。

翻拍经典，从来就是吃力不讨好的苦差事。但重要的或许不是新版《东爱》是否"好看"，添加了哪些新生事物，而是其是否还能触摸到时代的脉搏，描摹出时代的精神。

这个问题，也是留给所有文艺创作者的，不管是日本还是中国。

我们总是相信,《明天会更好》

李勤余

毫无征兆地,一首"老掉牙"的、几乎人人都能哼唱出主旋律的歌曲在社交媒体上刷了屏。2019 年 10 月 25 日,滚石唱片官方发布了高清版本的《明天会更好》MV。蔡琴、苏芮、娃娃、齐秦、罗大佑、潘越云、费玉清……当一张张年轻的面容出现在画框中时,总让人不禁产生时光穿越之感。

这不光是因为歌星们不可避免地老了,渐渐地远离了我们的视线,还因为"滚石唱片"这个久违的名字,再度唤醒了我们的记忆。音乐数字化的浪潮,恐怕会让今后的年轻人彻底遗忘"唱片"这回事。音乐作品的传播,变得更快速、更便捷,但它本应具有的质感,还会回来吗?

当然,怀念,不是为了厚古薄今。《明天会更好》值得被铭记,因为它是华语流行音乐史上最成功的公益单曲,没有人会有异议。它的成功,不光得益于豪华的全明星阵容,更是因为它所独有的温度。

"轻轻敲醒沉睡的心灵,慢慢张开你的眼睛""春风不解风情,吹动少年的心"……细腻感性的笔触、触动人心的意象,这一切,久违了。它再次提醒我们:音乐的力量,不在旋律的动感,不在歌词的时髦。

"让我们的笑容,充满着青春的骄傲,让我们期待明天会更好",青春蓬勃向上的力量,流淌在动人的旋律之中。"正能量",从来都不该是空泛、抽象的概念。总有一些情感,值得永远被回味。

说到《明天会更好》的诞生,坊间流行着两种说法:一是适逢世界和平年,《明天会更好》的创作者们希望模仿《We Are The World》的群星为公益而唱的模式,共同呼唤世界和平;二是当时中国台湾地区唱片市场的盗版、盗录问题十分严重,故"反盗版""反盗录""反仿冒"也成为许多参与歌手强调的主题。

《明天会更好》的公益诉求到底为何?时隔多年后,答案已经显得模糊、混沌。但这恰恰能够说明,一首优秀的音乐作品,可以跨越各种界限,成为人类精神世界的集体财富。而台湾地区歌手们字正腔圆的唱法、最具中国传统文化韵味的歌词,无一不在说明,两岸人民血浓于水的事实。

说起来,在我们这一代人的童年,谁没有在学校的合唱活动中亲身演唱过一两次《明天会更好》呢?每当熟悉的旋律响起,思绪总是会在不经意间被带回那个白衣飘飘的年代。

或许，和今天的偶像、神曲相比，《明天会更好》已经"落伍"了。但眼下，还有没有这样一首歌，能无视"圈地自萌"，跨越不同粉丝群体，在所有人的心灵中留下深深的烙印？

在这个美好的时代，《明天会更好》所传达出的情感，更显得应景。无论你身处的是人生的低谷还是高峰，无论你面对的是生活的逆境还是顺境，这首歌曲总能滋养你的心灵、振奋你的精神。我们一直怀念《明天会更好》，是对艺术本质的再思考；我们永远欢唱《明天会更好》，因为我们永远相信，明天会更好。

在哪吒的时代怀念黑猫警长

敬一山

"啊啊啊,黑猫警长!"相信很多 70 后、80 后的心底,都潜藏、盘旋着这段熟悉的旋律。在他们的童年时代,能看到的动画片极少,而《黑猫警长》无疑是这极少数中的经典。创造这部经典的导演、编剧戴铁郎先生,因病于 2019 年 9 月 4 日去世,享年 89 岁。我们离《黑猫警长》和那个时代,似乎更远了。

相比于《黑猫警长》的知名度,戴铁郎这个名字直到今天还显得非常陌生。这对于戴老先生来说,真是极大的不公平,而这不公平,也是今天我们在悼念他、怀念他时,应该特别加以注意的地方。理解这种不公,我们才能理解备受欢迎的《黑猫警长》为什么只有五集,为什么在创造了那样一个高峰之后,国产动画并没有持续繁荣,而是又经历了漫长的沉默,才有了今年《哪吒》的爆发。

《黑猫警长》的出现,可以说是一个意外。在那个"计划制片"的时代，一切项目计划都要分配，个人的自主权很小。据媒体采访，戴铁郎先生提出这个动画片的创意之后，并没有得到制片厂的官方支持，但他自己改编剧本、设计场景，后来又启用了一些刚刚进厂的年轻人，试做了两集。经过一些波折，最终得以播出。

动画片播出之后，社会反响非常之热烈，但当时对于这部片子的评价，可以说是"冰火两重天"。和社会积极评价相对应的，是这个片子基本没有获得什么官方奖项，而体制内的戴铁郎本人，自然也无法从这个片子获得本应有的回报和尊重。这也是《黑猫警长》再无"请看下集"的重要原因。

现在回顾当年的过程，我们要感念戴铁郎的才华和坚持。可以说，如果没有他的创意和努力，我们就不会看到这部陪伴了无数人成长的经典。但从这部经典的"昙花一现"我们更应该体会到，经典的诞生、行业的兴盛，仅靠天才式的人物是远远不够的。

没有更专业精细的行业分工，没有市场化的激励机制，就无法保证持续产生《黑猫警长》这样的优秀作品。

回顾国产动画的发展道路，很多人都觉得《黑猫警长》《葫芦兄弟》《大闹天宫》那一批作品，即使拿到今天来看，依然闪耀着光芒。甚至说，今天的很多作品，依然没有达到它们曾企及的高度。但这些作品从整体上来看，更像是"意外"，没有稳固的基础支持。

今年《哪吒之魔童降世》在中国创造了票房奇迹，这也让人看到了国产动画崛起的希望。在《哪吒》的背后，这几年国产动画的工业基础确实也渐有起色，但相比日本或者美国的同类产业，差距还很遥远。

在重温《黑猫警长》和悼念戴铁郎先生的今天，有必要想想曾经制约他的那些因素是不是还在，动画片创作的自由度有没有更大、产业基础有没有更牢靠、市场激励机制有没有更合理。我们希望《哪吒》是国产动漫的一个新起点，而不是如《黑猫警长》般的一颗流星。

让我们哭得稀里哗啦的《鲁冰花》

李勤余

已经记不起第一次看电影《鲁冰花》是在什么时候。只记得,那是学校组织全班一起看的。当阿明姐弟俩在海滩边唱起那首《鲁冰花》时,整个班级都哭得稀里哗啦。

如今回想起来,《鲁冰花》实在是一部有些"奇怪"的儿童电影。在这部电影里,苦命的阿明并没有得到一个幸福的结局:他无声无息地离开了这个世界,那个所谓的世界儿童绘画大奖已经和他没有了关系。而唯一理解他、力挺他的郭云天老师,直到电影结束,也只是一个不得志的理想主义者。

但艺术最大的魅力,就在于那些无法被理性言说的情感。阿明爸爸为何要狠狠打自己重病的儿子,又为何会在阿明去世的时候死死抱住最后一块棺材板?当年的小朋友未必能说出其中的内涵,但我们的泪水,已经说明了一切。

有真情,更有深厚的生活积淀,这样一部优秀的作品,总能沉入我们的生活。消化这些情节的过程,也就是我们长大的历程。

有人说,儿童电影,就该是"天真无邪"的。我并不这么认为。《鲁冰花》里有最难得的童真,也有和现实生活最直接的碰撞。不要以为孩子们都是"不懂事"的,他们纯净的眼睛,最能分辨世间的真善美。《鲁冰花》里的阿明,就是一个最好的例子。

2020年5月16日,《鲁冰花》的原作者钟肇政去世,享年96岁。必须承认,我对这位作家并不熟悉。但他不会被我们忘记,就因为《鲁冰花》。感情真挚、关怀人类、拥抱生活,能被世人铭记的作家和作品,大抵都是如此。

1991年,甄妮在央视春晚上翻唱了《鲁冰花》(曾淑勤原唱),至今仍是两岸几代人的共同记忆。质朴的农村少年、对母亲的无限思念、坚强活下去的勇气和力量……这是属于中国文化的特质,这是两岸人民都能懂的真情。

说起来,这首歌我们人人都会唱几句,但小时候我们未必细细体会过歌词的含义:"当青春剩下日记,乌丝就要变成白发,不变的只有那首歌,在心中来回地唱。"年岁渐长,越发明白,要在生活中返璞归真是不容易的,对艺术创作来说,更是这样。

今天,电影、电视、网剧、综艺等留给人们的选择,实在是太丰富了。但我们也不该忘记,有时候最质朴的东西,往往就是最打动人心的。就好像《鲁冰花》,它只讲了一个非常简单的故事,但背后深沉的意义和价值,让我们回味无穷。

比起浪漫的薛绍和太平,还是做个贫嘴张大民吧

李勤余

唐太平公主驸马薛绍墓在陕西被发现的消息,突然间在朋友圈刷了屏。刷屏的原因,当然不是因为大家突然都成了历史学研究者,而是因为那部经典电视剧《大明宫词》,实在太让人难忘。

于是,我们不约而同地回忆起了太平公主和薛绍在上元节"致命邂逅"的那一幕。美,真的太美了,不仅场景美、台词美,还有周迅和赵文瑄的盛世美颜。谁说国人的爱情只剩下了"中国式相亲"?我们有《西厢记》,有《牡丹亭》,当然,还有周迅扮演的太平公主,被爱情击中后淌下的泪水。

不过,凡是欣赏过《大明宫词》的观众,都不会忘记,太平公主对薛绍的一见钟情,换来的终究是一场悲剧。而悲剧的根源,是权力对爱情的侵蚀和玷污。太平公主的一生,幸福吗?无上的地位和奢华的生活,是否给她带来了快乐?

这些问题,谁又能答得上来呢?

有意思的是,在《大明宫词》播出的那一年,还有一部电视剧,也出现在了荧幕上,而且同样让人念念不忘,那就是《贫嘴张大民的幸福生活》。两部作品,一个满是文艺腔的台词,一个充斥着老百姓的大白话,可以说分别处在大雅和大俗的两头。

可它们,又不是毫无联系的。在《大明宫词》的结尾,万念俱灰的太平公主一步步走向白绫,用死亡为自己空虚无望的生活做一个了结。而在《贫嘴张大民的幸福生活》的结尾,张大民一家坐在屋顶上,也谈到了死亡。

天真可爱的儿子问爸爸:"爸,活着没意思怎么办?"张大民笑着对他说:"没意思,也得活着。别找死。有人枪毙你,没辙了,你再死,死就死了。没人枪毙你,你就活着,好好活着。"

贫嘴的张大民没多大本事,没多大成就,但就凭这句话,让我觉得,他比太平公主更懂生活,更懂人生。

谈恋爱、生孩子、婚外情、黄昏恋、就学问题、住房问题、就业问题……凡是生活里可能碰到的烦恼,都让张大民尝了个遍。但纵观全剧,张大民没有哭过,没有火过,只在妹妹张大雪去世的时候,偷偷掉了几滴眼泪。就像小柯创作的那首主题曲里唱的,"爱你的人儿来了,你爱的人儿走了"。生活,总是要继续,重要的是,认认真真过日子,踏踏实实爱别人。

　　被发现的薛绍墓，当然和《大明宫词》里的薛绍没多少关系。但我们所惦念和惋惜的，还是太平和薛绍之间，被杂质污染了的感情。深陷在权力、利益、地位、财富漩涡里的太平公主，直到生命的尽头也没明白过来，生活到底是怎么一回事。尽管，她要比平头老百姓张大民，高贵太多，太多。

　　日子，总是平平常常的，但认真生活的人，又是不平常的。在上元节的人群里一见钟情，确实浪漫到了极点，可谁又能说，在屋顶上看着鸽子飞过蓝天的张大民和李云芳，不是浪漫的呢？世界上只有一种英雄主义，那就是看透了生活的真相，依然热爱生活。

年少时遇见金庸，是我的小幸运

叶克飞

转眼间，金庸去世已整整一年。

在这一年里，喧嚣世界似乎没有太大变化：人们继续生活在快捷便利的世界里，在抖音和快手中寻找存在感，在美食前自拍，在朋友圈里描画最好的自己……

只是，很少有人活成自己梦想中的样子，甚至连成为朋友圈里那个经过美化的自己都是奢望。

不管时代如何变迁，技术如何进步，人们总与愿望中的自己大有差距。这个道理，金庸早已告诉我们，就在我们将自己代入金庸书中角色的时候。

我读金庸由《射雕英雄传》起，但既不喜欢郭靖，也不喜欢黄蓉。后来读《神雕侠侣》，见到中年黄蓉变成面目可憎的卫道士，还庆幸自己能掐会算，不至于像那些喜欢年轻黄蓉的人那般感慨。

那时，我最喜欢的是杨过和令狐冲。《神雕侠侣》中最百读不厌的两段,一是杨过在终南山上执意与小龙女成婚,一是杨过在绝情谷底与小龙女重逢;《笑傲江湖》里最喜的是令狐冲随华山派众人前往福建林平之老家,备受白眼、满心不平却另有际遇,直至知道任盈盈的身份。想来也是年少心性,所以才欣赏杨过在世人不容中的孤狂,还有令狐冲在逆境中的洒脱。至于金庸念念不忘、矢志书写的"侠之大者",或许是年少时见过太多刻意拔高,反倒不感冒。

后来年纪渐长,不再喜欢杨过,但对令狐冲却越来越有好感。在那个充满血腥权力斗争的江湖世界里,唯有令狐冲这样的隐士值得尊重。

可不管杨过还是令狐冲,都不过是我曾经的梦想。虽然他们曾为年少时的我抵御现实世界的种种暴击,但终究只是慰藉。一旦成人,我就明白自己面对的世界与杨过和令狐冲身处的江湖无异,但自己却不可能成为他们。当然,比我更"成熟"的人,会说自己"不愿成为他们",如此方能更好地在现实世界中生存。

金庸并不完美,甚至随着我的成长,他在我眼中有了越来越多的毛病。他始终是一个儒家知识分子,有着相对陈旧的史观。他的女性观也并不讨好,女性往往缺乏独立性,虽然很多人说古龙大男子主义,可他笔下的风四娘就比金庸的女性角色独立得多。在这个网文当道的时代,新派武侠只要不走火入魔,往往能站在金庸小说的肩膀上摘个桃子,比如凤歌和小椴……

可正是因为这样，才使得"年少遇金庸"显得幸运而美好。在那个渴望阅读却苦于书籍匮乏的80年代，一本金庸小说足以打开一个新的世界。在那些年里，金庸滋养我们，我们也不挑剔苛求金庸，这也许是作者与读者之间最美妙的关系。

在金庸已成影视IP，甚至原著被年轻一代忽视的当下，这样的阅读记忆就变得更为珍贵。

当代社会,每个人都应学会"听故事"

李勤余

诺贝尔文学奖揭晓的前一天,2008年诺贝尔文学奖得主勒·克莱齐奥和2012年诺贝尔文学奖得主莫言在北京进行了一场对谈。主题就是从历史、民间与未来的角度说一说"故事"。

两位诺贝尔奖得主同台谈"故事",噱头自然是十足。大咖云集、众星捧月的场面,更是不容错过。只是,大作家们会讲故事,而我们,有没有学会聆听呢?

讲到"故事",对莫言比较了解的读者都不会感到陌生。2012年,获得殊荣的莫言在瑞典学院发表文学演讲,题目就是"讲故事的人"。在那次演讲中,莫言说:"我该干的事情其实很简单,那就是用自己的方式,讲自己的故事。"

写小说,似乎很高大上,讲故事,听上去就很接地气了。这倒不是莫言在故作谦虚,而是他对自己创作生涯的最精确概括。说到底,讲故事,不外乎叙述某个人的幸福或不幸的遭遇。进而言之，就是分享个体的深刻生命体验。

于是，我们不难发现，许多大作家所讲述的故事，都和他们的故乡或"精神故乡"紧紧缠绕在一起。比方说，贾平凹的陕西西安、陈忠实的白鹿村、沈从文的湘西、马尔克斯的马孔多……更不用说，莫言眷恋着山东高密，勒·克莱齐奥也神往着非洲文化。这并不奇怪，一个人的生命故事，往往和"乡愁"密不可分。

可惜，当代社会的流动性，注定会让我们中的大多数成为"异乡人"。"漂"在大城市，为自己的未来打拼，这是存在于文学作品外的现实世界。但或许，我们和"故乡"的距离，又并不遥远。

莫言在和勒·克莱齐奥的对谈中，提到了卡尔维诺的《看不见的城市》。在这部小说中，马可·波罗为忽必烈描绘了55个想象中的城市，但唯独有一个城市他从未提及，那就是他的故乡——威尼斯。当忽必烈表示不解时，马可·波罗笑着说："每次描述一座城市时，我都讲点威尼斯。"

没错，讲述故事，就是展露个体生命的叹息或想象，就是发现某一个人活过的生命痕迹。在这样的故事里，不可能没有"故乡"，不可能没有个体的精神本源。所以，或许不是每一个人都有能力讲故事，但至少，我们也应该学会"听故事"。因为在那些故事里，我们能够看到讲述者的生命，也能反观自己的灵魂。这样，我们也就不会远离自己的"故乡"。

可别小看"听故事",并不是所有人都能具备这一能力。在本雅明看来,小说的兴起,就是讲故事走向衰微的先兆。因为,前者更依赖书本和印刷术。讲故事的人要面对听故事的人,而小说家则闭门独处。小说,从来都诞生于离群索居的个人。

这也意味着,在当代社会,交流成为一件更困难的事,尤其是,我们逐渐遗忘了"讲故事"这回事。好在当代社会中文化生活形式的变化和发展,也为我们提供了更多的可能性。比方说,互联网时代的到来,给了我们听到越来越多"故事"的机会。但是,正因众声喧哗,我们更应学会倾听,学会交流。否则,"故事"就没有了意义。

基斯洛夫斯基的《十诫》讲过一位老太太的故事。她是一位伦理学教授,其教学的方式就是通过讲故事列举出人生中的道德困境,与学生一起分析各种困境的构成。这么做的目的,就是形成道德自觉和反省。可见,讲故事的作用不在说教,听故事的目的也不是受教,它们的意义,就是让每个人从故事里搞清楚自己的生存信念。

所以,学会"听故事",主动"听故事",总能让我们的生命更丰富,也更懂得理解、宽容他人。不光是莫言、勒·克莱齐奥的故事,每个人的故事里,都有精彩至极、不可复制的生活韵味。当故事与故事交汇、灵魂与灵魂碰撞时,你和我,就不会是孤独的。

学认繁体字？你可能低估了汉字的难度

沈 彬

该不该教学生去认识繁体字，成了一个热门话题。其实，关于繁简字之争，也是网络上常吵常新的亚文化命题。

你大概看过这种段子："亲人不见面（親），听话不用耳（聽），丰收没有粮（豐），开关没门板（開關），困也不闭眼（睏）"，这成为简化字的"毛病"，大意就是传统汉字在简化之后留下了很多毛病，很多在字面上的美好意思全都湮灭了。

其实，识得出繁体字，固然是方便和中国传统文化亲近，方便阅读传统文献，但是不是一定要折腾小朋友呢？一定要繁体字进入课堂，才能彰显出对传统文化的重视呢？

其实，爱好是一种逻辑，教学又是一种逻辑，但凡东西可能考试，都会变成另一种"变态"的逻辑。无论它叫奥数还是叫英语，还是古诗词，还是叫"识简认繁"。

在认识繁体字之前，先考考大家简化字的规范写法：你知道"尖"字上面的那个"小"不能写出钩吗？"反"字第一笔是撇不是横吗?"不"字的那个竖必须在撇上出头?"美"字的下面到底是四横写一个"人",还是上"王"下"大"?……相信哪怕是读过大学的成年人,到此时都已经中招了。

你看看,你连小学的"规范字"都写不明白,还怎么去指导小朋友"写简认繁"?事实上,目前在"规范汉字"的指挥棒之下,小学生的汉字学习任务已经够繁重了,不仅要会写规范汉字,还得记笔顺,记词语搭配,还得记里面的"犄角旮旯",他们的小脑袋有没有这个脑容量来学这些呢?

要知道,"认繁"并不是在简化字边上再加写一个繁体字这么简单,简化字和繁体字之间并不是一一对应的关系。当初公布《第一批简化字总表》的时候,曾经就把多个繁体字并入过一个简体字里。比如"发"对应的繁体字有2个:一个是"髮",一个是"發",前者是指头发,后者是指发财,两个本就不是一个字。

从中可以想象,仅仅是认识繁体字,就得要记住海量的知识点,这是一个相当痛苦的过程,而且记忆这种"回字的四种写法"的意义还真不大。

在汉字演变史中,混用、错用、借用、将错就错的例子不胜枚举,真不必抬杠,并不是简化字、繁体字造成了汉字的"知识鸿沟"。比如篆书中,肉、月是字形相近的两个字,又有许多以这两个字为部首的字,如"肉"字有:脾肤肝臀;"月"字有:明朝期望。汉字进入隶书阶段之后,部首"月"

和部首"肉"就很难分辨，也没有必要分辨了，于是两个起源、表义完全不一样的部首被讹变成同一个部首"月肉儿"。混了就混了，除了专门做文字学研究的，真的有必要搞明白"月亮"为什么出现在"臀"的下面？

我以为，目前"规范汉字"的教学、执行标准，可能过于"规范"，乃至有"僵化"之虞，会影响到年轻人接近传统文化、认读繁体字，不妨给繁体字在人文、书法创作、店招方面留下一定的"弹性空间"。事实上，之前不少地方的语委就出来执法，以"规范汉字"的名义，责令店家改换写了繁体字的招牌。再比如，小学语文的很多考核点放到"规范汉字"的抠细节上："尖"字上面的那个"小"不能写出钩，"忄"要先写点……

总之，主张让中小学生学繁体字的，可能低估了中国文字的"博大精深"，可能低估了目前"规范汉字"教学的苛刻程度。

70岁的《新华字典》,还是汉语的"老家"

韩浩月

有着70年"书龄"的《新华字典》时隔九年后更新了。更新内容多达8项,收录了一些新词,完善了些释义等。

在我的印象里,《新华字典》像一面大海,新增加或完善的那些内容,像是丢进大海里的石子,溅起点水花就淹没进去了。当然不是说这些更新不重要,只是《新华字典》对于这两三代年轻人来说,已经显得不那么必需了。

我将《新华字典》形容为海,是来自童年的阅读经典的经历。小时候读书有点着急,很多字不认识,属于囫囵吞枣,但被《新华字典》洗礼过之后,再读书时,就不一样了。遇到字词不认识、不理解,就上《新华字典》。

有几位作家,都谈论过少年时无书可读,翻来覆去"啃"《新华字典》的故事。我记得莫言就说过他曾把《新华字典》读得如痴如醉,甚至还能把字典里的错误给找出来。可以说,莫言的诺奖作家身份，有一部分是《新华字典》培养出来的。

我书橱里至今有《新华字典》，也给孩子买过不止一本《新华字典》，但我们不约而同，都很久没使用它了。对于《新华字典》来说，一直那么崭新着，是种"罪过"，被翻烂，才是对它最好的尊重。

用手机或者电脑上网查字查词，成了互联网时代人们的学习习惯。把手指放在嘴唇边上沾湿一下，一页页地翻字典纸页，已经成为一个古老的姿势。网上查字词速度很快，只是没了查字典的那种仪式感。

因为有热心网友的贡献，网上查字词是极为方便也非常准确的，即便有错误的地方，也会被及时地纠正，并且"网络字典"还有各种参考信息会同步呈现，让查询者能够通过对比、遴选的方式，得到正确的判断。

即便网络已经基本取代了《新华字典》，但这本爷爷级的书，仍然通过更新来保持"年轻"，保持权威，还是值得赞许。

虽然"粉丝""点赞"已经是众所周知的词语；"派"是"一种带馅儿的西式甜点"也成了常识，但能够被收录进《新华字典》，还是一件挺重要的事。因为无论在编撰者还是读者看来，《新华字典》都是汉语的"老家"，被"老家"认同，表明那些新词已经有了"身份"，是个"有故乡的字词"了。

《新华字典》是本严肃的工具书，凡是能被收录进去的，一定得是经过社会生活检验、被公众一致认同的字词,在《新华字典》里可以查到,说明这些字词以后将长久地陪伴我们了。

今年引起争议的高考满分作文读起来聱牙诘屈,但没关系,《新华字典》中照样可以查到那些不好认的字词。并且,他们与流行热词一样,拥有合适自己的序列与排位,不会因为使用得少而被剔除出去。

其实《新华字典》也一直在与时俱进,不仅有在线版的字典,还有不同版本的APP可以下载使用。在互联网时代,《新华字典》照样可以频繁地参与所有读者的阅读生活。

2020年8月12日上午,国家重大文化工程《辞海》(第七版)于上海书展首日隆重亮相。更令人惊喜的是,《辞海》网络版也同步上线试运行。"对不对,查《辞海》",这是读者的口头禅,也体现出公众的心理:搜索引擎再方便,终究比不上权威工具书"靠谱"。

也因此,我们有理由期待,"新华字典"们都能在互联网时代焕发出"第二春"。

杜甫的崇高与厚重,全世界都能读懂

易 之

最近,在表情包里很忙的杜甫,在 BBC 上也红了。

BBC 制作了一部纪录片《杜甫:中国最伟大诗人》,受到了不小的关注。参与制作的"大咖"还真不少:主持人、脚本撰写人是曼彻斯特大学公共历史教授迈克尔·伍德,2016年他出品的《中国故事》同样很红;扮演杜甫的是"甘道夫""万磁王"伊恩·麦克莱恩爵士;宇文所安这位中国古典文学界几乎无人不晓的美国汉学家,也被邀请在片中作解读。

那位"飘飘何所似,天地一沙鸥"的杜甫,飞跃千关万山,在异国他乡大放异彩,也再一次证明了中国文化的超时空属性。

当然,纪录片也直言,"在东方他是不朽的,在西方,却很少人听说过他的名字"。这说明,杜甫在海外的名气并没有这么响。

这也不奇怪。诗,本来就是语境依附性最强的作品,一翻译，韵味就会有损失，中外诗人都很难避免这样的传播困境。即使是莎士比亚，一般人能说出几段《威尼斯商人》，但有多少人读过他的十四行诗？

上大学那会儿，老师曾向我们推荐宇文所安的《初唐诗》《盛唐诗》。不过老师还补充了一句，外国人写的，还是有点隔。仔细一琢磨就能发现，宇文所安的解读，有些诗句的意思都理解反了。但是，如果我们希望中国文化走得远一点，就得依赖这种世界性解读，哪怕他们的解读有点脑洞大开，有些疏漏纰缪。

为了解释杜甫，片中选了荷马、但丁、莎士比亚来做类比。可以想见的是，这些希腊、意大利、英国诗人的名字一出现，观众马上就理解了杜甫在中国文化里的咖位。这说明荷马、但丁、莎士比亚，已不只是诗人的名字，他们构成了一种文化标准与文化背景。哪怕没读过他们的书，也不妨碍他们成为一种"常识"。

中国最伟大的诗人之一杜甫，我们当然也希望他成为这样一种世界公认的"常识"，在世界范围内定位他的坐标。这还需要全世界来参与对他的诠释。

当BBC选择了杜甫，作为一个古典文学专业的毕业生，我也心下一喜：你们终究还是发现他了。《红楼梦》《三国演义》已是名声在外，但耐心解读一位最会写格律诗的诗人，那可当真不容易。

这也说明，文化隔阂也没我们想象中那么严重。什么七律、五律、失粘、拗救，只要耐心一点，都不会构成文化交流的障碍。文化固然独特，但人类共通的情感，能穿越几千年，当然也能穿越国境线。

　　杜甫已是中国文化中比较硬核的部分。不夸张地说，理解了杜甫，也就更能理解中国人的精神内核。杜甫在BBC上红了一把，证明真正的崇高与厚重，全世界都能读懂。

　　愿这样优雅的对话多一些，再多一些。因为，文化的交流和对话能够消除差异与误解，让全世界的心走得更近。

"曹雪芹邀你付费阅读"是对读书的冒犯

张 丰

移动互联网时代，有些奇（惊）葩（悚），来得猝不及防。

比如，你正在网上阅读《红楼梦》，突然收到提示："曹雪芹邀请购买付费章节"；在某平台看《西游记》，首页赫然写着"本作品由作家（明）吴承恩授权制作发行"，还"版权所有·侵权必究""签约""VIP"。

真有人相信这些"一本正经的胡说八道"吗？我很怀疑。但乍看之下，还挺像那么回事的。

这可能是技术上的失误。相关操作人员当年的语文成绩应该不至于这么糟糕，不过，在一些网络公司的KPI考核的压榨下，他们对工作变得麻木，看没看清吴承恩或曹雪芹是谁不要紧，先堆上去再说。古人就这么"被穿越"了。

高举"版权"的大旗，荒唐也是显而易见的。因为超过

50年,出版物就会成为"公版书",任何人都可以免费阅读。问题的关键是,读者明显觉得此事背后,有一种奇怪的、来自平台方的控制欲。他们搜罗能够搜到的一切,进行格式化处理,批量投放,海量推广,然后销售获益。

这就是阅读的产业化。尽管每一个人阅读时,可能只需要几块钱,但由于读者人数庞大,最终平台的收益仍然可观。像《红楼梦》,如果真收费阅读,每年的收益达到几百万也不是没有可能。如果晚年窘困的曹雪芹知道此事,想必心情会很复杂。

我们当然可以用"有人靠这个赚了更多钱""收费支撑起了一个新兴产业",来为这种付费阅读模式辩护。但是,利用已经作古的大家,作为自己收费合理化的挡箭牌,是一种相当不怀好意的营销。无论对作家,对知识,还是对阅读者,它都是一种轻佻的冒犯。说严重点,这不也是对消费者的一种欺骗,对行业秩序和互联网生态的一种破坏么?

出版业是一个特殊行业,它既有文化属性,又有商业属性。纸质书时代,文化属性更强,围绕出版业的相关链条和从业人员,更看重一种"情怀"和"品格"。而进入互联网时代后,电子阅读、移动阅读迅速崛起,商业属性占了上风。读者爱看什么,我就出什么;读者讨厌什么,我就坚决回避什么。以市场为导向的目标直接,但也功利。

不同时代下,出版业的两个属性,如同人矛盾时内心的两个小人"打架"，此消彼长，这很正常。但关键是，要有个度和底线。无论如何，为了追求利益最大化，彻底放弃"节操"，这样的出版业是可怕的，也终究会被抛弃的——即便资本的力量再强大。

再延伸点说，对于在世的、还拥有版权的创作者来说，一些平台自说自话的收费阅读，实际的破坏作用更大。

比如在音乐领域，几大音乐平台几乎网罗了所有能听到的音乐作品，有免费听，也有收费的"附加服务"。但是这些收费，有时候和原创者没有什么关系。有时候，创作人甚至都不知道自己的作品已在平台被收费了，而想要维权，总是面临方方面面的困难和压力。

产业化的阅读，应"产业"的是出版传播的迅速和便利，而不是忽视或轻视智力创造，抹杀创作者、出版和读者之间的温情。平台想要将付费阅读做下去，就要少一点短视和功利，多一点老派的情怀和敬畏。

因为生活在"平凡的世界",
所以怀念路遥

李勤余

路遥逝世 27 年了。《平凡的世界》依然高居畅销书榜首,并被列入高中生必读书目,常年在各大高校图书馆的借阅记录中名列前五。"路遥现象",当然不是偶然的。

不必讳言,文学界和学术界对路遥作品的评价,仍然存在争议。比如,他的写作手法比较"陈旧"。又比如,他的作品主题过于单纯,以至于"失真"。

但我们仍然怀念路遥,又不只是一个文学问题。在苦难当中、在逆境当中,勇于奋斗,追寻理想,这是路遥笔下的人物,也是路遥本人。路遥的小说里蕴含的力量,每一位读者都能感受得到。

只是,今天的社会,已不像路遥描写的那样闭塞,城市里随处可见"孙少平"和"高加林"。今天的年轻人也更强调自己的个性,更有自己的主见,因此,光有"励志"作用的文艺作品，不可能获得他们的青睐。那么，我们为何还要读路遥？

站上茅盾文学奖的领奖台时，路遥说："只有不丧失普通劳动者的感觉，我们才有可能把握社会历史进程的主流，才有可能创造出真正有价值的艺术品。"没错，这个世界之所以"平凡"，是因为它属于每一位普通劳动者。个人的尊严、个人的价值，才是路遥作品中的真正主角。

我们被孙家兄弟的奋斗历程感动，我们为跪倒在黄土地的高加林感怀，这并不意味着，我们一定要走上和他们一样的生活道路。我们关心的是，一个再普通不过的个体，在一个时代里、在生活里到底处于什么样的地位。就此而言，当我们在谈论路遥时，谈论的就是我们自己。

无关世事变迁，无关时光流逝，怎样过好自己的一生，怎样实现自己的理想，这是每个人都会在深夜里思考的问题。所以，我们未必要认同路遥的创作方式，未必要追随路遥的人生轨迹，但路遥的作品，更像是那面检讨自我精神的镜子，从中可以看到我们的所作所为，是否愧对自己的人生和理想。

为了创作《平凡的世界》，路遥过上了一种近乎苦行僧式的创作生活。他成功了，也付出了不可挽回的代价——为文学创作奉献生命。但我想，路遥并不会感到后悔。

路遥也有自己的困惑——《人生》里的高加林在城市和农村之间如何选择？《平凡的世界》里当了矿工的孙少平，真能改变自己的命运吗？他们不可能超越自己所处的时代。但是，生活在一个更开放、更繁荣的社会的我们，有理由用自己的双手，将这个"平凡的世界"改造得更美好。

而每一位为此奋斗终生的普通劳动者，注定是不平凡的。

方舱医院的阅读者：用书香守护希望

张　丰

疫情期间，武汉国际会展中心"方舱医院"一位患者的照片在网上热传。这位戴着口罩的年轻男子，半躺在病床上，手里捧着一本厚厚的书在读。网友把这张图放大，发现原来他正在读的是弗朗西斯·福山的名著《政治秩序的起源：从前人类时代到法国大革命》。

这是一本厚达572页的名副其实的"砖头书"。画面中，男子捧书的表情静谧，其背景有着一种刚刚临时改造而来的"方舱医院"的空旷感。用高分子材料全副武装的医护人员制造的"紧张感"，和读着"砖头书"的男患者的淡定形成了一种鲜明对比。抗疫大战，烽火连天，但打开书便是另一个世界。

大疫之下，书香不辍，文脉流长，让人们看到文明的力量。

有一幅著名的历史照片《废墟上的阅读者》：1940年10

月22日，英国伦敦肯辛郡一座名叫"荷兰屋"的图书馆遭到轰炸，屋顶已被炸塌，烧焦的梁木、瓦砾遍地，而此时有三名绅士站在图书馆的废墟里静静地选书、读书。如今，我们等到了属于中国人的《"方舱医院"里的阅读者》，一样是在艰难环境下对文明、诗性的坚守和向往。

福山的代表作《政治秩序的起源》并不好读，坦白说，非常枯燥和乏味。躺在病床上靠这本书来打发时光，真是需要勇气。这张照片里展示的就是一个读书人的决心。

在这段特殊的日子，很多人的内心都感到不安。一位建筑设计师朋友，平常就不用上班，在家宅两三天本来也不是什么难事，这两天却发现有点"待不住了"。即便不是隔离，仅仅在家闲着，也会让人心痒，我们早已习惯"停不下来"的生活节奏。

不管是对患者还是普通人，最近这段时间都意味着一种"中断"。人们用一种警惕的目光来打量身边的环境，人们有了更多时间和家人相处，甚至感觉时间太多了。工作的"中断"，也让人重新审视自己的职业生涯，思考如何面对未来。

早上起来，听到楼上一家在大声吵架；前天去小超市买东西，看到一位女士因为没有成功兑换积分，隔着口罩大发脾气，而在平常的日子，她可能不会这么暴躁。我们还缺乏应对这种"空闲"的经验，以至于大家都开玩笑说：数自己家有多少粒大米、地上有多少块瓷砖。

这段抗疫"中断期"其实非常难得。它有点像国外流行的"间隔年"——在毕业和继续深造或工作之间，有一段空白时间可以"任性"度过。有些人为自己安排全球旅行，或者是去实现自己的一个愿望，事后发现这段看似"休闲"的时间，却对此后的人生产生了决定性影响。

这段"中断期"（希望它不会太长）也是这样的。如何度过这段时光？有人在网上说："今天没洗头的人举手"，结果应者云集。透过屏幕，可以想见很多人的生活状态：在"自由"和"空闲"的同时，也蓬头垢面、放任自流、晚睡晚起。

毫无疑问，读书，读《政治秩序的起源》这样的大部头，是最有挑战性的"消遣"。但是我也可以拍胸口说，这也可能是收获最大的，至少，阅读能够克服时间的碎片化带来的虚无感。

一位退休的教授在朋友圈感叹：今天突然意识到，一天沉浸在阅读网上的疫情信息，有很多都是重复的，让人有过重的消耗感。他的办法是，每天分早中晚看三次手机，每次十几二十分钟，其余时间都用来读书架上的那些书。读那些买来一直"没有时间"看的书，现在不是最好的机会吗？他用了"赎罪"这个词。以前买书不看是一种罪过，现在正是"赎罪"的良机。

并不是每个人都有耐心和决心去挑战《政治秩序的起源》这种大部头，但是对每个人来说，如何更有价值地度过这段时光，却是一个有意义的问题。几乎每个人都曾经感叹过，"如果我有时间就……"省略的是一个美好的愿望。那么，现在真正属于你的时间来了，从没有过的"长假"来了。

阅读是一种疗愈方式，一本大部头，会和你建立某种隐秘的联系，它会向你敞开一条只属于你的、通往自主性思考的道路。

愿每个孩子的爸妈,都是"读书人"

马 青

"孩子不是天生就爱读书,习惯是需要不断培养的","家长是孩子的第一任老师,是不能缺席的","但是有些家长就是做不到,要求孩子读书,自己却玩手机。整天刷手机的家长培养不出爱读书的娃"。

全国政协委员、读者出版集团有限公司总经理赵金云,在"委员通道"接受采访时说,培养良好的阅读习惯要从娃娃抓起,而培养娃娃阅读,要从父母抓起。

这番苦口婆心的话语,让我想起了自己的经历。

我这样的70后,童年读物远没有今天的孩子们丰富。我的阅读饥渴,只能靠父母的书架满足。上三年级之后,爸爸的书架向我开放了一半。尽管许多书是竖版繁体字,还有不少文言文,但哪管看得懂看不懂,什么《诗经》《楚辞》《三国》《东周》,一本接一本,半猜半蒙地"啃"。《红楼梦》几乎每年寒暑假都要复习一遍,以至于第一卷很快就散了架。

没向我开放的另半个书架里，是父母认为不合适孩子读的一些书，比如空了许多格子、此处省略多少字的《三言二拍》、日记体小说《侍卫官杂记》，还有弗洛伊德的《梦的解析》之类。但我总能精准敏锐地躲过爸爸的眼睛，偷偷藏起一本，躲在被子里悄悄翻。

那会儿的快乐，大概就在于：书，非偷看不算读也。书桌上摆着的是数学课本，抽屉里藏着的是梁羽生；被子上面是历史课本，下面是《西行漫记》。

好吧，就如同台上的监考老师对学生的小动作总是一目了然一样，父母对我的偷看，早就了如指掌，但他们好像一直睁一只眼闭一只眼。

父母的参与感体现在，有次，妈妈没收了我抽屉里的《冰川天女传》，自己拿去读了。后来在那年暑假，她从单位的图书室借来了《七剑下天山》，把两套书一起给了我，还顺便给我借了一堆大仲马。在我捧着《西行漫记》睡着后，爸爸帮我关上灯，只在第二天告诉我，别躺着看书。

得感谢我爱读书的父母。时至今日，我年已八十的老母亲用得最娴熟的手机APP，竟然是"微信读书"，还跟我组成了小队薅微信的"羊毛"，挣无限阅读卡。

不能想象，如果不是父母爱读书，我对读书的兴趣会不会那么强烈而持久。

赵委员说的对，父母在一边刷手机、打游戏、聊天、搓麻、看视频，这样的环境，怎能让孩子爱上阅读？我曾在街巷里听到过一个父亲用满嘴脏话，大声骂孩子。他大概不知道，父母是孩子的榜样，孩子是父母的镜子。

我们总在强调"亲子阅读"，但什么才是"亲子阅读"呢？并不是父母带孩子去书店买一堆绘本，接送孩子上各种早教课、兴趣班，就完事了。亲子阅读，既要亲子，更要阅读。不仅仅是陪读，更要使父母成为孩子进入书海的领读者、导读人。

美国诗人史斯克兰·吉利兰有一首诗叫《阅读的妈妈》："你或许拥有无限的财富，一箱箱的珠宝与一柜柜的黄金，但你永远不会比我富有——我有一位读书给我听的妈妈。"

愿每个孩子，都有这种幸运，成为"富有"的人。

别看不起书店做"外卖"

沈 彬

又到世界读书日,作为一个读书人,我至少被三个地方拉去开了书单,惭愧!惭愧!要被朋友背后议论:"推荐那些自己都读不下去的书的,都是小狗!"

开书单越偏门,才越显得自己"高大上",但图书的细分市场越小众,就越不赚钱,而商业化、大众化才能成为书店、出版社的"奶源",才可能供得起那些能晒朋友圈的小众书籍。这就是商业的逻辑。嘴刁的读书人,应该明白自己才是这个市场的"搭便车者",庞大的书店、出版体系,是不能指望着文艺青年的小众需求活着的。

今天,在上海福州路的上海书城里,新华传媒正式宣布:旗下30家新华书店上线"饿了么"。打开"饿了么"APP,搜索"新华书店"或者"上海书城",就能像点一份外卖一样点上一本书。这可能是图书行业经历的一场深刻的变革。

图书外卖的新业务,没有逃脱读书人挑剔的目光。现在,尝鲜新华书店"图书外卖"的,很多是教辅书的"即时刚需";被顶到"饿了么"的书城前面的《老中医养胃方》《中国自助游》之类,恐怕也不入很多人的法眼。

其实,书店所能覆盖的市场越大,触达核心用户的渠道越通畅,毛利润越高,才能供得起精品的小众图书市场。新华书店愿意像送外卖那样做下沉市场,对读书人来说是一件好事。

大疫袭来,全国很多书店都在尝试图书外卖、图书盲盒,甚至是让当家店主做直播带货。但是这次,上海30家新华书店跑上外卖的赛道,新华传媒成为同一城市上线外卖门店最多的品牌,意义就不一样了。因为上海新华书店的体量摆在那儿,星罗棋布的布局网点摆在那儿,图书外卖的小池子开进来一艘巨舰,改变真的来了。

记得是千禧年前后吧,那时正是互联网第一次大泡沫前夜,大家对于互联网应用有着各种奇思怪想。彼时,上海福州路上的上海书城刚刚落成,一度在年轻人中盛传,上海书城可以"网上订书",还是免费送货上门的。我很是兴奋,记得曾在当时上海书城的官网上试图订过书,无奈当时56K的Modem不争气,刷了几次页面,还是打不开,也就放弃了。

事实上,新华书店系统的这套网购平台,一直没有搭建起来,为什么呢?因为书的品类(SKU)实在是太多,需求高度分化,和一般大规模生产的快消品没有可比性,这样就会导致图书的运输成本、物流管理、库存管理成本畸高,特别是对购书这种低频次消费来说,新华书店本身很难建立起一个庞大的派送系统。所以,"傻婆娘等乜汉子",我 20 年来就没有等来传说中的新华书店的网上购书。

而这一次借着大疫,线下书店搭上 O2O 的互联网基础设施快车,才可能产生意想不到的化学反应。上海新华传媒的相关负责人说:新华书店的优势在网点密,基本上几公里就有一家实体店,而"饿了么"的优势在即时配送的"快"。

首先,有了外卖系统的支持,图书"冲动消费"可能得到充分激发。

俗话说"买书如山倒,读书如抽丝",图书消费很多是冲动型的,看到电影里提到某段历史,网剧里引用某个作家,忍不住就要买买买了。过去因为网购的"延时满足",少则一两天,多则一周时间,很多人也就放弃了购书的念头。而有了"饿了么"的外卖小哥、新华书店各种"分舵"前置仓的加持,"丈夫坐拥书城"的读书人梦想,可能就不再是梦想。随时种草,随时下单,图书市场链路将变得很短,图书市场的生态也会直接改变。比如,网红、KOL 的安利,就可能直接转变为购买;《我是余欢水》一开播,新华书店就叮叮当当响起订购原著的派单音。

其次,书店从低频次的图书销售赛道,转向高频次的外卖赛道,本身是一种数字赋权。这让书店的业务本身有了巨大的想象空间，能满足读书的即时化消费。新华书店的商业能级的跃升，意味着小众图书市场有了更厚实的商业基石。

你作为一个文青，可能对《一课一练》《三年高考五年模拟》之类的"大路货"捶胸顿足、皱眉蹙额，但正是外卖的"大路货"支撑起线下店面的经营。

每个读书人都希望在书店里得到治愈，但是书店系统本身也需要治愈，也需要摆脱高额的租金、网购高折扣的冲击，特别是在大疫的特殊情况下，书店需要改变：有自己的渠道能够触达用户，能够有自己的种草，以及私域流量和社群维护营销。

读书可以是大众的，也可以是小众的，甚至是特别私人的，但是商业模式必须有更宽的赛道和覆盖更广的市场。所以，别对于书店故步自封，别看不起书店做"外卖"。

愿每一个书店都能活下去，活得很好，愿每一本《一课一练》和《存在与时间》都能到达合适的读者手里，感谢每一本《清平乐》畅销书对每一套中华书局《唐宋史料笔记丛刊》的帮衬，感谢外卖小哥又送煎饼果子，又送《1Q84》。

实体书店走网红路线,没啥不好的

韩浩月

北京的西单商圈四月份新开了一家书店,因为别致的设计风格,现在已经成为诸多读者前来拍照打卡的网红地点。不过有人认为他们不算"读者",理由是"翻书的不多,拍照的不少",店员对他们也"视而不见"。

类似的报道,此前已有不少,字里行间弥漫着一种"书将不书"的担忧。书店要不要卖咖啡?可不可以把书当成一个噱头、一个流量引子做商业、做餐饮?包括书店成为网红地标,来了不买书也不读书的人是不是好事?……这些话题其实已经没有讨论的价值了,走网红路线,已经是实体书店的自救之道,对网红书店发出精英主义的担忧,完全没必要。

我喜欢书店,无论是开在高档商场里的,还是藏在狭窄巷子里的,包括成为打卡地标的网红书店,遇到了都会进去逛一逛,时间充足的话,更会专门去寻找书店。逛实体书店我有个原则,至少要带走一本书,打不打折没关系,在实体书店买书，是一名爱书人对书店的最好支持。

带孩子进书店时，也会告诉他一个道理，如果你喜欢一家店（无论什么店），都要经常来光顾。不然，你喜欢的事物就会慢慢变得越来越少。

记得苏州诚品书店开业那年，身边不少朋友专门去参观，带回了一些新鲜的消息。当年春节，我就与全家人去了苏州过年，一个很重要的理由是，这座城市有诚品书店。到达苏州之后，第一个选择去逛的"景点"就是诚品书店。在书店逛了两个小时，午饭一个多小时，咖啡馆坐了一个多小时，大半天的时间就消耗掉了，但是无论大人还是孩子都很开心，我想这也是诚品书店的开办初衷。

去网红书店，不只是看书，就不纯粹了吗？我觉得这个说法不成立。把书与书店"神圣化"，丝毫解决不了书店的生存与发展问题，适应现代人对"书生活"的多层面需求，才是书店的生存之道。

咖啡最早出现在书店时，竟然还引起过争论。这有什么好争论的，卖一杯咖啡的利润，要高于卖几本书，书店以卖咖啡获得的收入来养自己，值得鼓励。喜欢在读书的时候喝点东西的人，最开心的事莫过于点一杯咖啡，边喝边看刚拆开的新书了，这是一种乐趣，也是风情。不能不解风情。

同样道理，在咖啡之后，书店卖文创、服饰，开直播，当网红，不仅顺理成章，而且非常正当。想追求纯粹的读书环境，可以去图书馆，实体书店是个经营场所，它完全可以按照营业执照上印刷的经营范围，来销售被许可销售的东西。大家都同情实体书店的压力与遭遇，但越是这样，就越不要用挑剔的眼光看实体书店，宽容一些没什么。

我在实体书店看到有人拍照或直播，是不会反感的，只要他们也和其他读者一样，尽量保持安静，不打扰到别人，就完全可以大大方方地在网红地当网红。网红们喜欢流量，实体书店也需要流量，如果网红直播能给书店带来知名度，哪怕是吸引来更多的拍照、直播打卡者，客观上来讲都是好事——流量足了，书店的底气才会足，销售额也会按照一定的比率上升。

实体书店的核心永远是书不假，但这不意味着除了书之外，万般皆下品。书是主角，但实体书店也需要其他配角，如此才能更好地匹配城市生活的节奏与氛围。

实体书店应抓住这个书店进化的好时期，不用顾忌或忌讳太多，对提升影响与利润的事，可以开放、大胆地去实践。归根结底一句话，实体书店能活着并且活得越来越好，就是对爱书人最好的安慰。

"熊孩子"与博物馆能亲密接触吗?

马 青

我喜欢逛博物馆,但坦率地说,我很害怕逛的时候遇到一些"熊孩子"。

在上海玻璃博物馆撞坏了"玻璃城堡"的两位小观众,就是在追逐打闹、翻越围栏时,撞在了展柜上。七年前,也是在这家博物馆,另一件展品"天使的等待",在两个"熊孩子"的摇晃和拉扯下被拽断了。这件展品改名"折",在配上损坏时的监控视频后,继续展出,希望提醒大家文明观展。

显然,此次两个"熊孩子"不懂这份苦心。他们无视博物馆"不翻越围栏,不触摸展品,不追逐打闹,不高声喧哗"的参观礼仪,我并不想为他们辩解。

我们可以怪家长和老师没有教好、管好孩子,也可以责备博物馆没有做好防护,但我觉得有必要思考另一个层面的问题:不能动手、只能用眼的博物馆,对于爱玩爱闹、喜欢触摸、喜欢交互的孩子们来说,是不是太"冷漠"、太有距离感了？

虽然出于保护的目的，大部分博物馆都只能让观众与展品保持距离，但展览真的只能满足"视觉"吗？当然，博物馆也满足"听觉"：以前是人工讲解，现在是租耳机或讲解器，可以边看边听。

那么触觉呢？它貌似与博物馆的参观规则相抵触，但事实上，业内研究者已意识到，触摸展品是观众情难自禁的需求。对，不只有"熊孩子"才想去触碰，全世界的博物馆管理者都在面对同样的难题：观众越被展品吸引，就越渴望与它亲密接触。我们的内心，可能都住着一个"熊孩子"。

英国博物馆学教授 Fiona Candlin 专门研究观众对触摸展品的需求。她拍下了许多观众偷偷触碰展品的照片：卢浮宫里一对年轻恋人，站在一幅画前看入了迷，男子的手指几乎放到了画面上；有的参观者用手指轻敲展品，有的用手指临摹展品上的文字；在大英博物馆埃及雕塑展厅，一个小男孩与雕像伸出的手臂互相顶了一下拳头⋯⋯

她在著作《艺术、博物馆和触摸》中说，博物馆工作人员总是抱怨，"你阻止了一百人触摸，还有两百人"。但她没有被"这是规则"阻碍了研究思路，反而觉得，博物馆业必须思考：纵使跨越时间和地点，为什么观众依然愿意用手去感知世界？她还回忆了自己在大英博物馆，经过允许后，与一把数万年前的石斧接触时的感受："当捡起它的时候，你会感到现在的你似乎正在与过去的人进行一场交流,这个藏品,仿佛跨越了巨大的时间鸿沟在与我对话。"

也就是说,即便我们不能触碰那些珍贵的文物或艺术品,但有没有别的方法,可以满足对"触碰"的渴望?

去年我在南京博物院参观特展"金色阿富汗",展品中有一个鱼纹圆盘,介绍文字上写着:轻轻触碰,鱼翅就会动。旁边就有一个复制品,专门让观众去感受这个盘子的神奇。日本九州博物馆收藏的"倭奴国王金印",是汉光武帝刘秀封赐给当时的日本国王的,是日本的国宝级文物。真品当然不能碰,但它旁边有复制品和泥板,观众可以去盖印,很多人满是热情地尝试过。

我记得,我在看《博物馆奇妙夜》时,觉得无比神奇,因为我自小也有"让每一件展品都活过来"的念头。其实,这个念头也是一种"触碰"的需要——活过来的展品,才有了亲密接触和真实对话的可能。

或许,今天的博物馆针对触觉的体验式展览,开发还比较有限,但我相信,随着技术的发展,展品与观众的距离一定可以更近。这不仅是为了孩子们,也是为了每一个有童心、有探知欲求的大人。

在文物上撒个野,曾经是我的童年"福利"

土土绒

一则违规拓印南朝石像的新闻,让全国重点文物保护单位——丹阳南朝陵墓石刻成为关注的焦点。很多人可能是经由这则新闻,才第一次听说这件国家级的文物;但对于我来说,它们却曾经是童年的玩伴。

当然,那个时候,谁也意识不到它们的珍贵。南朝石刻是齐、梁两代帝王、帝后的陵墓的石像生,距今已经1 500多年了。齐、梁两朝处于中国历史的南北朝时期,都是命运短暂的朝代。南北朝前后的两个大一统王朝,分别是晋朝和隋朝,也都比较短暂。直到隋朝之后的唐朝,才迎来了中国历史的"高光"时刻。因此,齐、梁这段历史了解的人并不多。

不过,因为这些石刻的存在,即使没读过什么书的丹阳人,也大多知道"萧梁王",知道编著《文选》的昭明太子;

即使说不清历史,也在萧梁河边洗过衣服洗过菜,似乎多少都能跟那段历史扯上点关系。至于南朝石刻,就更不用说了,萧梁河畔长大的孩子,哪个没爬过"石人石马"呢?

没错,那个年代的乡下人并不懂什么"全国文保",也分不清"麒麟""天禄"这些神兽,"目遇之而成色",就直截了当地叫它们"石人石马"。"石人石马"们散落在乡间田野,与日月星辰、庄稼泥土为伍,在农民收割播种的劳作中静静蛰伏。煊赫一时的帝王家族,此刻也只是依靠石材的坚韧,在田间占据了一个小小的角落而已。

乡间的童年也充满着泥土味。放学以后的孩子,最大的乐趣就是撒开了欢满村跑。到了夏日天光变长时,闲暇辰光更是悠长,于是便呼朋唤友跑得更"野"。那些散落田间的石像,便成了天然存在的儿童"玩伴"。石像冰冷而坚硬的质地、细腻而流畅的花纹,相对于农人的粗糙生活来说,简直就是格格不入的"异类"般的存在。但是,很神奇的,它们就是这么自然地融入了当地人的生活当中。

很多年以后,当我回忆起年幼时参观附近某个陵墓的班级活动时,竟完全想不起老师介绍了什么,只记得"野孩子"们蠢蠢欲动地等老师讲完话,就一个个争先恐后地往石像上爬,只剩下老师无奈地叹气。现在看来,这份"福利"是再也没有了。

当然,文物保护意识的提升是对的。穿越了千年历史风雨才来到今天的石像们，经不起更多的摧残。偏安一隅的南朝尽管在政治上很弱小，但在艺术文化上，却有相当高的成就。这种历史的流风余韵，有形的，表现为南朝石刻，融入人们的生活中；无形的，则是重视文教、尊礼重贤的思想始终留存在人们的心底。

除了帝王将相，丹阳文化的天空同样星光熠熠。远的如孔子仰慕的"圣人"季札、写出"山雨欲来风满楼"的诗人许浑；近的如著名语言学家、《现代汉语词典》的编纂者吕叔湘，教育家、复旦大学创始人马相伯，美术教育家吕凤子等等，都来自这片土地。

这些人、这些物、这些故事，就是所谓的乡愁和积淀，塑造着一个地方的文化形态，描绘着我们的精神底色，深远地影响着我们的生活。即使再也没有机会亲密接触"石人石马"，但是我想，它们也早就融入我们的血液中了吧。

5

生活

一亿人在假装健身,说的是你吗?

唐小米

健身是很奇妙的事情。某种程度上,它也是一种关乎发展的 KPI。

最近,我养成了每天早上起床做一组俯卧撑的习惯。刚开始,每组只能做 10 个,今天早上,做到了 45 个。这给人一种成长的幻觉,仿佛上臂的肌肉真的变多了。

几年前我读到村上春树的《当我谈跑步时我谈些什么》时,就想跑步。我去大学操场跑步,结果 400 米跑道只跑了不到三圈,就呼吸困难,放弃了。那一次的"发奋"只维持了两三天。但在 2019 年,我终于养成了跑步的习惯,从 4 月开始,已经坚持了 8 个月,每个月跑 60 到 100 公里不等。

健身就是这样,它可能以数据的形式给人安慰,降低的体脂率以及轻盈的感觉(后者纯属主观),都让人想到未来。据说跑步能分泌的多巴胺,又可以让人开心。我自己就是这样,每次跑完 10 公里,听着音乐往回走时,都有一种发自内心的喜悦，感到"人间值得"。

据统计，2018年，中国有1 742万人拥有健身卡，今年可能更多一些。就按2 000万人来算，仍是方兴未艾。当然，也有一些人在用keep等软件健身，但据我观察，如果教练监督都没用，这些手机软件更不可能让你养成锻炼的习惯。它们唯一的优势是省钱。

因此"1亿人在假装健身"上了热搜，并不让人意外。不是真的有那么多人办卡，也不是有那么多人健身，更多人只是有健身的想法和偶尔的尝试。有想法，说明你"不甘堕落"；如果你能有行动，就很励志了。至于真的减了肥，或者练出肌肉，是极少数人才能做到的。

有媒体说，有大量"沉睡卡"，对健身行业是不好的事情。这种想法太善良了。健身房的盈利模式，本就是基于人性的弱点。如果每个人办了卡都坚持去健身，那健身房就会挤爆，根本无法提供服务。沉睡的卡越多，健身房的利润才越高。这是一个站在街头，一遍遍说着"哥/姐，游泳健身了解一下"的推销小哥告诉我的。

如果从某品牌1999年在内地开第一家店算起，中国都市的健身产业到今年正好20年，基本与互联网行业同龄。健身是完全都市化的景观，它属于白领阶层，不管收入如何，喜欢或需要健身的，都是办公室久坐一族。虽然他们经常以"搬砖"自嘲，但是真正的体力劳动者，是很少健身的。

在宣传广告和励志故事的影响下，关于什么是好的身体，都市的人们正在形成共识。它不仅是健康，也是健壮；人不仅要瘦，也要有肌肉。在日本，还有一个"肌肉储蓄"的新观念，意思是对一个人来说，要多储存肌肉，就和存钱一样。在这种话语中，肥胖，正在从一个中性词变成贬义词。它不仅是一种体型，也成了某种道德亏欠，意味着你是一个缺乏自律的人。

在哲学上，健身关乎"做更好的自己"。人们需要更好的健康状况和体力，甚至体型，来投入工作和竞争中。健身不仅是一个行业或一种生活方式，它更有一整套话语体系。最常见的两句口号大概是"你的体重管理专家""自律才能自由"，它们都关乎到"你的身体到底应该听谁"这个根本问题，但也都暗示，身材，就像业绩一样，可以通过努力来提升。

这套话语的目的，就是把人弄到健身房去，接受"专业"的训练。健身房的作用，除了设备和教练的技术指导，更重要的是对学员半真半假的监督。他们需要一些人练出成果，用来拍照推广，也需要很多"睡眠卡"，这样老板和员工才能赚得更多。

那些"假装在健身的人"，或者办了卡只去过一两次的，其实也不用懊悔。你最起码收获了"我在健身"这种正能量的感觉，也为健身行业做出了贡献。说到底，人们需要从健身中获得的，就是"我正在变好"这个自我暗示。偶尔去几次，或许已经足以感动自己了。

让人执念的不是房子,是安稳的生活

与 归

还记得那篇火遍全网的《我花了 5 万,去鹤岗买了套房》吗?现在,这个故事有了另一个版本:2019 年 11 月,27 岁的许康,跨越 5 000 多公里,到鹤岗买了一套 47 平方米的一居室,总价 3 万元。今年 2 月底,受疫情影响,他打工的火锅店关门,他失去了收入,又把房子卖掉了,2.2 万元。

客观地说,许康买房的决定受了网友的影响,有点草率和盲目。赔钱卖房的结局,就是证据。但无论是正在租房、刚买房,还是正从租房向买房奋斗的人,都不会嘲笑他。人们会联想到自己,产生一种"惺惺相惜"的感觉。

26 岁之前,我对房子没有执念,也没有一个清晰的买房成家的概念。我多的是对"流浪"的冲动,对自在无拘束的人生的向往。

2018 年 3 月,我从北京一家媒体辞职,开始"流浪",至今是自由职业者。但在上个月,我办完了买房手续,在杭州入手了人生第一套房子。这个月,就要开始还房贷了。

虽然房子还有两年才交付,但那种漂泊无依的颠沛感,确实被稀释了不少。因为有了明确的等待,生活像是进入了某种安稳程序,有种在快艇上玩完漂移,返回码头时瞥见暮鸟归巢的安心。

6月底,我从上海的一个出租房,搬进了另一个出租房。收拾和搬东西时,我总念叨一句话:能有个属于自己的家,真好,希望这是我最后一次租房。

毕业5年,我总共租过7处房子。如果算上实习时的短暂租房,则有9处。没有一个地方居住时间超过两年,少的只有一个月。总会因为这样或那样的原因,不得不换地方。很多时候,我会产生一种偏激的感觉:自己没有一套房,似乎便不配有一个家。

仔细想想,我们的执念,并非房子本身,而是安稳、美好的生活。虽然,这两者并非直接的因果关系,但你得承认,房子带来的安定感、归属感,能在很大程度上激发人们的获得感、幸福感。

毛不易有首歌叫《牧马城市》,歌词里说,"游历在大街和楼房,心中是骏马和猎场……为所欲为是轻狂,防不胜防是悲伤,后来才把成熟当偏方"。房子,大概就是很多年轻人的"偏方"。流动和迁徙,虽然象征自由,但在现实的粗粝面前,也会转化为些许无奈。

洒脱如诗人海子，也说"我有一所房子，面朝大海，春暖花开"。你看，没有房子，你面朝大海，就只是个游客；那春暖花开，也只能是匆匆一瞥。

近两年，我身边的同龄人基本都买了房。虽然艰难，但完成了一个心愿，似乎也以此为分水岭，迈入了一个新的人生阶段。因为有压力，所以要更努力，要更有责任感。

我买房那一天的模样，我可以记上二十年。那晚，排在1 000多号选房的我，等了一天，坐在金地广场的喜茶店，咬了咬牙就按下了支付键，然后长舒一口气，就像当年从高考考场里走出来一样。

那种感觉，经历过的人，都懂。就像许康说的，尽管他只住了几天，但站在自己的屋子里，看着外面下雪，"感觉倍儿爽"，睡觉都特别踏实。为什么有这种感觉？有首歌唱得好，"我要稳稳的幸福，能抵挡末日的残酷。在不安的深夜，能有个归宿"。

房子是物质，但买房不是世俗，更不是毒鸡汤。它安稳居住的实际功效，和承载梦想、安放幸福的精神价值，对于中国人来说，短期内都不会消失。在这个价值观多元、强调个体意识的社会，还有那么多人——尤其是年轻人，拼尽全力也要买房，原因就在于此。

连贝克汉姆都秃头了，中年的人生需要多少勇气？

土土绒

时隔多年之后，一代男神贝克汉姆再次上了中国的热搜。只不过这次热搜的主题有点"迷"：贝克汉姆快秃头了。无数正准备尖叫的迷妹刹住了激动的心情，一时间手足无措：什么？连小贝都秃了？

年轻网友可能不太了解这短短几个字的震撼，毕竟小贝退役已经多年，近年来上媒体也大多以"奶爸"形象出现。在"小鲜肉"一茬又一茬涌现的今天，还亲切地叫他"小贝"的大概也只有"中年少女"了。不过，在21世纪的前十年，贝克汉姆可是实实在在地红遍全球，比现在的任何一个"小鲜肉"都当得起"男神"两个字，以至于在他结婚生子之后，粉丝们仍然爱屋及乌，连他的一群娃也一起"爱了"。

还有什么比偶像秃头更令人震惊的呢？苍天饶过谁。你以为高高在上的一代男神，一定过着神仙般的生活，你以为他们驻颜有术，永远没有我们这些普通人的烦恼。万万没想到，他们竟然跟我们一样，渴求着防脱洗发水的关爱，面临着地中海发际线的隐忧。

假如偶像会崩塌的话，这大概就是"小贝"崩塌为"老贝"的瞬间了。只不过，这种崩塌不是由正面塌到负面，而是从"神"还原成了"人"——原来贝克汉姆也是跟我们一样的人啊。

"秃"如其来的男神并不止这一个。前一段时间，久不露面的男星吴彦祖被媒体曝出"发际线危机"，还有网友制作了一幅"渐变图"，把吴彦祖和"苏大强"放在一起，竟然还真有几分神似。而吴彦祖却丝毫不在意，甚至还曾在微博发旧照自嘲：我希望能把所有的头发都拿回来。当然，更令人倍感亲切的是"lack of use"梗，让无数中年人会心一笑的同时，又有一股老泪纵横的冲动。嗯，这么接地气的男神，感觉还能再爱一百年。

岁月是把杀猪刀，你家男神、女神都逃不过。对于普通人来说，就更是再正常不过的人生了。早在前两年，"第一批90后已经秃了"就已经是媒体热议的话题。一度是叛逆、先锋代名词的90后，也开始步入中年人的行列，早早地过上了保温杯泡枸杞的人生，用佛系心态打量这处处是焦虑的世界。"敷最贵的面膜，熬最深的夜"，朋克养生的背后，是现代人在压力之下的挣扎和无奈。

圆润的肚腩、稀疏的头发，中年人的危机当然不只在外形上。在一部电视剧里，徐峥扮演的男主角耐心地对一个年轻女孩解释，自己并不是成功人士，负担不起郊外有一栋别墅、请两个阿姨的生活。但女孩还是一脸不解：可是，你不是已经35岁了吗？这些东西，不是35岁以后都该有的吗？

欢迎来到真实的世界。它很糟糕，但还是要努力爱上它。网上充斥的"人在美国，刚下飞机""H大博士毕业，刚回国不久"的描述，对大多数人来说，就跟男神女神一样遥不可及。相对来说，贝克汉姆和吴彦祖的发量，倒更像真实人生的隐喻。"如今我们深夜饮酒，杯子碰到一起，都是梦破碎的声音。"

当然，一边与稀疏的发量作斗争，一边为柴米油盐的琐事而烦恼，这样的人生也并不是不值得过。连贝克汉姆都秃了，咱们还有什么不能面对的呢？"那就不要留，时光一过不再有"，淡定一点，这就是人生啊。

不敢看体检报告，真是我们这代人的命吗？

与 归

前段时间，社交平台上流行一句扎心的话——"八成90后不敢看体检报告"。这个数据源自浙江电视台《1818黄金眼》栏目的一组街采。采访中，80%的90后都说自己不敢看体检报告，"需要梁静茹的勇气"。

不敢看的背后，其实是对自己平日里的工作节奏、生活习惯心知肚明。与其看了难过且难以改变，干脆不如不检。有网友就调侃，"不去体检就没有病""体检就是对心理承受能力的最大考验"……

如果说，街采多少有些不严谨的话，中国青年报社社会调查中心联合问卷网所做的一项调查，则更加能够反映问题。该调查采访了1 979名18—35岁的青年，63.6%的受访者害怕看体检报告，60.9%的受访者坦言生活方式不健康，"作"得太多。

作为 90 后，我明白有人说的"作"。越是压力大，越是要"作一作"，和三五好友啃火锅、喝一喝，熬夜追个剧、蹦个迪，反而成了放松的方式。日复一日地上班、下班、加班中，如果不来点"刺激"，压力总是难以排遣。

年轻人的亚健康现象，早在多年前就已显露。而就在最近，真人秀《追我吧》的嘉宾高以翔不幸去世，引发巨大关注。而猝死者能够成为新闻人物的还是少数，真实的数据更加残酷。

据国家心血管病中心发布的《中国心血管病报告 2016》，我国当年心源性猝死人数超过 54 万人，相当于每天因此去世者达 1 500 人。另外，《齐鲁晚报》2017 年的一篇报道称，有数据显示我国心源性猝死人群中，18—39 岁的青年人占比达到 43％。

数字是冰冷的，现象是沉重的。不仅是年轻人，一些进入中年甚至中老年的创业者、企业管理者，同样面临着巨大压力，拖着亚健康的身体。那么，为什么现代人的生活条件更好、医疗更发达、人均寿命更长，劳动强度也不可能比农业时代强，但大家却还是普遍过劳呢？

因为我们都是社会人。没有人会和只懂吃喝拉撒睡的动物比，也没有人会和古人比，大家只和自己周围的人比，只按当下社会主流的评判标准行事。

以前的人，是为温饱劳作，而现在的人，更多的是为更高品质的生活工作。只是很多时候,这种高负荷的劳作,又恰恰伤害了生活品质。人就是这样一个矛盾体、一种欲望生物。

适当的欲望,是人类走向文明、社会持续发展的动力。正是因为我们比普通动物拥有温饱之外更多、更大的欲望,人类才走出了山洞和丛林,有了今天的成就。

而之所以又强调"适当",是因为欲望过重就会演变成野心,如"人定胜天",如"只要累不死,就往死里干"。欲望是无穷的,也就注定了人类的脚步从不停歇,甚至都不愿减速。

前不久,《奇葩说》有一期的辩论主题是"感兴趣的工作总是996,我该不该886"。这个节目还算比较温柔,在"工作"的前面有意加了个"感兴趣的",而放眼现实,不喜欢自己所从事工作的人,大有人在。

节目中,"导师"罗振宇的一句话有如万箭穿心:"996就是我们这一代人的命。"我不赞同这个观点,我的答案是:知命不认命,惜命不拼命。

有人说,这个社会就是需要996,它是一种集体选择的结果。或许,996是社会客观规律的产物,但客观规律并不意味着价值正确。我们要有向前、向好的价值指向,而不是在承受的同时,也选择认同。

所以,我们要有改变的追求,而不是自觉变成现状的一部分。要知道,以个体自觉去推动群体改变,正是人类社会最有魅力的地方。

你在操场上欠下的汗水，迟早得在健身房还回来

与 归

你是否曾在做体前屈时拱着膝，在吹肺活量时偷换气，在做引体向上时脚踩地？

对已经大学毕业的年轻人来说，走走过场的体育测试，或许是嘻嘻哈哈的青春回忆，但对正青春的大学生们来讲，以后的体育测试要更呼哧呼哧了。

日前，教育部发布关于深化本科教育教学改革全面提高人才培养质量的意见。其中提到，要加强学生体育课程考核，不能达到《国家学生体质健康标准》合格要求者不能毕业。

换句话说，今后的毕业季，大学生们将迎来一个额外的大杀器：五月不锻炼，六月毕业难。这可比一届届大学女生们喊的"五月不减肥，六月徒伤悲"难和扎心得多，它直接关系到个人后续一系列现实规划。

从严从紧的另一面，是大学生体质逐渐下降的趋势。有

一个变化或许能从侧面说明问题。2014版的《国家学生体质健康标准》曾经过五次修订,每修订一次,标准下降一次。以大一男子1 000米为例,1989年的合格标准是3分55秒,2014年则是4分32秒;女子800米合格标准也从3分50秒降至4分34秒。

社会在发展,教育在进步,大学基础建设在完善,大学生的体质却在退步。这是从国家到个人都不能忍的。

最近,有媒体对全国3 069名大学生进行问卷调查。结果显示,近半数大学生有过暴饮暴食的经历,超3成学生饮食观念为"想吃什么就吃什么",近8成学生饭后不运动,近4成学生因为饮食习惯曾患肠胃病。

某种程度上说,这种较为随意的匿名问卷调查,可能比一些学校提供的测试数据更接近事实。

作为过来人,我清晰地记得,大学体育测试是多么吊儿郎当,又是多么"惨不忍睹"。

小学时,我们为了赶上动画片播放,放学铃声一响便飞奔回家,两公里一口气跑完不在话下。到了大学,男生1 000米测试,大概有一半人难以达标,这还包括一些中途抄近路、没有把400米田径场画成标准椭圆的人。

至于最高阶的引体向上,更是经常"秒杀"一众大好青年。

我有位大学室友,体重达95公斤。他的引体向上测试是这样的：闲庭信步走到单杠下，略做停顿，轻微踮起脚尖，耸耸肩，以示自己无法够到单杠，然后闲庭信步地走回来，测试完毕。

还有一位体重75公斤的室友，十米助跑，起跳，抓住了！松手，落地，测试完毕。

别看我这么沾沾自喜地回忆他们，其实自己也好不到哪里去，当时大概也就能做5个引体向上。而根据《国家学生体质健康标准》，大学男生引体向上，大一、大二学生做9个及其以下为不合格，5个以下不计分；大三、大四学生做10个及其以下为不合格，6个以下不计分。

印象中，我们宿舍六个人，只有一个合格者，这便是我所经历的现实。虽然体育老师一边摇头一边笑着给我们通过，但我们都清楚自己几斤几两。

何止大学生，很多已经参加工作的年轻人，也延续了在大学养成的生活习惯，眼看衣带渐紧，一把肥肉一把泪。只不过，借口从以前的"学习任务重"变成了"工作忙"。

不少人是文化课上的学霸，体育课上的bug，还无所谓。殊不知，余生漫长，身体才是革命的本钱，以牺牲健康为代价，在某些领域暂时领先，到最后很可能得加倍奉还。

年轻人可能会说，你已经毕业了，坐着说话不腰疼，但总是坐着说话容易腰圆啊。相信我，你在学校免费操场上欠下的汗水，终有一天会在健身房还回来，搞不好还得在医院花天价还回来。

现在,每当我在工作之余沿着街道跑步时,总是羡慕学校里有操场。所以,为了不让更多的年轻人走我曾经走过的路,我乐见体育成绩成为毕业硬指标。但愿在具体的执行中,学校和学生都能严肃对待。

自律,不是"存天理,灭人欲",而是为了遇见更好的自己。人生有那么多美好的事物在等着我们去经历、去体验,没有一个好的身体,就好比一个庞大的数字,首位却是个零。一切都将毫无意义。

说筋膜枪能减肥,是对撸铁者的侮辱

闫 曼

我可能是周围人中最先开始使用筋膜枪的人。

作为一个最佳状态下硬拉和深蹲可以到65公斤的举铁妹子,延迟性肌肉酸痛一般要在我身上持续个两三天。毫不夸张,我练完腿的第二天恨不得坐轮椅去上班。在很多人的观念中,肌肉男给人一种"暴力感",但我曾经跟朋友戏言:肌肉男有什么好怕的?一个一周四练的肌肉男,一三五背痛,二四六腿痛,基本上整周都间歇性处于延迟性肌肉酸痛之中,最为不堪一击。

因而筋膜枪在之前很长一段时间内跟泡沫轴一起,都是健身爱好者们用来按摩和放松肌肉的工具,拉伸、捶打和按摩等手法,都可以促进肌肉恢复,防止筋膜粘连。只不过泡沫轴按摩肌肉需要掌握一定的手法,以及在一定场地内进行,而筋膜枪胜在可以随时随地,不受场地和空间的限制来使用,练完随手一用,很受广大"铁友"们的欢迎。

不过，渐渐地，我发现周围很多非健身人士也都入手了筋膜枪，而其中不少人居然是买来减肥的！买来减肥的！有不少爱美女士常在网络上分享筋膜枪减肥妙招，称筋膜枪可以将自己肌肉过于发达的小腿锤松，达到瘦腿功效。

不知道这个让人啼笑皆非的瘦腿原理，是不是从松肉锤制作炸猪排的过程中所受到的启发，但是显然，相信高频率振动捶打按摩可以局部减肥的消费者可不在少数。

这让我想起小时候看过的电视直销上的"甩脂机"，站在一个可以摇晃震动的机器上，甩一甩，轻松瘦下来。不知道真的去买的人有多少，但是在电视机前的我看得是十分着迷。

从某种意义上来讲，所有的减肥产品都是智商税。

不过，虽然有些商家为了迎合消费者喜好，喜欢给筋膜枪硬加上"燃烧脂肪，减肥塑形"的功效，但实际上筋膜枪的消费者中，很大一部分是深受慢性肩颈病困扰的低头族，买筋膜枪也只是为了用来松解一下平常因为伏案工作而酸痛的肩颈肌肉。虽然说筋膜枪不可能一劳永逸地解决肩颈问题，但是高频率捶打目标肌肉带来的舒适感也颇受这部分消费者欢迎。从这个功能上来讲，筋膜枪跟中小型按摩仪也没有什么区别。

总而言之，筋膜枪这个玩意儿不必神化，却也并非一无是处。避免其成为智商税的最好方式就是别寄予过高的期待。对于我们普通人来讲，就当它是个半自动捶背机好了。什么，用它来减肥?这是小时候电视直销里的"甩脂机"的毒还没有散尽。

减肥,要靠自己动,而不是"被振动",否则地球自转起来也可以当一个大型"甩脂机"了。说筋膜枪能减肥,是对我们这些撸铁者的侮辱。

我为什么选择了极限运动？

刀 哥

2020年5月12日，一名进行翼装飞行的女孩不幸遇难。年轻的生命逝去，让人惋伤。不过，也有一些网友发出疑问：极限运动非常危险，为什么还要去玩？甚至有的话说得很难听。

我本人是一名潜水教练，想和大家聊聊这个话题：为什么有人喜欢极限运动？

首先，都是什么人在从事极限运动？

我作为潜水教练从业时间长了，就会有一个普遍的认知：与职业运动员只擅长一个项目不同，喜欢极限运动的人——潜水、滑雪、滑板，乃至攀岩、速降等运动的人群，会有大范围的重复。换句话说：玩极限运动的，差不多都是同一拨人。不同的是，这群人里面有的同时喜欢多项极限运动，有的专攻一两项。

其实这很好解释：任何一项被称为"极限"的运动项目，

肯定都会具备常人无法认知的风险，为了规避这些风险，就需要投入大量的时间和金钱来进行训练和购买装备。以潜水教练为例，一个普通人如果想取得潜水教练资格，至少要参加半年以上的训练并购买相应装备，这些投入即使按照最低端的配置，也至少要投入超过10万人民币的费用。因此从事极限运动的人，大部分收入优渥且稳定。

同样，不同的极限运动带给人的挑战不一样。对大部分人，"上天"和"下海"是完全不同的两种成就，所以运动圈喜欢把潜水称为"蓝毒"，把滑雪称为"白毒"，意思是这两项运动都会给人带来挑战，让人上瘾，欲罢不能。

这些必需的投入，成了极限运动的"准入标杆"，无法支持这样投入的人是没有办法入行的。而经历过这些的人，通常会更加懂得生命价值。

第二，从事极限运动的人都是什么心态？

与大部分人对极限运动从业者"勇敢、粗犷"的印象不同，真正从事极限运动的人反而都是谨慎且细致的。

初学潜水的时候，我问一个教练：是不是每次下水之前都必须要做十几个步骤的装备检查？

教练回答我："当然要做，不做的话我早就死了！"

极限运动中遇到风险的可能性很大，所以从业者都会认真学习和分析可能遇到的每一项风险，粗心和鲁莽的人甚至做不到能犯下致命错误的程度就会发现自己不合适，能坚持到最后的人无不心存敬畏，谨慎自持。

同样以潜水为例，每次潜水都需要计划、分组、调研、介绍、制定规则等步骤，在下水之前还需要进行十项以上的装备检查，力求把风险降到最低。

"极限"两个字也代表了运动的级别，能够从事极限运动的，本身已经是芸芸众生中的少数派，在这样的少数派中取得优秀成绩的人更是凤毛麟角。在这样的挑战里，"我能做到"有时候比"拿到第一"更加重要。所以对很多人来说，极限运动不仅仅是对技术和危险的挑战，也是对生命极限和个人能力的一项挑战。

在完成一次极限运动以后，不仅有运动后的愉悦感，更有达到目标的成就感，这种成就感不仅来自于对自然的挑战，也有战胜自己的满足。

同时，战胜自然和挑战自己，都会有很多感悟。我遇到过一个缺乏信心的学生，在下潜到18米以后泪流满面，那一瞬间，没有什么是比知道"我真的能行"更好的奖励。

而且，只要不断地继续，自己的纪录会不断被刷新，信心也会不断建立，直到牢不可破。这样的进取过程不就是每个人都想追寻的"心灵力量"吗？

第三个问题，极限运动真的危险吗？

如果给一个没受过训练的普通人穿上潜水装备，直接让他去潜水，这无疑是很危险的，所以世界潜水组织规定，禁止任何机构个人带没受过训练的人潜水。同样的,任何极限运动都会有相应的技能等级评定,达不到等级的人都会被拒绝。

大部分人眼中的"危险",是站在自身角度考虑到的危险:我的一个朋友在考驾照之前左思右想,他总是觉得驾驶一大块金属在车辆繁多的公路上高速行驶,危险系数实在太高了!然而拿到驾照以后,他迅速地成为一名老司机,而且连续三年都没有过任何违章——他之前对"危险"的担心已经不攻自破了。

国际潜水组织有一组数字,作为极限运动的自由潜水,2016年度死亡率是二点五万分之一;同样是2016年,中国驾驶员的交通事故死亡率是万分之二。

所以,在极限运动上,我们看到的危险是"规则之外"的危险,理论上,"在规则之中"是没有什么危险的,而"遵守规则",同样也是极限运动带给我们的一项挑战。

极限运动中,人们挑战自然,挑战自我,每一次运动都是一次"证明自己"的方式,每一次运动都是感受自己能力的方式。每个人都利用规则来规避风险,每个人都使用技巧来证明勇气,也许这就是极限运动的魅力。

极限运动员的想法,或许可以从韩寒电影《后会无期》中的台词来体会一二:"旅行者1号,1977年发射,经历了36年,终于冲出了太阳系,进入了外太空的星际空间。他这样孤独地漂流,只为了去未知的世界看一眼。有些人,一辈子缩在一个角落里,连窗外都懒得看,更别说踏出门。"

武林没有"大师"了

白晶晶

常言道,有人的地方就有江湖,有江湖的地方就有恩怨。这几年新闻揭露的真相,却是那些自诩为江湖的地方,拳脚之间未必有恩怨,而是满满的熙熙攘攘皆为利往,铁拳飞膝之间没有真功夫,只有神演技。

总有一些"大师"被 KO,总有几个"掌门"在挨打,也总有人打着打假的名义,上演一出出蹭热度、博眼球的大戏。

针对种种"武林乱象",2020 年 6 月 28 日,中国武术协会发布《关于加强行业自律弘扬武术文化的倡议书》。《倡议书》开宗明义——伪"大师"、假"掌门"不得为了追逐个人名利,随意自创门派、自封称号,利用广大人民群众对中华传统武术的喜爱和关注,通过"约架"等方式进行商业炒作。

回顾这几年的奇葩"武林约架",开场前都极尽炒作之能事,微博隔空喊话、抖音练起了"嘴把式"、粉丝互黑谩骂。

让人不禁感慨，本该拳脚见功夫的大师们，是不是把最深的功夫，都练在嘴皮子上了？

前有 20 秒被 KO 的雷公太极雷雷，后有"太极大师"宋德财在 80 秒里被自由搏击选手阿虎 KO。最近关注度最高的一次，是自称浑元形意太极大师的马保国，参加擂台被对手击倒三次，最后一次还是直直倒地，休克在场上，整个过程时长不超过 30 秒。

这些自封的所谓武术大师、××掌门，之所以乐此不疲站在公众面前出丑，走上另类成名路，是因为走的大都是敛财牟利的套路。

让这些伪"大师"、假"掌门"恶意捆绑中国传统武术文化，借助互联网传播方式，无底线商业炒作，不仅损及那些真正习武之人的颜面，更是在恶意贬损中国传统武术的形象。

正因如此，一纸倡议书，才会望武术人共守之。在《关于加强行业自律弘扬武术文化的倡议书》中写道，武术习练者不得自封"大师""掌门""正宗""嫡传"等称号；不得以"拜师收徒""贺寿庆典"等为名敛财；不得以武术拳种、门派名义参加综合格斗、自由搏击等搏击类赛事；不得参加不分项目、性别、年龄、体重级别等不规范的赛事活动。

其实，戳破伪"大师"、假"掌门"的牛皮，不需要多复杂的步骤，缺的可能正是不留情面的揭短，是清理门户的决心。任由"跳梁小丑"上蹿下跳，让"约架"、打擂台与武术精神画等号，才会让传统武术的认知形象和公众接受度日渐式微。

不知道这份倡议究竟能让多少大师摘掉自封的帽子，多少掌门不再为了捞钱主动挨打？但人们还是希望，从此江湖中少些招摇撞骗的小丑，多些脚踏实地的武术人。

谈及武术的意义，很多人都会想起李小龙，这位真正把中国功夫推向全世界的代表人物。他在接受媒体访问时曾说过："对我来说，武术的终极含义就是忠实地表达自我，它是联结起内部和外部的桥梁。"传统武术，不等于"打打杀杀"，而是应当探索如何结合现代人的体育运动习惯，帮助人们搭建起身体和心灵的桥梁。

奉劝那些主动找打的"武林大师"们，一个愿打一个愿挨的把戏玩不下去了，该歇歇了！6月28日开始，武林没有"大师"了！

别再说 90 后"乱花钱"了

与 归

2019 年的支付宝年度账单出炉了,微博、朋友圈一片欢腾。

说"欢",是因为正如能够说出来的委屈不叫委屈,能够晒出来的"心疼",背后其实是幸福与兴奋。

至于"我哪来的这么多钱"的灵魂拷问,除了平时没有精细计算,猛一看到账单有点"震撼"外,更带有傲娇属性。花得多,说明有能力消费,也就说明有能力挣钱来支撑这种消费。自己动手,丰衣足食,当然可以"口嫌体正直"地晒出来,嘚瑟地叉会腰。

不过,账单上的数字比个人的预期高一些,也是真的,因为它包含了一些你预想以外的部分。比如,你用支付宝借给朋友 5 000 元,两天后他又转还你,你的支出和收入就分别多出 5 000 元。再如,你经常出差,相当一部分事后报销的出行和住宿花费,就不是你真实的支出了。

不出意外，账单一出，不少人又把90后当作了主要观察群体。他们的消费观经常成为槽点。从"月光族"到"精致穷"，从"啃老"到"超前消费"，90后似乎表现出了比以往任何一代都更加"奢侈"的消费观。

前不久，"年纪轻轻，精致穷，我错了吗？"的辩题引发热议；2019年5月，一篇题为《假精致，榨干了多少年轻人》的文章被疯传。虽然后者很快被证明，数据来源和调查方式都不科学，结论可信度不高，但对90后消费习惯的偏见，并未一同反转。指责年轻人"挣的不多，却舍得每月花几百上千元养猫养狗"等说辞，太容易成为爆款。

这其实反映出不同时代人们消费观念的碰撞。在父母辈的认知里，物质消费要重要得多，也优先得多；但生于物质相对富饶的年代、接受了现代教育的年轻人，对精神消费的追求更多。

2019年7月，中国新经济研究院联合支付宝发布的《"90后"攒钱报告》显示，年轻人用花呗购买教育类产品和服务的金额同比上涨了87%。像我自己，今年支出最多的项目是交通出行，因为我喜欢旅（liú）游（làng）。

其实，对90后的消费观念和行为，人们有不少误解。大妈们在菜市场精挑细选，会被认为是节俭；年轻人在手机上随手一单，就一定是乱花钱吗？

我就经常用手机买生活用品，即便超市很近。一是不想把时间花费在逛超市上；二是对比发现，有些优惠只有线上才有。凑够一定数额，运费、包装费也能减免。算下来，比线下购买还要实惠。

还有的女生，舍得花一个月工资买一件名牌衣服或包包，但背后她可能看了几十家店，问了十几个代购，通过最优惠的途径购得，而买的东西能帮她在职场、交际圈走得更远。你说，她到底是大手大脚，还是精打细算呢？

花更少的钱、时间和精力，获得更好的产品、服务、体验，这是更精明的精致。

我周围的很多 90 后，明明手里有钱，但还是习惯用花呗、分期付款。为什么？因为只要按时还，这些借钱方式就不要利息，攒下的钱却可以买理财赚收益。利用时间差，就可以"躺赚"，单次收益可能不多，但这股积少成多的劲头，何尝不与长辈们如出一辙？

以 90 后为代表的年轻人，他们的消费习惯，只不过反映了时代的市场特征和未来趋向。时代塑造一代年轻人，也让他们更有底气消费现在、投资未来。人与时代彼此成就。

不愿放弃对品质生活的追求，但有时难免心有余而力不足，因此才有了精打细算之下的精致生活。正如《奇葩说》选手肖骁所说，穷是现实，精致是我们对美好生活不屈不挠的追求。

只要不超出个体的可承受能力，不违背法律道德的底线，90后面对钱包的"不足"，表现出的内心"不知足"，挺好。它是这个社会奋力向前、生生不息的动力呀。

你还是要相信"好人有好报"

白晶晶

人总是会遭遇一些"天人交战"的场景。

比如,你是一个开药店的,一个70岁的老太太在你的店里忽然就昏倒在地了,你也打了120了,但以你考过"乡村医生证"的知识,觉得老太太这口气,可能等不到救护车的到来了,你究竟给不给老太太做心肺复苏?不做,老太太可能挺不过去了;做了,这可能比路上扶老太太更有风险。

2017年9月7日,沈阳的孙向波就是这么决定的:为昏倒在自家店里的戚老太做了心肺复苏。好消息是老太太没有死;坏消息是,做复苏时压断了老太太的12根肋骨,戚老太将孙向波告上了法院!

2019年12月31日,法院决定驳回原告戚老太的诉讼请求。感到欣慰的不只是煎熬了两年多的孙先生,还有围观的一众网友。有人在这则新闻下留言:"救人一命反过来向救命恩人索赔,让人想起了农夫与蛇、吕洞宾与狗、郝建与老太太……"

"郝建与老太太"这个梗的出处是2014年春晚,开心麻花团队带来的一个小品,名为《扶不扶》。小品讲述了社会青年郝建好心扶起摔倒在地的老太太,却被误会是肇事者,通过一系列的"重演"最终证明自己清白的故事。

小品中很多台词,至今想起,仍让人忍俊不禁——郝建:"我说大妈,怎么还就说不明白了呢?我好比就是那个东郭先生,完了我把狼救了,回头狼还要吃了我呢,那你说那狼……是不是挺没礼貌的?"大妈:"我才听明白啊,你搁那指桑骂槐呢,我一老太太搁这趴半天了,你以为我趴活呢啊?说谁是蛇,谁是狗,谁是狼?骂谁好贱(郝建)呢,你才好贱(郝建)呢!"

这则小品的创作灵感,正来自之前不少地方出现的好心人救人反被讹的新闻。小时候,扶老太太过马路还是小学作文里做好事不留名的永恒桥段,结果在相当长的一段时间里,扶老太太却成了"高危行为"。

围观者把这种奇葩当成段子看,当事人却一脑门子"官司"。就拿这位孙先生来说,经过两年多的煎熬,最终等来法律的撑腰。

结合当时的情况来看,老太太出现没有呼吸心跳的症状,按照心源性猝死急救"黄金四分钟"的说法,在正常室温下,心脏骤停4分钟后脑细胞就会出现不可逆转的损害,如果时间在10分钟以上,即使病人抢救过来,也可能是脑死亡,即成为植物人。

而据急救培训专家介绍：心肺复苏需要以每分钟100次左右的频率按压施救对象，要求力度较大。因此，非常容易造成骨折或者骨裂。一般对急救员的要求是，相对于肋骨骨折，抢救生命肯定放在第一位。别说是相对骨质疏松的老年女性，就算是普通成年人作为被施救对象，发生肋骨骨折的概率都相当大。孙先生当初如果有一丝一毫的迟疑，或者选择趋利避害，就可以事不关己高高挂起，生与死的界限就在他一闪念之间。

令人遗憾的是，亲人得救，老人的家属不仅没有表达感激之情，反而一纸诉状将孙先生告上法院，将施救不可避免造成的损伤，当成了索赔的理由，实在是让好人寒心，让围观者气愤。

好在公正的司法裁断，给好人撑了腰，用法律给施救者筑起了安全堤；好在我国新制订的《民法总则》明确规定了"见义勇为不担责"条款：因自愿实施紧急救助行为造成受助人损害的，救助人不承担民事责任。

要感谢法律的进步，更感谢那些明知道会有麻烦但是仍然愿意伸出援手的人，正是这些人成为社会价值观的脊梁。

好人真的有好报吗？这个问题非常老套，也是折磨了人类几千年的老问题，哲学家、宗教人士、法学家等都一次次试图证明这个形而上学的命题。

美国凯斯西储大学的生命伦理学教授史蒂芬·波斯特等人,在综合100多项研究成果的基础上,写了《好人会有好报吗?》一书,该书的内容正像其副标题所称的——"世界上首次科学揭示因果能量转换的秘密"。好人有好报,不是善良者的"自我安慰",更不是玄乎的"因果报应",它有科学依据——研究者研究了354个拥有超过一个孩子的家庭,发现最常见的基因分型多巴胺D4与慷慨和付出的行为有相当密切的关联。即使是年幼的孩子,也知道去安慰弟妹,大概是因为他头脑中无数个微小的爱的神经开启了体内的多巴胺。这也再一次验证了"助人者快感"现象。

密歇根大学心理学家对423对老年夫妇进行研究,发现为他人给予精神上的帮助,都会延长他们的寿命。

该书作者对"付出"带来的"回报"进行了统计分析,发现乐于付出对心脏病的抗病力竟然是阿司匹林的两倍。

……

总之,科学地说,行善与好报之间存在因果关系。

看到"为救人实施心肺复苏,压断老太12根肋骨"的新闻,还是有一些堵,哪怕当事人没有被判赔钱,毕竟还是摊上了这一场官司。看这类"堵新闻",还得配合一本死理性派的《好人会有好报吗?》"一同服用":无论何时,相信救人总是第一位的;相信"助人为乐"不只是一个成语;相信法律会站在好人这一边。

独臂篮球少年，你的努力会被世界看见

吕京笏

大幅度的转身与变向，行云流水的胯下与背后切换运球，面对更高、更壮、更成熟的对手毫无惧色，一次次上演娴熟的上篮、精准的中投……这一切，发生在一名13岁的独臂少年——张家城身上。

我是一名身体健全，接受过相对专业的训练，打过市级联赛，正值当打之年的篮球铁粉，看到他的视频，也只能自愧不如。可以说，他靠一只胳膊施展出的技术，超越了我见过的90%的健全、成年业余篮球运动员。

"有梦想谁都了不起"，还记得上一次说这句话是什么时候吗？当时光流转，光阴荏苒，你还依旧对这句话坚信不疑吗？

小张的视频，在网络上获得了现象级的传播，在这个入夏的时间门槛上，他就像闷热天气中一眼清冽凉爽的水，让网友们打了一个畅快的激灵。篮球在手中游弋，袖套在风中飞扬,那是少年对世界的宣言。他的每一次突破、转身、进球,都会得到全场的欢呼,这不仅是对于他的球技,更是对于他背后努力的崇高敬意,更重要的是,他让所有人又一次相信了梦想。

打球是快乐的,训练是痛苦的,体力上的消耗、肌肉的酸痛、枯燥的重复动作,是篮球之神在每一个人的进阶之旅上设置的障碍。5岁时,小张在一场意外中失去了自己的右臂,2018年,他第一次开始练篮球,短短两年,从运球、投篮都不会,到如今,NBA全明星后卫利拉德、主力队员P.J.塔克、中国男篮老大哥易建联、CBA前得分王朱芳雨纷纷为他点赞。我没有办法形容他背后付出过多少努力,因为我无法想象他流过多少汗水。

翻开他的社交媒体,能看到他每天都用短视频记录着自己的训练,家里、水泥球场,每一个可以打球的地方都见证了他超人般的努力。"要么努力,要么放弃",这是他的座右铭,对于大家的祝福和鼓励,他的回答简单又朴实:我会更加努力!

所有人都在问,这个独臂少年为什么这么厉害。其实,答案就藏在他朴实无华的视频中,藏在他简单利落的感谢里。哪有那么多神话故事?坚持与热爱,就是最好的天赋。

小张这种坚毅、执着的精神,不仅体现在篮球中,也体现在生活的方方面面。意外发生后,他并没有气馁,反而表现得更加坚强，和其他同学一样每天上学、放学，还学会了用左手写字，用左手干活。篮球对他而言，是一种信仰，因为是篮球让他越来越自信、越来越勇敢。他说："摸起（篮球）就不想放下，希望将来有机会打一个正式的比赛。"

目前，广东宏远男篮总经理朱芳雨正式对他发出了邀请，他还有希望登上一些篮球综艺节目，让更多的人看到。诚然，因为身体原因，他可能永远不会成为一名职业运动员，但这又如何呢？他说，拿起篮球便有一种兴奋的感觉，这就够了，这也是篮球之于我们大多数人的意义。他，永远是那个热爱篮球的追风少年。

你付出的所有努力，总有一天会被这个世界看见，在此之前，你只需默默努力。我们还有健全的双手，我们还有美好的明天，有什么理由不和独臂篮球少年一样努力呢？

对不起，你妈要不起这份快乐

土土绒

万万没想到，"妈妈"这个角色有一天会成为群嘲的对象。在深圳一中学的运动会开幕式上，有学生拉出一条横幅并齐喊口号："我爱学习，学习使我妈快乐！"

短短一句话，让这些学生迅速走红网络。网友大多深表赞同，哈哈一笑之余，还觉得这些学生"太有才了"。不过，作为口号"致敬"的对象——"妈妈"中的一员，我却怎么都笑不出来。

学习是为了自己，不是为了别人，这个道理当然不用多说，相信这些中学生们也完全了解。他们只是想开个玩笑，展示一下幽默感而已。可是，所谓的"幽默感"必须要在当事人不反感的情况下才能成立，否则就是一场尴尬。

当然，在这里，学生和欢乐的网友们大概是意识不到这种尴尬的，哭笑不得的妈妈们才是"尴尬本尬"。她们承担起了孩子教育的大部分责任，结果公共形象却总是焦虑的、愤怒的,甚至是对着孩子咆哮的。

网上有个段子很有代表性。深夜,楼上突然传来一阵声嘶力竭的女声:"你说,到底是什么关系,是什么关系?"全楼八卦的心都跳跃起来,那个女声继续喊道:"互为相反数啊!"

段子如此"机智",生动地描绘出了妈妈教育的紧张感。"不写作业母慈子孝,一写作业鸡飞狗跳",没错,逼着孩子学习的总是妈妈,穿梭往返于各个培训班的也是妈妈。几千年来男强女弱的社会,却孕育出了中国式"虎妈"这一群体,爸爸们反倒显得温和又包容。是啊,"虎妈"遍地,学习为了什么先不说了,我妈快不快乐是眼前最迫切的事啊。

可是,为什么总是妈妈?爸爸们去哪儿了?一份全国范围的调查发现,在家庭教育分工中,夫妻共同承担的不足四成,母亲依然唱主角,父亲"缺位"平均近一半。江苏的一份调查也表明,在学习辅导上,五成以上小学生主要靠妈妈,以爸爸为主的不到两成。

于是有媒体呼吁,"妈妈们该放权了",让爸爸们也加入到育儿中来。呃,这个呼吁只能说牛头不对马嘴,好像妈妈不管了,爸爸就会无缝对接一样。

关心则乱。在家庭事务分工上,也存在着力量的博弈,其中有太多可以说道的地方,此处就不一一细说了。但无论如何,事实就是,对于女性来说,"虎妈鸡娃"的刻板印象正在日益形成。而这种刻板印象，又在无形中强化着"教育是妈妈的责任"这一偏见，以及很神奇地，引申出"妈妈再努力也搞不好教育"这样的歧视。

女人并不会仅仅因为生了孩子就成为"虎妈"，也不会仅仅因为进入婚姻就成为"泼妇"。让她们焦虑和愤怒的，另有原因，什么时候人们才能明白这一点呢？

给妈妈留点面子好吗？因为她不仅是一个妈妈，也是一个正常的人啊。说到底，你拿她的焦虑开涮，只是因为你知道不会有什么后果而已。

别纠结"抢跑"了!成功者可能来自赛道之外

吴 晨

开学了。虎爸虎妈们最担心的一点就是"别让孩子输在起跑线上"。这句话对么?

什么叫别输在起跑线上?就是担心一起跑就比别人慢半拍。怎么才能不输在起跑线上?最好的办法是抢跑、先跑,越早选择好赛道越好,恨不得孩子从娘胎里一出生就帮他选好未来发展的道路,然后不断投入,保持领先优势。

赢在起跑线上有不少案例,最有代表性的莫过于高尔夫球明星"老虎"伍兹了。伍兹不到一岁的时候就对挥杆感兴趣,他的父亲在他两岁时就清晰地判定,这个孩子就是打高尔夫的料。四岁的时候,他已经成为全美儿童高尔夫的冠军。很快伍兹的爸爸就没什么可教的了,马上决定花大价钱请名教练栽培自己的儿子。

如果要说有谁的职业经历和伍兹完全不同,那莫过于另一个耳熟能详的体育明星费德勒。费德勒小时候喜欢尝试很多种运动，直到16岁在青年网球比赛中崭露头角之后，他妈妈也还没有下定决心让他走职业网球这条道路。当时记者问费德勒，如果赢得冠军奖金，自己会做什么。写出的报道是：网球小子从小就爱奔驰车。费德勒的妈妈不干了，和记者理论说自己的孩子绝对不会那么俗。结果记者回听录音，发现费德勒的回答其实是"buy a few CDs"（买一些CD），而不是"buy a Mercedes"（买一辆奔驰车）。可见，16岁的费德勒和同龄人听歌的爱好，没什么区别。

不同的道路，同样的结果。伍兹还没学会走路就认定一个目标去努力，获得成功；费德勒兴趣爱好广泛，不仅小时候尝试很多种体育项目，而且其他爱好也很多，但这并不妨碍他成为称霸网坛的大师。从伍兹与费德勒的对比中，不难发现，一个人的成功，有可能赢在起跑线上，也有可能不是。

如果说伍兹与费德勒的比较，还不能说明"别让孩子输在起跑线上"这一观点值得商榷的话，我们进一步需要去验证的恰恰是，未来的环境更像是伍兹成长的环境，还是费德勒成长的环境？

这就需要回答两个非常重要的问题：

首先是未来孩子面临的环境到底会是什么样？

体育比赛是比较简单的环境，无论是高尔夫还是网球都有明确的规则，都能找到非常好的教练，先天的天分加上后天"一万小时"的努力，就能够出成绩，因为有目标的训练可以获得即时反馈。但很多事情并不像竞技体育那样，目标分明，规则清楚，反馈及时。下一代人面对的未来更可能是一个充满了不确定性、并没有清晰的目标和规则、也无法对各种决策给出及时准确反馈的环境。

如果说在前一种环境，"笨鸟先飞"，抢跑、早跑、早选赛道有优势的话，在后一种环境中，抢跑没有意义，因为赛道还不知道在哪里。这时候，让孩子有机会尝试不同的东西，就像费德勒的妈妈，顺着他的兴趣爱好让他尝试不同的体育运动，同时鼓励他和同龄人一样拥有各种不同的兴趣，而不是早早地专注于网球，可能会让他从小积累更丰富的阅历和拥有更宽广的视角，而这种阅历在他选择网球作为职业之后，仍然会是加分项。

一方面，有了充分的阅历之后，随着年纪的增长，选择的方向也就更明确，在选定赛道上努力的自发驱动力也就更强。新书《Range》（跨度）就指出，未来想要成功，不仅需要坚忍的努力（也就是很流行的GRIT），更需要的是找到合适自己的角色（FIT）。另一方面，尝试过不同领域之后所积累的经验，可以令人触类旁通。费德勒的案例至少告诉我们，16岁之后选择职业网球，仍然有机会成为伟大的冠军，所以过早作出赛道的选择并不是成功的必须，而费德勒在其他运动领域内积累的经验和开阔的眼界，跨界到网球仍然有用。

你可能又要说了，这两个例子都是体育明星的例子，不适用于普通人。那就再举一个艺术家成长的例子。

荷兰著名的后印象派画家梵高的《向日葵》很多人都记得，但梵高的经历和很多人想象的画家成长经验完全不同。梵高在人生经历中尝试过许多东西，一开始学画，却发现自己并不擅长。随后他接手家里的画廊业务，去上大学，又退学，再去当老师，总之在他的职业生涯早期总是在折腾，总是在转行，却没有正经画过画。

当梵高确定要成为一名画家之后，他仍然辗转反复于各种不同的绘画流派，直到生命的最后两年，才释放出惊人的艺术能量，开创出一片完全属于自己的绘画天地和绘画流派。如果没有最后两年，估计没有人会记得梵高。他到底是因为不断折腾而虚度了太多时光？还是因为有了各种阅历、广博的经验，才帮助他找到了真正的选择，成就了他的身后名声？这是值得思考的。但是至少有一点很明确，成功的道路很可能不是一条大直线。

步入数字经济时代之后，变化变得日益频繁。已经有太多案例告诉我们，未来的成功者可能来自赛道之外：解决复杂问题的人可能来自专业领域之外；行业遇到的新对手，也可能是行业之外野蛮生长的新物种。

在这样一个日益复杂的时代，创造机会让孩子能够积累更宽广的知识和经验，有助于帮助他们在人生合适的阶段找到自己的目标,找到适合自己的未来,同时又能"触类旁通"。这可能比纠结于"别输在起跑线上"重要得多,因为赛道到底在哪里,哪条赛道对孩子最合适,父母可能自己都不清楚。

PISA第一了!"金智英"并不快乐

白晶晶

PISA又第一了!

在2018年国际学生评估项目(PISA2018)中,中国四省市(北京、上海、江苏、浙江)作为一个整体参赛,阅读、数学、科学三项关键能力素养在参测国家(地区)中均排名第一。阅读兴趣方面,中国四省市学生是参测国家(地区)中最喜爱阅读的学生,阅读兴趣指数达0.97,排第一位。但中国学生学习时间较长,总体学习效率不高,学生幸福感偏低。

何谓PISA?先来做个小科普,这是经济合作与发展组织(OECD)于2000年发起的对基础教育进行跨国家(地区)、跨文化评价的项目,主要是对15岁在校生的科学、数学、阅读素养等核心素养进行测评,目前已成为当前最具规模与影响力的国际性教育监测评估项目。

PISA最引人关注之处在于,它会以排名的形式呈现参测国家（地区）的测评结果，从而反映参测国家（地区）的总体教育质量状况。

尽管近年来，倡导素质教育，不搞排名、不唯分数论占据了主流舆论场，然而对于陪娃写作业心力交瘁的中年老母、咆哮老爹们来说，分数才是"硬通货"，升学才是硬指标。应试教育指挥棒的作用，在现实生活中并未减弱，反而有愈加疯狂之势。

从这份PISA测试结果来看，中国学生高居全球榜首，结果并不出人意料。这一点，从网络上流传的幼升小入学数学测试题的变态程度上就可见一斑。有道数学题是这样出的——

从前的题是这样的：1到9这几个数，将它们分类，例如：1，3，5，7，9；2，4，6，8，问分类的依据，答案是按照奇数和偶数分成两类。

现在的题是这样的：1，3，7，8；5，9；2，4，6，请问是按照什么将它们分成三类的呢？答案是：按汉语拼音声调分类，第一类是一声，第二类是三声，第三类是四声。

试问，这种题目的存在，除了让孩子陷入题山卷海中难以自拔，又有多少智力启发的意义？

三年一放榜的PISA测试，每次都能引起舆论轩然大波，似乎从分数排名上能窥视到一国教育质量的潮起潮落，让不少专家写出数篇反思基础教育优劣势的研究文章。

作为一名学生家长,我反而更关心"中国学生学习时间较长,总体学习效率不高,学生幸福感偏低"这样下里巴人的判断。

从测评结果上看,成为全球学霸的中国学生并不幸福,并不快乐。这不是矫情的忧伤,而是比分数排名更值得重视的问题。

前段时间,深圳一所中学的校运动会上,初二学生打出横幅——"我爱学习,学习使我妈快乐",被成年人看做是令人捧腹的忧伤。实际上,就中国目前教育现状而言,"不学习,母慈子孝,一学习,鸡飞狗跳,孩子挠头,家长咆哮"的现象非常普遍。

大多数中国家庭,都有一位家长专心致力于孩子的陪读事业,这一点从PISA测评中也有反映,"家长高度重视学生教育,学生家庭教育资源有保障,情感支持待提高"。

东亚地区普遍重视教育,而我国目前的教育更是走向了家校不平衡的极端。家长在学校微信群里疲于回复,工作之余还要耗费大量精力监督孩子打卡各项作业。以家庭为单位,去参与这场教育的"军备竞赛"。如果从家庭教育的投入产出比上计算,恐怕,我国的教育账是亏本赚吆喝,投入举家之力,往往让孩子赢了考试,没了幸福。

最近有一部名为《82年生的金智英》的韩国电影,引发了不少争议。这部片子讲述的正是现在社会女性面对职业和家庭的双重困境。社会对女性的需求和认知，还停留在相夫教子的传统观念上，家务理应由女性承担，一旦家庭添丁进口，教育后代的责任也似乎理所应当地压在女性肩上。

这部电影里就有这样的细节，有一个妈妈是首尔大学理科生，她被调侃道："当时那么拼命学习干嘛，现在还不是在教孩子九九乘法。"这种折损女性权利和价值的氛围，加剧了当代韩国女性不愿生育、不愿结婚的现实。

电影中更是出现了一个异常残酷的语词——"妈虫"，用来贬低无法在公共场合管教幼童的妈妈或是无收入的全职妈妈。

育儿和教育压力，更多地压在女性身上，还造成多起社会悲剧。此前，媒体报道过陕西武功县一位妈妈在辅导儿子家庭作业时，因孩子不用心，对儿子进行殴打，致使其子头部多处受伤，最终抢救无效死亡，这位母亲因犯过失致人死亡罪，最终被判处有期徒刑三年，缓刑三年。

知识应该是长久的陪伴，如果学习既不让孩子快乐，更不让孩子的妈快乐，那教育的路肯定是跑偏了。

二娃之后，我为什么去了"深夜食堂"？

姚华松

今年9月份开始，我也加入了"深夜食堂"一族，每周抽一个晚上约上三五个闺女班上的家长吃宵夜，或豆浆，或砂锅粥，时段是夜里11点到凌晨1点。吃东西填肚子是其次，谈谈心，聊聊天，释放自己才是主要目的。

"深夜食堂"，它是快节奏和高压力都市生产与生活方式的一种"应然"，是都市人对现代性（生活）的一种"反抗"。都市化与现代化的浪潮无孔不入，成年人的房贷、车贷等经济压力，孩子们的学习和全方位发展压力，对未来不确定性的担心引致的有形与无形压力，让每个都市人的生活趋于机械化、程式化和同一化，单调、乏味、憋闷与烦琐成为很多人的日常体验。

以我为例，每天7点不到就起床洗漱送娃上学，然后马不停蹄去上班，下班回家晚饭后奔波于孩子们各种兴趣班接送，回来得配合娃娃各种打卡、拍视频、讲故事、哄娃睡觉，晚上10点半可以搞定孩子们、消停下来，已算是奢靡与庆幸之事。自从二孩出生后，我似乎习惯了每天这样子急匆匆、赶鸭子一般的生活。我相信我的生物钟不是个案，是很多都市人的常态。

现代性同时对都市人的社会心态产生了深远影响。我的一些朋友时不时抱怨，好想约闺蜜来一次说走就走的远行，抛开老公，暂别孩子，只可惜只是说说而已，现实很残酷；另外一些朋友抱怨夫妻关系早已平淡如水；还有一些朋友对人生充满迷茫和无助，面对每天日复一日的琐碎生活，他们频繁地问自己一些"我从哪里来""我到哪里去""这难道就是我想要的生活吗"等哲学命题，对现实生活的诸多不满，成为很多人的共识。

怎么办？"深夜食堂"给了我们超越平凡生活的机会，借着烟、合着酒，我们开始打开尘封已久的心扉，袒露我们真实的内心，我们谈论兴趣、爱好与心之所向，我们就职业发展、人生规划、夫妻关系、婆媳关系和子女教育等话题展开深入探讨，成为无话不谈的好兄弟、好闺蜜。

理解"深夜食堂"，我们不妨拆解这个词：

第一，"深夜"。人们往往只有等到夜深人静的时候才能比较彻底地告别白天的喧嚣、芜杂和很多时候需要表演、勉强自己（或被迫配合）的演员角色，内心才能真正平静下来，才能回归自我和本我，才能打开心扉和真实面对自己和自己的内心。

其次,"食"。我们不只是在消费和吸收各种可见和可感的美味佳肴,同时,我们还在消费我们都熟知的地方(place consumption)。因为作为食客,每个人都有各自的故事,这里发生过很多故事,这里见证和衍生出很多人际关系与人地关系。在这个意义上,这里不止于基于商品买卖的抽象的商业空间,还是汇聚很多人集体记忆和附着情感依恋的有意义的地方。

此外,在这里,我们也一定程度消耗和释放了潜藏于我们内心的各种负能量。故而,这里的"食",有食、摄入、增加正能量和泄(压)、排出、减少负能量的双重功能。换言之,在这里,做加法的同时,我们其实是在做减法。

第三,"堂",即齐聚一堂。对应学理上的自发性社群、社团等概念,某种形式上,我们让久违的"熟人社会"得到回归,用以对抗在现代化和资本化背景下,以个体化、冰冷和匿名为核心特征的原子化社会,可以增进邻里间的社区认同感和凝聚力。

总之,"深夜食堂",不止于经济面向的"夜经济"概念,还包含着丰富的社会文化意义。期待更多的"深夜食堂",在激发城市消费能力、满足我们味蕾的同时,也敞亮和轻盈我们的内心。

眼花缭乱的"神童",或许都是"工具人"

张 丰

最近,"神童"有点多。

先有写"博士水准"论文获奖的小学生,后有"天才少女"岑某诺……一个比一个"神",一个比一个唬人,让人眼花缭乱。

今天,"神童界的老前辈"何宜德又火了,缘由是12岁的他要"硕博连读"。此前,他屡被报道的事迹包括:1岁徒步暴走,2岁攀登南京紫金山,3岁在雪地里裸跑,4岁参加国际帆船比赛,5岁开飞机围绕北京野生动物园飞一周,6岁写自传,7岁三次穿越新疆罗布泊,8岁考入南京大学……

前几位"神童",已经实力展示了什么叫"大型翻车现场",这位何姓小朋友的"互联网漂流",最后结局还不好说,但大概率也逃不出前几位的命运魔咒。

他"考入南京大学"的光环,掩盖不住的真相是:自考,大专学历，考了两年半，三门是压线通过。有网友还扒出，考试科目里没有英语、数学，都是一些简易知识……其他"光辉事迹"，要么本身真实性存疑，要么对"神童"证明力度不够。

唯一的加持，只是年龄小。但光这一项，怎么能叫"神童"呢？

读硕博的决定，或许会加速这个"神童"的落幕。因为一篇论文，就能衡量出作者几斤几两。

一个个"神童"来了，又在被打回原形后，迅速消失了。唯有一种"神童情结"，在一些人的心里根深蒂固。

上世纪八九十年代，出现过一股"神童热"，特点是拼命学习数理化，以低龄考进中科大少年班。现在的"神童"则多元了，有走学术风写论文的"理科生"，也有在人文和社会领域一鸣惊人的"文科生"，追求不同的"人生价值"。

两代"神童"的交集，是狂热偏执的父母——从新闻来看，以父亲居多。但不同的是，上一届的父亲们，是真相信孩子是"神童"，想要早点开发，但培养路径还是常规的，就是在考试升学中证明。这届父亲们则精明得多，孩子是不是"神童"根本不重要，他们相信的是，可以只手"造神童"。

这些父亲们无师自通地掌握了诀窍：造简历。越华丽，越浮夸，越唬人，越好。至于种种光环，上限能否证明孩子是"神童"，下限是否符合常识和认知，都不重要。只要能完美体现某种"成功学"的精髓：更早，更多，更强。

这就是这些父亲的"鸡贼"处，用写诗、演讲、雪地跑步、穿越罗布泊……这些不寻常或不好客观衡量的经历，将"神童"的最终解释权归于自己。对质疑和批评自动屏蔽只是基本操作，用牵强附会、似是而非的说辞和粉饰，忽悠更多人，才是本事。

如果你真以为这些父亲"脑子不正常"，那就错了，没有人比他们更精明。"天才少女"背后，有培训机构的身影；南京"神童"的"鹰爸"，有自己的"教育公司"……你看到了"神童"的荒谬，但其实，他们是父亲生意的"工具人"。

这些父亲的偏执，是坚信套路有广阔的市场。"神童"始于父亲教育理念的实验品，终于商业代言人。那个"天才少女"，已经能给父亲挣钱了，这在很多人眼中，不就是"最大的本领"吗？

这一届"神童"的父亲，对孩子进行的是智力和商业的双重开发。他们在"事业"上可能"成功"，也可能信誉破产。但比起风险，收益是诱人的。

"神童"其实也是受害者。在他们没有自主选择权时，就被强制带上了一条不归路，但最后的苦果，都要他们自己吞下。他们过早失去了天真童年，仅这一点，就是无比重大的损失。

能接受自己减肥失败,却不愿接受孩子平凡?

马 青

我们这届家长真是太难了。几天不看新闻,就可能被家教界最时尚前沿的词汇抛弃。比如,要不是参加了一次朋友聚会,我这个佛系家长,就不会知道"量子波动速读训练"。

话题的开头,是朋友 A 焦虑地表示自己再一次减肥失败。她办了一张"点穴减肥"的卡,花了几千块,号称一个月包减十斤。一开始,确实减了三四斤,似乎胜利在望。可是,人类最难根治的,就是"懒"和"馋"。一周后,她又彻底放飞自我。饼干、蛋糕、鸡翅、鸭脖、烤冷面、火锅……想吃啥吃啥。我们问她,你那"点穴"还去吗?她说不去了。我们笑她是交智商税,她有些气急败坏地解释,最后甩出一句"你们不懂"。为防止友谊的小船说翻就翻,我们只好掐断这个话题。

于是,朋友 B 另起话头,我就听到了"量子波动速读训练"这个词。

听说过"速读",听说过"量子",但"量子波动"是什么鬼?又跟"速读"有什么关系?

B掏出手机,给我们科普。在一段"量子波动速度比赛"视频中,一群小学生,左手拿书,右手飞快地让书页从指间滑过,然后一遍遍重复这一动作。单看这画风,确实很"迷",还以为孩子们是在通过翻书扇风给自己降温呢。还好有文字说明:"20分钟就能完成一本书的阅读,你的宝贝可能要一周,别人家的孩子都是训练出来的……"原来,这些反复快速的翻书动作,就是"量子波动速读"。通过训练,自家孩子就能在阅读速度上秒杀同龄孩子。

另一个版本的视频是这样的:一个孩子戴着眼罩,打开一本书,用手摸着书,然后读了出来;旁边有人拿纸笔现场写字,小孩依然用手指摸,认出了上面的内容。据说经过训练,可以开发孩子智力,一目十行、过目不忘什么的,不在话下。

厉害厉害,佩服佩服。别误会,我说的是那些脑洞突破天际的"神功"发明者,和真相信这些的家长。反正我是不信的。

但有人信啊。朋友B的孩子即将小升初,暑假花了三万报培训班,补习英语和数学。开学后测验,成绩略有提升,但B觉得性价比不高。于是有人推荐了"量子波动速读",学费也是三万。她想，也对，训练大脑，才是治本嘛，于是又默默给孩子报了班。

减肥失败的A此时清醒了过来，劝B别上当。她打开手机，迅速查找到近日媒体揭秘此类骗局的报道。里面说，有报了这个班的孩子突然不想学了，家长询问原因，得到的回答是这样的："从眼罩缝里看书久了，眼睛会花。"

我在网上搜索，发现此类骗局也不新鲜了。2013年，杭州就有一家培训机构打着"量子波动速读"的旗号，声称经过训练的小学员，能在快速翻阅中，"让书中文字变成影像在大脑中播出"，以达到广告中宣扬的"五分钟读完十万字"的效果。后来记者发现，这些孩子只不过是在配合着表演，因为可以得到奖品。

朋友B仍然心有不甘：花几万块，如果一无所得，家长们为什么还不砸烂这样的培训机构？还会有一波一波的家长带娃去？

我们笑指朋友A说，你看，她花了几千块在"点穴减肥"上，失败了，不是也坚决不承认自己是上当了么？

一目十行的人有没有？肯定有，门萨俱乐部里有的是天才，但从来没听说谁能经过训练变成天才的；减肥成功的人有没有？肯定有，但也没听说谁能不节食不运动就成功的；白手起家的成功者有没有？肯定有，但从没听说谁能点石成金不劳而获的。

凡是想走捷径的人，都撞了墙；凡是挂着"馅饼"的地方，底下都是"陷阱"。

何况，读书就算一目十行也未必有用。因为，能背是一回事，理解和运用是另一回事。只是，这个道理，那些总是急吼吼的家长们未必愿意听。因为真相从来都是残酷的——大多数孩子都是平凡人，只能过平凡的人生，就如同他们的父母一样。

为何大人们可以接受自己减肥失败，却不愿意接受孩子的平凡呢？

谁才是最需要脑机接口头环的人？

西　坡

2019年7月16日，马斯克旗下的脑机接口创业公司Neuralink宣布，已经开发出一套脑机接口系统。这是该公司创立两年后发布的第一款产品。

脑机接口是马斯克这位"科技狂人"寄予厚望的一个科技方向，他的初衷是保护人类不被人工智能甩在身后。有了脑机接口，我们就好像钢铁侠有了贾维斯一样，而且不需要电影里那么低效的语音交流，人脑与AI直接互联互通。这想法很科幻，也很马斯克。

不过虽然马斯克已经至少投入1亿美金，他的公司造出的脑机接口离实用还有相当距离，目前进展是"有望在2020年进行人体测试"。看到下面这则新闻，马斯克应该感到羞愧。

一款脑机接口头环已经进入浙江金华的一所小学。这款头环据称是哈佛、麻省理工的科学家历经八年研发沉淀，可以检测脑电波,评判学生上课、写作业时是否集中了注意力,并给学生的集中注意力情况打分,有"21天提升专注力"的神奇功效。

最令人感动的是,这款充满未来气息的头环不仅有现货,市面价只要区区3 500元人民币。一部iPhone Pro Max可以买三个。

开发头环的这家公司野心很大,他们列明的适用人群包括"小学学生、初中学生、高中学生、大学生、研究生、其他成年人"。也就是说,除了幼儿园以下的孩子,他们想给所有人戴上"金箍"。

脑机接口头环被曝光后,公众的注意力集中在"监控学生"这一点上。大家担心小朋友的大脑被技术无死角监控,长此以往会被驯化成机器人。然而恐慌大可不必,如果真有这么高超的技术,"王多鱼"们早排着队来投了。更值得担心的是,这头环的实际功效可能只是安慰剂。一个每天在头上亮着灯的"金箍",比趴在窗外往里看的班主任威慑力可大多了。

这所小学的头环来源于捐赠。但到底是商家无偿捐赠,还是学校无偿代言,得搞清楚了。这种来路不明的东西随便套在小朋友的头上,必定是因为有些人的脑袋出了问题,而他们才是最需要被头环矫治的人。讲课不认真,开会打瞌睡?来,头环戴上立马见效。

教师是人类灵魂的医生，医学伦理的一条基本原则是"不伤害"。在科技进步突飞猛进的今天，像脑机接口头环这种真真假假的东西还会有很多。我想，教育工作者不妨遵守古老而睿智的"奥卡姆剃刀法则"——如无必要，勿增实体。

只要原来的教学办法有效，就没必要引入五花八门的高科技。因为新技术的潜在危害是未知的，其功效却是可疑的。这方面的教训已经有了，比如 iPad 刚出现的时候，很多学校一窝蜂跟进，后来却发现电子产品严重影响孩子视力，课堂去电子产品化是现在的新要求。如果说将顶级科技公司的成熟产品引进课堂尚且需要深思熟虑，奇奇怪怪的产品就更不能被随便塞给孩子了。

请记住，孩子是花园的花朵，不是实验室里的小白鼠。

老年人有没有不会用手机的权利?

李勤余

外公外婆怎么也找不到手机里的手电筒功能;老人不会用叫车软件,一路走了4小时;还有数不清的付款码、用餐码……最近的一段新闻视频,引发了人们的共鸣。

数据显示,我国60岁以上人口仅23%会上网。说实话,这个数字并不让我感到吃惊。我甚至认为,可能还有更多老人不会上网,不会用手机,只是还没有被列入到统计范围里。

这实在是个无法被忽视的社会现象。但更让我心头一沉的,还不是老人和这个科技时代的"隔阂"。在相关新闻下方,有一条热评:"不要固守旧习惯,拒绝新事物。年龄增长不是不学习的理由,只要一直努力,就能尽量跟上时代。"

我稍稍翻了一下,对此表示支持的网友也不在少数。还有人说:"在银行工作,给很多四五十岁左右的客户推荐手机银行微信功能更方便,他们就一直说,老年人了,年纪大了学不会。但是很多年纪更大的客户明明用得也很适应。"

我想，发言者八成是位年轻人。Ta 所相信的逻辑是，别人都学得会的，为什么你学不会？还不是因为老人不愿学习，不愿跟上这个时代？面对这条评论，我竟一时无言以对。

老年人"必须"学会用手机、用付款码、用叫车软件吗？如果不会用，就应该被"淘汰"吗？应该意识到，隐藏在这一想法中的，就是赤裸裸的社会达尔文主义。文明的社会需要多一点温度，但这样的逻辑，本身就是"冰冷"的。

前段时间，舅舅来到家里。他想看剧，于是我给他安装了某视频网站的 APP，还为他注册了会员。过了几个礼拜，舅舅来电询问，该怎样取消自动付费？这个问题，还真就把我难倒了。在网上查了半天，才找到法子。炎热的天气，真让自己出了一身汗。

说这些，只是想表示，没有人能够永远站在时代的潮头，年轻人也不例外。和父母辈比，我当然更懂手机，但和真正的"后浪"比，我又已经是落伍的了。如果我们不懂得体谅他人的感受，总有一天，苦涩也会降临到你头上。

更重要的是，我并不觉得被逼着"学习"就是必须的。早在 2018 年 7 月，人民银行就发布了《中国人民银行关于整治拒收现金的公告》，明确指出任何单位和个人不得在营业场所标示"无现金""拒收现金"。这不仅显示了国家法定金融体系的权威与神圣，也是对设置歧视性条件的反对。换句话说，用不用电子支付，应该是属于个人的自由，不该强求。

时代的进步是无法阻挡的，我也绝对举双手赞成教会老人用手机。电子科技为我们带来了实实在在的生活便利，"倒退"显然是没有出路的。

但我还是认为，应该尽可能照顾到不同群体尤其是弱势群体的感受。如果他们实在不想或者不能"进步"，我们也该对此保持最起码的尊重，并且尽力为他们提供一些方便。这不光是为了老人，也是为了我们自己。因为，我们都会有老去的一天。

现代都市生活，需要一点界限感

张 丰

上海静安区人民法院 2019 年 10 月 15 日对一起地铁"咸猪手"（性骚扰）案作出判决，以强制猥亵罪判处被告王某某有期徒刑 6 个月。这起案件意义重大，因为它是全国第一起地铁性骚扰"入刑"，此前，对此类事件往往由公安机关作出行政处罚。网友对此普遍赞成，呼吁"全国推广"。

随着中国大城市普遍进入地铁时代，地铁性骚扰成为困扰很多女性的问题。很多女性遇到此类事件，往往都是敢怒不敢言。在法律层面，也存在证据认定的难题，往往要求女性挺身而出抓现行，也需要同车厢的人勇敢作证。正是这种微妙的心理，才让那些"咸猪手"们大胆妄为。

尽管这几年上海、北京等地都发生过女性勇敢站出来维权的案例，但是我们有理由相信，有更多的"咸猪手"其实逃避了惩罚。性骚扰案进入司法程序，由法院宣判，这有着很好的警示意义。这是很好的一步，但也只是一个开始而已。

人们希望在此类案件被纳入法律框架后，能够逐渐构建一种更健康、更尊重女性的公共文化。

在日本，地铁"咸猪手"进入司法，是相当普遍的事情。中国网友们熟悉的"电车痴汉"就是指这类龌龊的行为，日本电车上的电子屏，经常宣传"电车痴汉是违法行为"，这对女性乘客是很好的鼓励，对那些图谋不轨者也是一种威慑。

和一位日本朋友一起乘坐地铁，他看到我双手都抓住上面的扶手，非常赞赏。我问他为何，他有点揶揄地一笑："这是正确的乘车姿势，这样女性就绝不可能指控你是痴汉了。"

在日本，站出来指控痴汉的女性非常多，所有指控都会进入司法程序，被指控的男性在法院作出判决之前，往往就被定义为道德意义上的"罪犯"。曾经发生过有男子因为被指控为痴汉丢掉工作后自杀，但是法院最后判决无罪的情况——毕竟这样的案件，要找出证据太难了，有时候性骚扰确实发生，但是由于地铁中人太多，受害者指错人也是有可能的。

看起来，这是社会的"过度反应"，但这种"用力过猛"，其实有利于形成一种更健康的文化。日本人使用的手机，拍照时无法消音，也是为了打击地铁痴汉中的偷拍一族。如果拍照，就会发出声音，被拍的人就能马上作出反应，这对那些想偷拍的人来说就是很好的警告。

最终，哪怕你想拍"健康的"画面，也要先征询被拍摄者的意见，尊重就这样产生了。地铁作为一种公共空间，人流量可能非常大，拥挤实在难以避免。对"咸猪手"或者"痴汉"的法律威慑，有利于营造出一种心理上的界限感，让女性获得一种安全感。

曾经在东京电车上看到这样的一幕：由于行车不稳，一个正在和朋友说话的中年男子，不小心撞到了一个年轻女孩。这个男子衣着体面，看上去像是公司的高层，他马上向女孩鞠躬道歉，鞠躬三四次之多，最终女孩微微点头，他才像得到大赦一样，恢复常态，继续和朋友聊天。

这种界限感对都市生活来说至关重要。现在国内的部分中年男性，难以摆脱"油腻"的指控，就是因为没有这种界限感。在地铁中性骚扰女性的虽然是极少数，但是在各种饭局中讲荤段子，甚至借着酒劲做出一些出格行为的，却不是个例。他们都认为，女性会喜欢这样的"风流倜傥"，却从来没思考过女性到底会如何看待这种局面。

随着"地铁咸猪手"进入司法程序，也希望"饭局痴汉"能够少一点。讲黄段子虽然不会入刑，但是随着更尊重女性的文化逐渐发展起来，这样的油腻行为，会显得越来越不体面。最终，没有界限感，带来的或许不是"欢笑"，而是尴尬和孤立。

吃野味的陋习，再难也要改

宋金波

《野味帝国》一文在热传，这是一篇全方位介绍中国"野味"产业链的文章，里面讲了广西云开大山里的"猎人"、在广州迷上吃野味的女白领、用1500平方米的巨型网捕鸟、用乳酸诺氟沙星和高含脂的白苏子"催肥"禾花雀，还有用高毒农药呋喃丹毒杀野鸡的勾当。

我在朋友圈转发《野味帝国》那天，一位朋友在群里艾特我，说半夜里读了，津津有味。

我有些阴暗地揣测，恐怕不是一般说的那种读书读得津津有味，而是真的口舌生津，再三咂摸，脑补其味。

《野味帝国》里挖了很多关于食用野味的猛料，光介绍癞蛤蟆的吃法就有：咸蛋黄包裹的金沙蟾蜍、陈皮腌制的九制蟾蜍、椒盐蟾蜍……我相信大部分中老年国人，哪怕是公开申明反对食用野味的，在阅读时体验到暧昧而刺激的快感，也会在某一刻压过触目惊心的愤怒。

嘴巴说不要，舌头很诚实。食色，人之大欲，没办法。就算是野味因为新冠肺炎疫情而被顶上了风口浪尖，恐惧比病毒更广泛传染的今天，依然如此。

我不认为他们"虚伪"。尽管我写了好些篇反对食用野味的文章，但也知道，大部分人脑中的执念，是有特定历史背景的。因为了解，所以有些理解。

疫情催迫对食用野味行为的检讨，进而形成了现实的压力。2020年2月24日，全国人大常委会表决通过《关于全面禁止非法野生动物交易、革除滥食野生动物陋习、切实保障人民群众生命健康安全的决定》。

有很多关注野生动物保护的人欢呼。也有很多朋友问我，难道他们热爱的牛蛙从此再跳不上餐桌了吗？3月4日，有了结果。农业农村部发布通知，乌龟、中华鳖、牛蛙不在禁食范围。

不知牛蛙当喜当悲。不过，牛蛙的身份问题，算是比较容易解决的。在国家林草局面对的长长名单上，尚有许多有争议的物种。很多动物产品，有传统，有市场，有需求，有靠这买卖吃饭的大票人，而且有些已经合法存在多年，养殖也算成功，哪里是说割了就割了的。

疫情之下，绝对全面禁食的呼声很高。但我想，疫情结束之后，执行的力度或也要随曾经绷紧的舆论压力一起"回摆"，这是必须要打好"预防针"的。

所谓历史向前,大约总是这样,曲折,反复,带一点含混,灰色地带总是最难处理的地方。当疫情刚刚"稳定",这么多人已经从之前与吃野味者不共戴天的立场,变成了"牛蛙能不能吃?"

我自曝过食用野味的"黑历史",不管是大学期间带回寝室做标本的动物的肉,还是参加工作之初在老百姓家里蹭的一些猎物肉。那时,我的职业是野生动物保护,这样是不是有悖职业伦理,我曾经想过,没个结论。然而那时没有过发自内心的愧疚与纠结,是真的。

很多年前,那是我参加工作第二年,单位来了位领导,在部队时爱打猎。偏偏他分管的,就是我的野生动物与自然保护区调查规划室。没事时他喜欢到我办公室,跟我讲起雪鸡肉如何鲜嫩,黄羊肉如何香腴,顿时眼放光芒。我有时看着办公室名牌,感觉十分怪异。这位领导嗜酒,两年后死于肝癌。我最后一次去看他,他还笑呵呵问我去林芝有没有吃到猴子肉。

那一年林业厅来了新领导,此前任某地地区专员。第一次见他,我忍不住问:"马丽华写的'双湖大汉阿布'就是你吧?"他一脸悻悻:"她是乱写的,我哪有打死过那么多野生动物。"他爱摄影,在厅长任上,最偏爱的就是野生动物保护工作,怕是占用了一半的时间精力。

不知道为什么此时忽然想起这两位与野生动物保护相关

的老领导，虽然那是 20 多年前的往事了，和当下的生态意识没有可比性，只是想说说那种对野味的"执念"吧。

我是学这个专业的，"保护"于我是信仰般的思维。不过，我越来越明白，理论是苍白的，理想化的理论是疯狂的，而生命之树常青。文明与不文明的分野，有时不是那么绝对，比如当初关于一些地方食用狗肉风俗的争论。最有力的变化，在每个复杂具体的人身上，在暧昧的生活细节里。那些午夜阅读的津津有味、那些对牛蛙的眷恋不舍，都是折射。

人最难改变，人改变了，什么都可以变。今年，我意外发现侄女和我儿子一样，都对食用动物内脏有本能的厌恶。或许，有些"陋习"原本就是短缺社会的"不自由"的产物，只要让人自由生长，就能收获"正常"。但愿如此。

导盲犬老了,它们要去哪里?

周 威

看到上海首批退役导盲犬寻找收养家庭的消息时,我刚刚遛狗回家。准确地说,我那条已经 16 岁高龄的老狗,已经不能"遛"了,每天两次抱上抱下是为了帮它解决"大小便"问题。但即使我如此小心,它仍然会因后肢肌肉萎缩,经常在家中失禁。照顾这样一条风烛残年的老狗,让我深深地明白,收养一条老年犬——哪怕是经过训练的导盲犬,对任何一个人来说,都不只是有无爱心这么简单。

"纺如"和"塔章"是上海 2008 年第一批服役的导盲犬。导盲犬是一种经过筛选和训练的残障人士辅助犬,进入中国比较晚,很多人是通过电影《导盲犬小 Q》才知道有这样一种工作犬的。在电影里,小 Q 在寄养家庭度过了短暂的童年,然后开始了训练和服务的一生,当它老了,最终回到了童年时的庭院。影片以小 Q 梦到童年的玩具,然后平静安详地离世为结束,看得人泪眼婆娑。电影用艺术的手法浓缩了小Q的一生，也一笔略过了退役导盲犬面临的养老问题。

我在日本学习时，有幸结识了著名的导盲犬训练专家多和田悟老师，他就是小Q的训练师。巧的是，"纺如"和"塔章"也是他来南京期间与警犬研究所的训犬师们一起训练的成果，相信他一定很高兴听到这两个小家伙还健在的消息。只不过，想想这个消息的背后是退役后无人领养的境况，多少让人觉得有些心酸。

不只是导盲犬，很多退役的工作犬如何安度晚年，都是一个大问题。在日本，因为使用导盲犬等各种工作犬的历史比较长，他们已经形成了比较完善的退役工作犬的安置体系。导盲犬退休后，主要的出路有这样几种：一是协会负责集中养老，二是驯导员负责饲养，三是回到导盲犬幼年时的寄养家庭（比如小Q）。在此之外，才会向社会征集收养家庭。在招募收养家庭的时候，协会会对老年犬需要照顾的细节描述得很细致，这是为了提醒有意收养的候选人，照顾老年犬是很辛苦的事，要判断好自己能否承受。比如在调查表中会直接列有"退役犬可能会患有白内障、关节退化等老年疾病，并且随着年龄增长有加重可能，在照顾上会带来困难，这点您和家人是否能够接受？"这类很直接的问题。

这样做看起来会吓跑很多潜在的收养者，但却是负责的行为。狗狗7岁以后就进入老年阶段，有可能出现各种身体问题。我家的"小肥"就出现了免疫机能障碍、甲状腺减退，以及心脏二尖瓣膜闭合不全的问题，再加上后肢肌肉萎缩，每一种疾病的治疗都旷日持久，靡费颇多。花钱还不是最重要的，最耗费的是心血，是面对屎尿一地时的抓狂和忍耐。以至于一听到我说起狗狗的状态，不少朋友会问我"为什么不给它安乐死？"

我当然能理解朋友们的善意，他们只是无法体会我和狗狗之间的感情。所以，没有养狗经验和做好心理准备的家庭，并不适合收养一条老年犬。像其中一只导盲犬的收养者因为怀孕而退养，这种情况应该是可以避免的。

多和田悟老师跟我说起过，一条退役后和他生活的导盲犬阿童木突然去世了，送别老伙计让他十分难过。但是他说，在狗的世界里是没有"明天"这个概念的，它们会因为人类的快乐而快乐，这也是狗狗能被训练的根本所在。正像报道中说的，"纺如""塔章"虽然退役了，但是遇到驯导员还是会进入工作状态。这就是狗对自己使命的理解，所谓服役和退役，工作和下班，是人类才有的概念。对狗来说，用多和田悟的说法，它们只是简单到"因为给人带来快乐而快乐"。一旦从训练中它们学会了帮助人类的行为，并且固化下来，这就是一辈子会去做的事情，直到生命的终结。换句话说，所谓的工作状态，可能才是它们习惯和喜欢的。

我在日本认识了一条退休的工作犬小雪。它是残疾人辅助犬，为肢体残疾行动不便者提供帮助。训练有素的它会帮人开门关门、脱袜脱鞋，退休之后去了新家，但依然时刻保持工作状态。新主人不需要它的帮助，只负责为它养老，可它反而茶饭不思，几乎抑郁。最后，它被送回九州介助犬协会。在这里，它又找到了新的工作，充当形象大使，接待前来体验的市民，为协会募捐，这种特殊的工作状态，反而让它元气满满。

所以，"纺如"和"塔章"如果能找到收养家庭固然很好，但即使找不到，或许协会可以考虑换一种养老方式——集中养老，和其他狗狗在一起，和驯导员在一起，它们也依然可以找到属于它们的快乐。

禁吃猫狗，你需要这种"伪善"

易 之

深圳立法不能吃猫狗了！

《深圳经济特区全面禁止食用野生动物条例》自2020年5月1日起施行。《条例》以白名单的形式明确规定：猪、牛、羊、驴、兔、鸡、鸭、鹅、鸽、鹌鹑可以吃，但猫狗禁止食用！

凡是猫狗话题，在中国的舆论场总是搞得剑拔弩张，这次也不例外。我也养狗，但我理解反对禁吃猫狗的心理。只要是"禁"，就是一种限制自由，没有人喜欢无缘无故的枷锁。而且从逻辑上，反对者的理由也近乎无懈可击：猫狗不可以吃，那为什么猪牛羊可以吃？难道不是众生平等吗？只是因为它们是宠物吗？养兔子、养鸽子的都有，不是照吃么……

我找不到特别有力的理由，说明猫狗的生命比猪牛羊"高贵"一些。身边有吃狗肉的朋友，我很少能说服成功。甚至在一些场合，我也很难决绝地拒绝吃狗肉。一次去某地出差，吃饭的时候，接待方对着一盘菜说："这是我们的特色菜——狗肉冻，你一定要尝尝。"看那热情、期待的眼神，实在不忍扫兴，我还是下筷子了。

只不过，我很难主张吃狗肉。想想靠在腿边的毛绒生物，它的同类被端上餐桌，实在浑身难受，没有理由，就是本能的难受。

不过有时似乎也觉得自己很伪善。有一次买了一袋进口的犬类零食，居然是马肉。当时也觉得有点荒诞，人用一种生物来饲养另一种生物，而且马也是能够与人互动共情的，古代典籍里经常有主人去世、马不食而死的记载。至于猪、牛、羊、鱼肉做的狗粮，那更是数不胜数。养宠物，真的是柔情与"残忍"的叠加。

后来看到一个新闻，可以解释这种吊诡的心理。国外研究发现，人和狗对视，双方大脑内的催产素都在增加，这类似于婴儿和母亲的互动方式。这也是为什么对于与人类相伴越久、可以产生近距离互动的动物，人就愈加喜爱，不惜"当牛做马"。这导致了情感上动物排序的不平等：养着猫狗，却可以安心地品味牛肉鸡肉，对待昆虫就更残忍了，做成标本细细欣赏的都有。

所以，能不能吃猫狗，与其说是辩论题，倒不如说是情感题。就像我，我能承认对方说得有理，但就是没法说出

"狗肉好吃"。这不是讲道理可以说通的,这是生物本能决定的情感。

这种情感,也能找到历史论据来支持。就拿中国来说,一开始人们茹毛饮血,孟子时就有了"君子远庖厨"这样的观念。再到清朝,由于满族人与狗相伴日久,就不杀狗了。人类文明的进步,很多时候就体现在保护自己那颗脆弱的小心脏,让自己好受一点,变得"伪善"一点。无论如何,"伪善"总比"凶狠"看着算是进步了。

当然我找的这些论据,也不一定怼得过"你觉得吃狗狗不文明,我还觉得吃牛牛不文明呢"这种反驳。也许,这不是道理能讲通的,这是既然事实与本能情感决定的。当今世界,猫狗是最普遍的宠物,饲养猫狗的是极为庞大的人群。每个人的"我不吃",就会汇集成巨大的思潮,投射到立法领域。即便这有争议,但立法上的表态,至少代表了一种尊重。群体的情感诉求被尊重,应当是文明包裹的内涵吧?

猪肉那么香，你为什么要辟谷？

沈 彬

直到今天中午，我一直把"辟谷"念成"屁股"，但是手机输入法纠正我说，要念成 bì gǔ。我查了《现代汉语词典》，没有收这个词。我不知道，"辟谷"为什么非得那样念，是不是避免和"屁股"谐音？避免让这个仙气飘飘的字眼，沾染腌臜气。

让我重新学习这个词，源于一家称"喝风辟谷"能治病的西安公司进入当地政府的补贴名单，引发了很大争议的事件。曲江新区管理委员会网站回复称，"喝风辟谷"申领的项目为"能耗补贴"。而公司一位辟谷导师称：52天未吃饭。如果真是这样的话，还真是"降能耗"啊。

虽然，公司的广告里用红色字体写着：我们不承诺任何效果。但是还是晒出学员们各种现身说法：有人暴瘦50斤，有人治好了高血压、糖尿病，有人治好了脱发，有人夫妻生活更和谐……

我小时候,正值全国"气功热"。有一位女邻居就是这样的"气迷心",沉湎于各种功法、辟谷的修行。有时她练一种香功,按师傅的说法,练了这种功法之后就能周体散发出异香,她就会非常炫耀地跑到我们这些孩子面前,让我们闻一闻她身上的香味。然而,我只闻到她身上蜂花洗发水的味道。

后来,她又迷上过一段时间的辟谷,并且绘声绘色地向我们这些孩子"科普":身体里,特别是肠子里面,被各种毒素淤结,辟谷之后,就会把肠子洗得干干净净,并且拿出了一段内部生了黄锈的水管子给我们演示。我那个时候还没有学化学,如果我那时候学过,我就会对她说:"阿姨,你往水管子里面倒一点稀硫酸,就可以除掉铁锈了,不用辟谷。"我觉得,她说不定也会信这种"科学养生法"。因为我之后看到她听了"补钙"的科普之后,将鸡蛋壳敲进炒饭里"补钙"。

反正,最终邻居阿姨没有通过辟谷升仙、羽化,甚至都没有在她身上见证辟谷本该有的减肥的作用。

在中国历史上,庄子是一个有趣的人,他明明在吹牛,但是总有神奇的文学力量、美学上的克里斯玛,让你放下智商,被他讲的故事所折服:从不知道几千里大的"北冥之鱼"到几十年不换刀片的屠宰工庖丁,都是如此。牛为什么可以"吹"得这么美?

庄子还讲过一个"藐姑射神人"的故事,他"肌肤若冰雪,淖约若处子",他"不食五谷,吸风饮露,乘云气,御飞龙"。这个神人就成为中国辟谷文化的源头,肌肤若冰雪的神人,当然不能像凡夫俗子那样吃火锅、啃馒头、吃馄饨,这难免要产生食物渣滓,难免要去五谷轮回的地方,自然就不神仙。

所以,必须要"不食五谷,吸风饮露"才能显示仙气。这个美学命题就在中国历史上流传了下来。吐纳、导引、服气、打坐、辟谷、服饵……这些词是很美的,让人脑补出重峦叠嶂、仙气氤氲中一群人白衣飘飘,罗袜生尘。只是人还是要吃饭的,这就打破了很多美好的假想。

我也曾想象传说中的"仙丹""神药"是多么好吃,直到我看到一则古籍里的故事。

黄精是一种被传得神乎其神的"神药",可以"宽中益气,使五脏调良,肌肉充盛,骨髓坚强,其力倍增,多年不老,颜色鲜明,发白更黑,齿落更生"。甚至汉代张华《博物志》直接说:"太阳之草名曰黄精,饵之可以长生。"据陶弘景写的《洞玄灵宝真灵位业图》记载:一个叫张礼正的道士,在汉末时服黄精,一直活到北魏时期,仍然"颜色丁壮"。

还有一则小故事。古代一个家僮偷偷吃了黄精之后,身轻如燕,一下子就飞到高高的树梢上,任凭别人怎么叫,他都不肯下树来。主人急了,就在树下煮了一大锅猪肉,一直煮到水开肉烂、香气四溢。树上那个有半仙之体的家僮,再也忍不住口水,咣当一下落到了地上。可见,什么仙丹、神药都抵不过一口热气腾腾的猪肉。

2019年11月5日,有网友在少林寺方丈释永信的微博下面"求开示":"9岁小孩一个月发烧一次呢!近两三年,法会、供养、念佛、放生、忏悔等等善法都有功德回向!还要怎么做才能使小孩业障消除,福慧增长呢?"释永信回了他6个字:"好好看病就行。"这个回答让人莞尔一笑。

传统文化博大精深,但不必装神弄鬼、自欺欺人。作为成年人,你得分得清:什么是辟谷,什么是节食、减肥;什么是讲故事,什么是谈科学。否则,活该交智商税。比如,西安这家"喝风辟谷"公司,还在贩卖20多年前著名的"气功学"作家柯云路的《破译疾病的密码》《走出心灵的地狱》,这绿油油的韭菜真是"春风吹又生"啊!我那位邻居阿姨一定会很感动。

猪肉那么香,你为什么要辟谷?

环保很重要，吃猪肉也很重要

阳　柳

猝不及防地，一则"猪新闻"冲上了热搜。国务院常务会议确定，"地方要立即取消超出法律法规的生猪禁养、限养规定""支持农户养猪"。

作为农村长大的80后，一些与猪有关的往事顿时浮现在脑海里。

我的老家在皖西南大别山尾麓，但我家附近是丘陵。按我高中历史老师的说法，是贫困县里的"鱼米之乡"；按"舌尖"的说法，这是"大自然的馈赠"。田地比山区多，可以在种水稻、小麦外，种油菜、棉花等经济作物；庄稼多，才有足够的食物养猪。棉花和养猪，就是家家户户的主要收入来源。

听母亲说，家里分家那年，她借钱买了一头小花猪。养到过年时卖了，还了债，还让一家人过了个肥年。这个小故事母亲后来多次讲过，她大概是希望我们，今后不管境遇如何,都不要忘了最初的起点和出发的勇气。

母亲的养猪技能一路开挂。她总能在最短的时间里,养出更肥的猪,卖个好价钱。别人家还在为一年卖了两头肉猪高兴,母亲不仅每年要养三头两百多斤的肉猪,还养起了母猪。一头母猪每年能下两窝崽,每次10多只小猪。

没有什么是不需要艰辛的付出就有收获的,农家之事,尤其如此。母猪生崽经常在冬天,母亲彻夜守着,还要克服心理障碍,为母猪接生,把猪崽放到能吃到奶还不能被母猪压死的地方。这种安保工作,要持续好多天。大概也是从那时起,她走亲戚也从不会留宿。不管去哪总挂念着家里的那些猪。父亲则对接肉猪,这是更漫长而繁重的任务——一日三餐的喂食,每隔一两天的打扫猪圈。盛夏每次打扫完,隔好远都能感受他身上的热气。

年底,父母会盘算一年的养猪收益。猪价最好时,小猪仔可以卖到8至10元一斤,200多斤的肉猪可以卖到3 000多元。这样,一年养猪可以挣到两万元左右。刨去我们的学费和家里的开销,还能结余一笔。这种苦尽甘来的收获,让人振奋又珍惜。

只是猪价并不稳定。遇到"小年",猪崽只卖到两三元一斤,两三百斤的肉猪只卖到1 000多元一只,甚至更低。但因为没有别的出路,家家还是继续养猪,希望以坚持换来下一个"大年"。

令小孩子最开心的是打猪草。这是我最喜欢的农活,因为可以在大地上尽情奔跑,可以领略季节变幻之美,顺便收获各种酸甜的野果。黄梅戏有一出《打猪草》,就是描写孩子与大自然零距离接触的欢悦。

杀猪时,父母会称上一两斤肉。母亲细细炖了,父亲把爷爷和外公外婆全请来,母亲给每位老人盛上一碗,然后是我们。最后到他俩时,往往就只剩汤水了,但母亲总说够了。

每次家养的猪变成盘中餐后,母亲看着我们大快朵颐,总要逗我们:你们也干了那么多活,就不知道舍不得猪啊?我们笑母亲矫情。她却感叹到,小时候家里杀猪吃肉,她总会有点舍不得,毕竟是自己养了那么久的猪啊。

我上初中那年,村里办起了一个养猪场。那是我第一次将猪这种普通动物与"企业"这种高大上词汇联系起来。每次上学经过养猪场,我总忍不住惊叹,原来养猪不仅是为了吃肉,也不光可以供几个孩子念书,还创造了真正的财富。但母亲不喜欢养猪场那种大量投喂饲料、快速催肥的饲养办法。她觉得那样机械养出的猪,猪受罪,猪肉也不会好吃。

更大的问题还在于环保。尽管那时候我还不知道这个词,但从养猪场散发的恶臭、排出的污水中,我已经模糊意识到规模化养猪带来的问题。那个养猪场应该是没有经过任何环评手续的,偏偏还建在村子的上风口。一向善良的村民们,也渐渐无法忍受恶臭和污水，经常有人找养猪场主人投诉。几年后，养猪场终于搬了，新址在村里最下方的河边。

后来我才知道，那时候，正赶上当地对养猪场整顿。那是全国性的动作，起因正是环保风暴。据统计，2016年，中国超过20个省份划定了生猪禁养区，并启动了猪场拆迁行动，减少了3 600万头生猪存栏。

农业部2016年印发的《全国生猪生产发展规划（2016—2020年）》，将全国不同区域分为重点发展区、约束发展区、潜力增长区和适度发展区。这种划分是有科学依据的，但一些地方出于环保考核压力，在执行中也出现了对散户养猪"一刀切"的现象。现在国务院提出"地方要立即取消超出法律法规的生猪禁养、限养规定"，便是纠偏，也是为了提高生猪供应量。

环保很重要，吃猪肉也很重要。养猪看起来是小事，其实兹事体大。一头是农户增收，一头是菜篮子工程，两头都是民生大事。

以我家而言，养的猪少了，吃肉却越来越多。现在，只有山区的人还会每年养一头土猪，等到过年时杀了，为在城里上班的孩子做腊肉。我家附近已经没有农人家养猪了。这种现象多了，自然造成猪肉供需的不平衡。

养猪场面临的是政策、资金等压力，万一猪有个病有个灾的，更是不得了。普通人家不养猪的动机则更简单——挣不到钱,又太辛苦。

所以我想,让农户重新养猪,恐怕要给他们一个给力的理由。